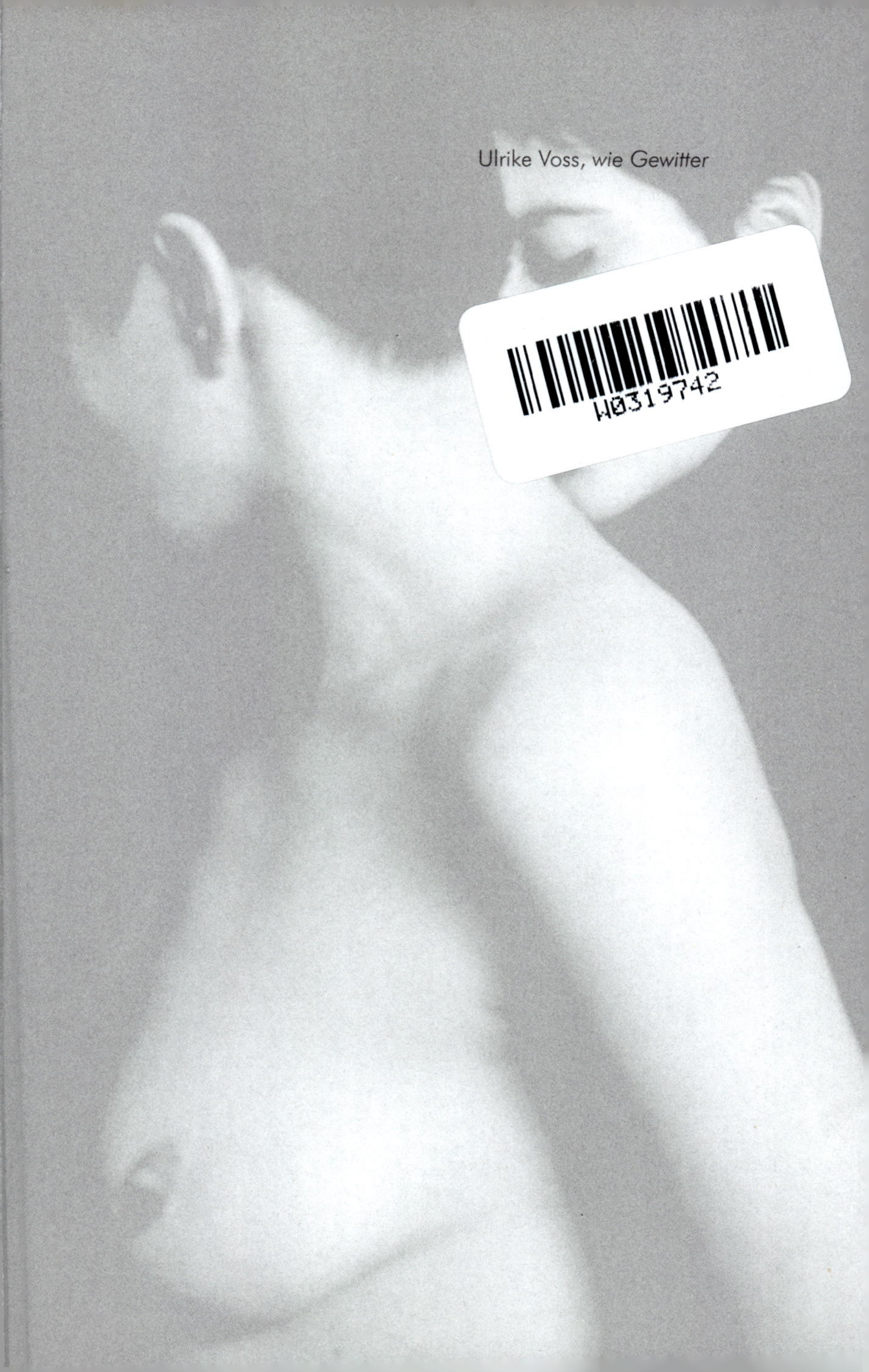
Ulrike Voss, wie *Gewitter*

Ulrike Voss

wie Gewitter

Roman

konkursbuch
Verlag Claudia Gehrke

Dank an Anna E.

Kapitel 1, Anna

Die Sonne schien neben das Bett. Ein gleißendes Rechteck. Es wurde früh hell in Berlin im Sommer. Der erste Krach hatte mich geweckt, Müllabfuhr, Straßenreinigung. Wahrscheinlich war es kaum später als fünf.

Beate und ich hatten bis zwei auf dem Balkon Wein getrunken. Ich brauchte Schlaf, heute Abend sollte ich fit sein. Die erste Firmenfeier stand bevor, die ich selbstständig und nicht als Gudruns Assistentin organisiert hatte. Die Öffentlichkeits- und Außendienstfrau des Ladens, Charlotte, hatte ich ein paar Mal bei der Vorbereitung getroffen. Ein altmodischer Name. Der Name gefiel mir. Sie hatte mir in knappen Worten gemailt, dass sie sich nicht selbst vorstellen wolle und was ich über sie sagen solle. Wichtig sei, ihre akademische Ausbildung zu erwähnen. Ich fragte mich, statt wieder einzuschlafen, ob sie sich – als bei einer Weingroßhandlung angestellt – darüber Sorgen machte, dass Leute sie nur als ungebildete Verkäuferin ansehen könnten.

Ich musste aufhören herumzudenken. Gut, dass wir bald in Urlaub fuhren – falls Beate es nicht wieder einmal stornieren würde. Ich hatte es letzte Nacht befürchtet, als sie, kurz bevor wir ins Bett gingen, weitere Details eines ihrer aktuellen, wie oft komplizierten und sich hinziehenden Scheidungsfalles erzählte. Es ging darum, wer was bekäme und wie überhöht der Partner ihrer Mandantin den Wert einiger Kunstwerke einschätzte, die er mit in die Ehe gebracht hatte. Ich hatte eine Weile zugehört, kurze Kommentare abgegeben und Beate unterstellt, dass sie den Urlaub wegen dieses oder eines anderen Falles absagen würde. Wieder einmal. Sie betonte, dass der Prozesstermin des komplizierten Falles schon übermorgen sei. Wenn der Termin kam, war die Arbeit getan. Die Termine selbst machten ihr Spaß.

Wir stritten eine Weile darum, wie oft gemeinsame Pläne verworfen wurden. Sie behauptete, dass ich ebenso viele gemeinsame Vorhaben scheitern ließe wie sie. »Nach Irland!«, rief sie schließlich aus, und wir lachten.

»Nach Irland!« war unser Mantra der Hoffnung, unser »Nach Moskau!«. Denn nach Irland hatten wir schon zu Anfang unserer Beziehung reisen wollen, waren aber bis heute noch nicht dorthin gekommen. »Nach Irland!« war unsere gemeinsame Zukunft, die sich immer wieder aufs Neue ins Unendliche verschob.

Wir redeten darüber, was wir in den Urlaub mitnehmen würden, auf jeden Fall das Reise-Scrabble; dann gingen wir ins Bett, kuschelten zum Einschlafen, sogar den Versuch von zartem Sex gab es, seit Langem mal wieder. Wir waren währenddessen eingeschlafen, beide erschöpft vom stressigen Tag und vom Wein.

Ich stieg über das Kopfende des Bettes, um Beate nicht zu wecken, und schloss das Fenster. Von einer Sekunde auf die andere war es unheimlich still. Das Haus hatte Schallschutzfenster mit doppeltem Glas. Ich blieb noch einen Moment am Fenster stehen und betrachtete die vom frühen Sonnenlicht erzeugten Lichtspiele über der Kreuzung und an den gegenüberliegenden Häusern, deren Scheiben aufflammten. Dann kletterte ich vorsichtig zurück ins Bett, schmiegte mich an Beates schlafwarmen Rücken, ihre Atemzüge, ihren Duft. Ich schlief ein, um zwei Stunden später aus einem Traum hochzuschrecken. Eine Mischung aus Albtraum und erotischem Traum. Beate war inzwischen auch wach geworden und bewegte sich Richtung Bad, ich erzählte ihrem Rücken Fragmente des Traums.

Sie drehte sich um. »Wir sollten uns wirklich wieder mehr Zeit für Sex nehmen«, sagte sie, und ihre süßen Ironiefalten tanzten. »Das sagt der Traum! Du brauchst Sex.«

Aber sie kam nicht zurück ins Bett, sondern ging ins Bad und dann zu ihren Schriftsätzen und ins Gericht. Ich stand auf und stellte unser Geschirr von gestern in die Spülmaschine. Der Traum, der mir eben noch wie ein Film vor Augen gestanden hatte, verblasste; ich ahnte nicht, dass ich mich in einigen Monaten wieder an die surreale Geschichte erinnern würde und dass sie mir dann wie eine Prophezeiung vorkommen würde. Obwohl ich nicht an solche Dinge glaubte.

Wie in vermutlich jeder langen Beziehung waren wir anfangs total scharf aufeinander, dann flaute es etwas ab. Doch nachdem unsere erste große Krise überstanden war – Beate war eine Weile in der Gegend ihrer Kindheit abgetaucht und hatte ihre Vergangenheit zu klären versucht –, hatten wir wieder viel Lust aufeinander, wie am Anfang. Wir nutzten jede Gelegenheit. Es konnte sein, dass wir einfach aus einer unserer beiden Wohnungen zu einem Spaziergang aufbrechen wollten, aber nicht weiter als bis zur Tür kamen.

Danach gab es eine Phase, in der wir mehr über Sex redeten beziehungsweise uns über Sex stritten als Sex machten. Ich warf ihr in der Zeit vor, ungeschickt und viel zu zart an mir herumzuwalken. Doch bald wurden wieder andere Themen beim Miteinanderreden wichtiger. Und wir vögelten ab und zu, selbstverständlicher und mitten im Alltag. In letzter Zeit jedoch waren wir beide meistens von der Arbeit so erschöpft, dass wir ins Bett fielen und schliefen, und wenn nicht, saßen wir auf dem Sofa vor dem Fernseher. Jeden Sonntag – irgendwann hatten wir diesen Tag als unseren Tag für Sex definiert – gab es nur noch Tatort, danach Anne Will, und manchmal tranken wir an warmen Sonntagen einen Wein auf dem Balkon, an kalten einen drinnen, plauderten und waren im Bett zu müde oder zu faul, waren zärtlich, knutschten ein wenig und schliefen ein. Manchmal erwachte ich, Beate umklammernd.

Im Urlaub! Dann wären wir endlich wieder einmal entspannt genug. Wir wollten unglaubliche drei Wochen verreisen. Beate hatte mich zu meinem Geburtstag mit einer aufwendigen Reise überrascht.

»Weil wir so lange nicht weg waren, habe ich uns eine ganz besondere Reise gebucht«, hatte sie gesagt, als sie meinen skeptischen Blick bemerkte. Und hinzugefügt: »So teuer war es gar nicht! Juni ist dort nicht Hauptsaison.«

Kanarische Inseln, eine Art Inselhopping, je eine Woche eine Insel, drei Wochen. Ich fragte mich, ob es auf den östlichen kanarischen Inseln im Frühsommer nicht viel zu heiß sein würde, dachte an unseren alten Traum und hielt mich zurück zu sagen: Warum nicht Irland, das wäre doch im Juni schön gewesen. Die kurzen Nächte! Oder, wenn es unbedingt etwas Aufwendiges und Teures sein sollte, dann Island zur Sommersonnenwende. Baden in Geysiren. Das wäre etwas wirklich Besonderes gewesen. Auf die Kanaren waren wir schon oft gereist. Und wir hätten auch einfach an die Ostsee fahren können, der schöne Darß. Endlose Strandspaziergänge am Rand des bizarren Waldes. Vor Jahren hatten wir dort Urlaub gemacht. Wir hatten uns mit einigen der gespenstisch verlockenden Baumgestalten im Sand angefreundet. Mir fiel ein, wie wir einmal ununterbrochen kicherten, weil wir das Gefühl hatten, der einäugige Baum – er hatte eine Ausstülpung am Stamm, die wie ein Auge aussah – starrte uns an und flüsterte uns im Wind unanständige Worte zu, während wir es miteinander im Sand trieben. Dorthin wollte ich schon seit Langem wieder reisen. Im Juni konnte es an der Ostsee schön sein. Die langen Tage!

Beate spürte meine Abwehr und redete noch eine Weile auf mich ein. Eine Abenteuerreise stehe uns bevor, viele mitreißende Landschaften. Und wir würden doch die Ost-Inseln noch nicht kennen. Vielleicht könnten wir auch wandern – wir hatten früher, als wir noch regelmäßiger verreisten, einige Wanderurlaube gemacht.

Ich sagte: »Aber doch nicht im Sommer!«

Beate hatte sich vor Jahren über eine Gruppe älterer Wanderurlauber lustig gemacht. »Wandern! Das passt zu mittelalten Hausfrauen.«

Wieso dachte ich daran? Kurz danach wanderten wir selbst. Waren wir jetzt mittelalte Ehefrauen? Wandern und Vögel beobachten und solche Dinge mehr? Beate sagte noch: »Warst nicht du es, die beim letzten Wanderurlaub gesagt hat, dass du es langweilig findest, immer in die gleiche Gegend zu verreisen?«

Ich sollte mich einfach über ihr großzügiges Geschenk freuen. Doch ich haderte weiter. Fast hätten wir uns an meinem Geburtstag gestritten. Ich steigerte mich in die Vorstellung hinein, wie anstrengend es sein würde, kaum an einen Ort, eine Unterkunft gewöhnt, schon wieder auf eine andere Insel reisen zu müssen.

Ich setzte mich an den Laptop und schrieb die Kurzvorstellung von Charlotte. Auch wenn ich nur wenige Sätze zu sagen hatte, auch wenn ich nicht ablesen würde, fühlte ich mich sicherer damit, es vorher zu notieren. Frei und pointiert formulieren wie Beate konnte ich nicht. »Ich möchte Ihnen Charlotte R. vorstellen, sie ist die Kulturmanagerin …« – das klang besser als »Außendienst« oder wie auch immer die offizielle Bezeichnung ihrer Stelle war. Ich rief ihre Mail noch mal auf. War mir plötzlich unsicher, ob sie vielleicht sogar die Managerin des gesamten Ladens war. Oder nur eine Verkäuferin. Sie war für Kundenbetreuung und Akquise von Neukunden zuständig. Üblicherweise organisierte die Weingroßhandlung ihre Events selbst und ließ sie in einem der Läden stattfinden, aber diesmal war es ein rundes Jubiläum, und sie wollten einen größeren eleganten Rahmen, ein richtiges Menü und Unterhaltungsprogramm. Die Einladungsliste war beeindruckend. Viele Hotelchefs und andere Großkunden, aber auch Politiker und Privatleute. Unsere Agentur war ihnen von einer anderen Firma empfohlen worden.

Ich hatte noch einige Stunden Zeit, bis ich in das Lokal gehen und die Vorbereitungen koordinieren musste. Sollte ich unsere Wohnung putzen? Wäre dringend nötig, in meinen Augen. Krümel auf dem Küchenboden, Staubflusen, und in Beates Zimmer sah es wie immer schrecklich aus, der Schreibtisch quoll über von Papieren, auf dem Boden Bücher, eine getragene Jeans, Unterwäsche. Dass sie die nie in den Wäschekorb tat. Ich sah nicht ein, dass ich mich wie so oft als Hausfrau betätigen sollte. Ich hatte doch schon wieder die Spülmaschine ausgeräumt. Beate machte das nie. Ihr würde es auch reichen, einmal alle drei Monate staubzusaugen, mir war es etwas ordentlicher lieber. Aber eine Diskussion darüber anzufangen, dass trotz mehr Arbeit auch sie einmal einen Staubsauger in die Hand nehmen könnte, dazu hatte ich keine Lust. In wenigen Tagen würden wir verreisen. Es war eigentlich egal, wie die Wohnung aussah. Drei Wochen Urlaub. Abstand gewinnen, Schwimmen, Landschaften genießen. Wir konnten uns wirklich wie ältere Damen stundenlang über Baumformen, Vögel und Wolkentheater unterhalten. Und danach Scrabble und Kartenspiele. Inzwischen freute ich mich. Etwas bürgerlich waren wir schon geworden, im Vergleich zu früher. Ich fragte mich, ob ich noch scharf auf Beate war. Ja! Ich war mir sicher. Am Morgen hatte ich enorme Lust auf Sex gehabt. Ich stellte sie mir vor, ihre ruhigen, intensiven, nicht nachlassenden Bewegungen, und war wieder leicht erregt. Es kam mir inzwischen, und Beate ging es ähnlich, absurd vor, dass wir uns noch vor wenigen Jahren über Sex hatten streiten können. Wir gingen damals davon aus, dass Liebende über alles miteinander reden müssten. Wir stellten uns bewusst das Thema Sex und setzten uns zusammen. Es sollten ruhige, erwachsene Gespräche werden, in denen wir der anderen Wünsche erzählen wollten. Doch schnell wurde aus dem Gespräch ein Austausch von Vorwürfen und dann ein heftiger Streit, der nicht mehr um Sex ging.

Ich war eine Weile lang der Ansicht, wir sollten Experimente machen, um uns neu anzutörnen. Sie empfand die Vorstellung als albern, sich beispielsweise mit einem Bondage-Buch ins Bett zu begeben und nach Anleitung irgendetwas auszuprobieren. Früher hatten wir wie selbstverständlich alles Mögliche ausprobiert, ohne es groß zu planen oder zu verabreden. Nach diesen grässlichen Gesprächen über Sex dauerte es eine Weile, bis wir einander im Sex wieder unverkrampft begegnen konnten.

Die Weinprobe mit Menü, Vortrag, Comedygruppe und anschließendem Verkauf zu Sonderpreisen würde sicher lange dauern. Anschließend war das Aufräumen zu organisieren, das noch am Abend erfolgen musste, da der Saal am Tag darauf wieder gebraucht wurde.

Natürlich hatte ich Aushilfen zum Putzen bestellt, das Geschirr und die Warmhalteplatten würden abgeholt. Ich musste dennoch bis zum Schluss bleiben und kontrollieren, war es doch mein erstes eigenverantwortlich organisiertes Firmenjubiläum. Ich war aufgeregt.

Als ich ging, legte ich Beate einen Zettel hin. »Es kann spät werden. Kuss, A.«

Die Tische waren eingedeckt, die Bühne vorbereitet, die Technikprobe der Gruppe gemacht, doch die Vortragende ließ auf sich warten. Fünfzehn Minuten vor Beginn kam sie. Außer Atem stand die drahtige, große und vor Energie dampfende Frau vor mir. Schöne Hände, das war mir bei unserer Vorbereitungsbegegnung nicht aufgefallen. Adern zeichneten sich ab, filigrane Finger, nervös und stark. Ringe. Mich durchzuckte der Gedanke an den Anfang mit Beate. So lange war das schon her! Auf einem Foto, das ich gesehen hatte, bevor ich sie kennenlernte, waren mir ihre starken, großen, schönen und Ruhe ausstrahlenden Hände mit als Erstes ins Auge gesprungen. »Handfetischistin Anna« hatte sie mich genannt, als ich ihr Jahre später beichtete, dass ich mir ihre Hände auf meinem Körper schon vorgestellt hatte, bevor ich sie überhaupt kannte.

Ich ging auf die Bühne für meinen Zwei-Minuten-Auftritt, die Gäste saßen an den gedeckten Tischen, die Vorspeise und einige kleine Gläser Wein schon intus, das Reden verebbte nicht, ich stieß zwei Gläser gegeneinander, es verebbte immer noch nicht, ich errötete, da kam Charlotte an meine Seite, nahm das Mikro und sagte entschieden »wir bitten um Ruhe!«, und sofort war es still. Mit immer noch gefühlt rotem Kopf stellte ich sie vor, und dann kam sie an die Reihe.

Ich setzte mich und trank ziemlich schnell zwei der kleinen Gläser Wein, die aufgereiht auf dem Tisch standen. Der Weinhändler hatte jeden der Weine beschrieben. Während Charlotte redete, trank ich das dritte Glas, obwohl ich mir vorgenommen hatte, als Verantwortliche für den Abend nichts zu trinken.

Ihr Vortrag war faszinierend. Sie bot eine Zitatcollage aus Romanen, in die Informationen über die Anbaugebiete der vorgeführten Weine einflossen, es klang vollkommen. Formuliert in schönen wohlgesetzten Worten, obwohl ich mir nichts davon merken konnte. Ich vermutete, das lag am Wein. Oder an dieser Frau, denn ich konnte nicht aufhören, sie anzusehen. Sie strahlte – wenn mir nicht bewusst gewesen wäre, dass ich ihr zum Planungsgespräch begegnet war, hätte ich sie vielleicht nicht einmal wiedererkannt. Langanhaltender Beifall. Auch als das Hauptgericht und weitere Weine serviert wurden und ich wieder auf die Bühne musste, um die Comedygruppe anzukündigen, sah und sprach ich vor allem in ihre Richtung. Nach dem Hauptgang folgte ich ihr auf die Straße. Sie bot mir eine Zigarette an, und obwohl ich seit Langem nicht mehr rauchte, nahm ich eine, sie gab mir Feuer, ihre Hand, ihr Atem streiften mich. Ich inhalierte tief.

»Die göttliche Wirkung des Weins im Blut«, sagte sie später zu mir, während um uns herum geputzt wurde. Sie hatte angeboten, mit mir zu warten. Sie wirkte nicht mehr so energiesprühend wie vor und während des Vortrags, war weich, anschmiegsam. Sie hatte überraschend unsicher geklungen, was ich rührend fand. Sie sagte, dass sie in ihrem Vortrag eine wesentliche Information zu einem der Weine vergessen habe und dass das sicher alle bemerkt hätten. Natürlich tröstete ich sie und sagte, dass solche Fehler nur der Vortragenden aufgefallen seien, keiner habe bemerkt, dass etwas fehlte in dem vielen, was sie geboten habe. Ich berichtete von meinen Beobachtungen des Publikums während ihres Vortrags. Nicht nur ich, auch alle anderen hatten gebannt zugehört.

Ihre kurze Unsicherheit schien verflogen, und sie erzählte weiter von einem Roman, den sie gerade las und der ihr die Inspiration für eine Passage des Vortrags gegeben habe. Ihre Hände hatten sich beiläufig unter mein Hemd bewegt, vom Bauchnabel nach oben, und als sie von der göttlichen Wirkung sprach, liebkoste sie meine Brüste, die sofort reagierten.

»Du hast schöne große Nippel, wie süß, erst versteckt, dann riesig«, flüsterte sie und lachte mich zärtlich an. »Du bist eine schöne Frau. Und wie du das hier alles gemanagt hast, bewundernswert!«

Als hätte ich hundert Jahre keinen Sex mehr gehabt und kein Kompliment mehr gehört, schoss die heiße Spur der Erregung von den Nippeln in die Möse und weiter bis in die Zehenspitzen.

Kapitel 2, Anna

Ich leerte den kleinen Koffer aus und holte den großen. Beate hatte auf den klobigen Wanderschuhen bestanden. »Auf Gran Canaria kann man auch wandern!« Wandern, war ich mir so gut wie sicher, würden wir in je einer Woche auf einer uns unbekannten Insel nicht. Eigentlich waren das drei Urlaube direkt hintereinander. Was für eine Verschwendung. Eine Woche am Strand, egal wo, hätte mir gereicht.

Der kleine Koffer quoll auch ohne Wanderschuhe über, also tat ich Beate den Gefallen und begann umzupacken. Am kommenden Morgen ging unser Flug nach Fuerteventura, wo wir die erste Woche verbringen würden. Ich freute mich heute weit weniger auf die Reise als noch vor drei Tagen. Gestern hatte ich mich mit Charlotte auf einen Kaffee getroffen, leider hatte Beate mittendrin angerufen, um mir vom Ausgang des Prozesses zu berichten. Für ihre Mandantin ein guter Vergleich, Beate hatte alles erreicht, was möglich war, genau, wie sie es in der Vorbereitung angelegt hatte. Sie wollte mich sehen, ein Glas darauf trinken. Drei Wochen erschienen mir wie eine unüberbrückbare Ewigkeit. Noch nie waren wir so lange am Stück verreist. Von Charlotte waren in den letzten Tagen viele SMS gekommen, die ich alle gelöscht hatte, sicherheitshalber. Wenn ich mein Handy irgendwo herumliegen lassen würde und Beate stolperte über diese Flut von Komplimenten über eine Nacht, über meinen Körper, meine klugen Sätze, nicht auszudenken.

Ich dachte darüber nach, die hübschen schmeichelhaften Komplimente irgendwo zu speichern, doch ich ließ es. Ich hatte Charlotte in der Nacht nicht von Beate erzählt, aber bei unserem Treffen beim Kaffee ließ es sich nicht vermeiden; ich erzählte, dass ich mit einer Frau zusammenlebte und dass wir in wenigen Tagen verreisen würden. Es schien kein Problem für sie.

»Ich habe es dir doch erzählt, auch ich bin verpartnert. Das zwischen uns ist etwas anderes! Es hat nichts mit unseren Partnerschaften zu tun.«

Erst beim Abschied sagte ich, wie lange Beate und ich verreist sein würden. Charlotte wirkte enttäuscht, lächelte aber sofort wieder und sagte: »Genießt euren Urlaub!«

Dass wir ausgerechnet jetzt so lange verreisen mussten, so lange wie noch nie vorher in unserer gemeinsamen Zeit! Danach hatte Charlotte, die vermutlich trotz fester Freundin immer wieder einmal mit anderen Frauen ins Bett ging, unseren Sex vielleicht vergessen. Ich hingegen malte mir aus, dass wir es wiederholten, dass wir eine leichtfüßige Affäre begännen, die niemanden belasten würde, keinen Beziehungsstress hervorrufen, einfach zum Vergnügen. Ich hatte schon so lange nichts mehr mit einer anderen gehabt. Es war einfach Lebensglück, Genuss pur, wieso sollte ich es mir verbieten?

Die Nacht stand mir beim Packen wieder vor Augen, eigentlich dachte ich unentwegt daran. Ich war gegen sieben Uhr morgens, als Beate schon am Aufstehen war, in die Wohnung zurückgekommen, hatte etwas von After-Veranstaltungsparty gemurmelt und war in das von Beate noch angewärmte Bett gefallen. Ich sehnte mich – und wunderte mich zugleich darüber – nach Sex mit Beate. Ich war noch aufgeheizt. Charlotte hatte eine enorme Lust in mir entfacht, ich hätte endlos weitermachen können. Bei ihr hatte ich alles andere vergessen. Gab es das: ein paar Stunden, in denen wir alles vergessen konnten? Die Welt, in der wir lebten, die Arbeit, die Menschen, mit denen wir zu tun hatten, uns selbst. In denen wir nur noch Empfindung waren, Körper, Begehren.

Als ich Beate andeutete, dass ich, ich wisse auch nicht, warum, im Moment besonders scharf auf sie sei, sagte sie nur: »Ich muss noch so viel erledigen, bevor wir losfahren, ich will früh in die Kanzlei.«

»Als ob Sex Stunden brauchen würde, fünf Minuten wären auch schon was«, rief ich ins Bad hinein.

Da kam sie zurück; und wirklich fickte sie mich kurz mit ihrer ruhigen Hand, und ich hielt mich fest an ihr, wir küssten uns die ganze Zeit.

»He, meine kleine Große, du bist ja ganz aufgelöst, was ist denn los, so kenne ich dich gar nicht«, sagte sie. Und dann: »Es riecht hier nach drei Minuten Sex wie nach einer Orgie.« Sie lachte und freute sich an meinem schnellen Orgasmus.

Jetzt stand ich vor den beiden Koffern und starrte ins Leere. Statt den Kleidungsberg einigermaßen übersichtlich in den anderen Koffer umzuräumen, stopfte ich alles unsortiert hinein, quetschte die Wanderschuhe dazu und noch eine robuste Jacke, obwohl doch Sommer war und ich sie vermutlich ebenso wie die Schuhe nicht brauchen würde. Auf diese Weise quoll auch der große Koffer über.

Ich träumte weiter vor mich hin, bis Beate aus der Küche kam, den offenen Koffer ansah und – ich empfand ihren Ton als vorwurfsvoll – fragte: »Bist du immer noch nicht fertig mit Packen?«

Ich gab giftig zurück: »Das liegt nur an deinen Sonderwünschen, ich war schon längst fertig!«

Sie ging nicht darauf ein, sondern sagte: »Ich habe uns schnell ein paar Nudeln mit dem Rest Räucherlachs gemacht.«

Im Flugzeug tat ich, als ob ich schliefe, und ignorierte Gesprächsansätze von Beate. Ich ließ die Nacht vor mir ablaufen. Als aufgeräumt war, hatte Charlotte mich gefragt, ob ich noch auf einen Wein mit zu ihr komme, sie habe selbstverständlich die besten Jahrgänge der Anbaugebiete da, die ihre Firma im Programm hatte. Obwohl mir klar war, dass »auf einen Wein mitkommen« bedeutete, mit ihr ins Bett zu gehen, begleitete ich sie ohne eine Sekunde des Zögerns. Ich war scharf auf Sex mit ihr.

Fragte ich mich, als ich die nächsten zwanzig Minuten neben ihr herging, so etwas wie: Hoffentlich erfährt Beate nichts davon? Dachte ich überhaupt an Beate? Charlotte erzählte auf dem Weg beiläufig, dass sie liiert sei, aber nicht mit der Frau zusammenwohne, sie brauche ihre Freiheit.

Eine elegant eingerichtete kleine Wohnung. Auf einem Tisch an einem grünen Sofa standen zwei Gläser, Drucke von Paul Klee und anderen bekannten Malern sowie einige Originale hingen an den Wänden, die mir nichts sagten. Beate hätte gelästert und von sogenannter Selbstbefreiungs-Malgruppen-Frauenkunst geredet. Meine Erregung war abgekühlt. Wir ließen uns auf dem Sofa nieder, sie goss die Gläser randvoll – aus der Küche hatte sie einen bereits geöffneten Rotwein in einer Karaffe geholt.

»Der Wein braucht Luft«, sagte sie, »und da ich annahm, ich trinke nach der Veranstaltung noch ein Glas, habe ich ihn geöffnet, bevor ich ging.«

Ich dachte, während sie eingoss, darüber nach, ob zwei Gläser auf dem Tisch standen, weil sie ihre Freundin nach der Veranstaltung noch hatte anrufen und zu sich einladen wollen, oder ob sie verschiedene Weine zu trinken vorhatte und die aus verschiedenen Gläsern trinken würde, wie eben bei der Verköstigung.

Sie zündete sich eine Zigarette an. »Möchtest du auch?«, fragte sie, ich bejahte, sie gab mir Feuer. Ich sog den Rauch tief ein, Schwindel durchflutete mich. Charlotte sagte, sie rauche nicht viel, denn sie lebe gesund. Aber zum Lebensgenuss gehöre es, manchmal zu rauchen. Sie würde aber niemals mehr als sechs Zigaretten am Tag rauchen, »sechs ist eine schöne Zahl!«, oft auch keine.

Dann setzte sie sich neben mich aufs Sofa und sah mich von der Seite an, ich sah sie an, sah ihren heißen Blick, ihr verliebtes Lächeln, sie rückte näher, fast unmerklich, ich vergaß die Wohnung, vergaß mein Nachdenken über zwei Weingläser, ich wandte den Blick ab und zu ihren langen Armen, die Ärmel des schicken schwarzgrau gestreiften Auftrittshemdes hatte sie nach oben gekrempelt, ich folgte zwei parallelen hervorspringenden Adern, bis ich bei den Händen ankam, da nahm sie mir das Weinglas aus der Hand und sagte: »Ich werde dich jetzt verführen.« Sie öffnete mir langsam das Hemd. »Ich möchte deine schönen Brüste bewundern«, sie küsste mich zwischen die Schlüsselbeine, und die Hitze flammte wieder auf. »Ich folge deiner Schönheitsspur«, sagte sie, meinte sie damit meine Muttermale, fragte ich mich, dann zog sie mir das Unterhemd nach unten, dass meine Brüste bloßlagen, und mir schien, sie machten sich selbstständig, schwollen ihr entgegen. Zarte und harte, zwischen Bissen und Küssen schwankende Liebkosungen folgten, sie musste eine Künstlerin in Sachen Berührung sein, doch das dachte ich natürlich erst danach; währenddessen schoss mir die Hitze aus den Nippeln zwischen die Schenkel.

Nach einer Ewigkeit hielt sie inne, sah mich an, hielt mir das Weinglas an die Lippen und sagte: »Trink!« Ich trank unter ihrem anbetenden Blick. Sie stellte das Weinglas ab und nahm selbst einen Schluck. »Und nun öffnest du dich ganz für mich!«, sagte sie und bewegte sich zurück zu den Brüsten, zwickte und küsste, dass mir Schmerz und Lust durch den Körper jagten. Ich streckte mich ihr entgegen, gierig, sie öffnete den Reißverschluss, rollte mir langsam die Jeans nach unten und machte heiße Bemerkungen über meine Möse, ich half ihr, ich wollte sie, jetzt sofort. Sie fuhr mir derb zwischen die Lippen, sodass ich fast gekommen wäre, ich gierige Person, ich erinnerte mich in dem Moment nicht daran, wann ich das letzte Mal so scharf war, ich vermutete, noch nie. Aber ja, ich war leicht zu erregen, das hatten alle meine Freundinnen behauptet. Wann hatte ich das letzte Mal mit einer anderen als Beate geschlafen?

»Du bist bereit, meine Liebe«, sagte sie und zog mich hoch Richtung Bett in einem zweiten Zimmer. »Dort ist es bequemer. Wir haben unendlich viel Zeit. Ich werde dich verwöhnen.«

Sie ging zurück, noch immer vollständig bekleidet, aber das war mir in dem Moment egal, holte die Weingläser, schaltete einen CD-Player an, zog sich langsam bis auf die Unterhose aus und legte ihre Sachen ordentlich auf einen Stuhl. Glatte seidige Sommerbettwäsche, dunkelrot. Ich war erregt, ich klemmte die Beine unauffällig zusammen. Lila Jalousien. Die ganze Zeit sah sie mich an. Sie blickte mir ins Gesicht, während sie ihre Hand in mir versenkte, ich erregte mich an diesem Blick, an der intensiv zugewandten Aufmerksamkeit. Vielleicht, weil sie fremd war, vielleicht, weil ich betrunken war und vom Rauchen benommen, empfand ich dieses Angeblicktwerden nicht als beunruhigend und peinlich. Bei Beate hätte mich das verunsichert, ich hätte gekichert, wir tobten eher miteinander, als dass eine sich ausschließlich um die andere kümmerte.

Sie schob mir die Beine auseinander, sah in mich, während sie langsam hineinglitt, und wieder hinaus und wieder hinein. Sie legte sich neben mich, drehte mich, schmiegte sich an mich, ihre Hand blieb in mir. Während sie mich weiterfickte, immer weiter, mit kraftvollen Stößen, hart und ausdauernd, im gleichen, sich kaum steigernden Rhythmus, sagte sie immer wieder, »du, du Schöne, ich muss dich ansehen«, bis ich mich vor Lust aufbäumte, ihr entwand, schrie, und dann begann sie aufs Neue, und noch einmal, bis ich das Gefühl hatte, noch nie im Leben so zerflossen, so aufgelöst gewesen zu sein, ermattet sank ich in ihre Arme, sie streichelte mich zärtlich und sah mich immer noch an, waren ihre Augen blau? Ich schreckte hoch. Oder waren ihre Augen grün: Es konnte doch nicht sein, dass ich das schon nicht mehr wusste.

Als ich sie fragte, ob jetzt ich ihr Genuss verschaffen könne, verneinte sie, sagte: »Das nächste Mal, du Schöne, vielleicht das nächste Mal. Ich bin glücklich, deinem Glühen zuzusehen.«

Wann hatte mich Beate »du Schöne« genannt, hatte sie mich jemals so genannt?

Wieso mussten wir ausgerechnet jetzt verreisen, hoffentlich würde sie mich nicht vergessen, ihr Blick, ich wollte das unbedingt noch einmal erleben, den Sex und ihre Aufmerksamkeit.

Wir schliefen danach ein paar Stunden, sie sagte im Einschlafen zu mir: »Nur dass du es weißt, ich werde immer auf dieser Seite des Bettes schlafen.«

Und dann war ich am frühen Morgen erfüllt von Lust zurück in unsere Wohnung gegangen.

Ich sah zu Beate hinüber. Sie döste inzwischen auch. Beate! Sie sah schön aus im Profil. Ihr Haar trug sie jetzt kürzer als früher, es wirkte schwarz, ihr Kopf lag etwas auf der Seite von mir abgewandt, sie atmete ruhig. Ich drehte mich weg von ihr, sah aus dem Fenster. Unter uns Blau und wenige Wolken. Rechts im dunstigen Blau die Andeutung einer Küste, war es die afrikanische? Würden wir bald ankommen? Im Kopf hörte ich das Lied, das bei Charlotte lief, als ich das erste Mal gekommen war. Die Sängerin hatte eine berauschend herbe Stimme, und den Refrain mit dem Wort »Gewitter« sang ein Countertenor. Es machte mir eine Gänsehaut, auch hier, im Flugzeug. Der Text war seltsam, schien mir überhaupt nicht zu einem ersten Mal zu passen, aber den Klang konnte ich nicht vergessen.

Beate wachte auf, beugte sich über mich und sah aus dem Fenster. Dabei sagte sie: »Weißt du noch, wir haben bei Gewitter das erste Mal miteinander geschlafen. Ich habe eben von Sex geträumt und von Gewitter.«

Ich errötete. Wieso träumte sie ausgerechnet jetzt von Gewitter? Hatte ich etwa in meinem erregenden Halbtraum den Refrain so deutlich gehört, dass ich mitgesungen hatte, und die Worte waren in ihren Traum gedrungen? Die Anschnallzeichen leuchteten auf. Wie üblich legte Beate bei der Landung ihre Hand auf meine. Rührend. Ich widerstand dem Impuls, sie ihr zu entziehen.

Auf Fuerteventura fuhren wir in einem Bus durch triste braune Landschaft Richtung Norden und kamen zu unserer ersten Unterkunft, in ein Hotel in einem Ort namens El Cotillo, das sei, wie Beate behauptete, weniger touristisch als die bekannten Riesenstrände auf der Ostseite, die gegenüber den Inseln Lobos und Lanzarote lagen. Unser Hotel war nicht direkt an einem Strand. Im Reiseführer hatte ich die riesigen weißen Strände auf der anderen Seite bewundert. Dort wäre es doch viel schöner gewesen! Ich bekam schlechte Laune und bestand darauf, sofort baden gehen zu wollen. »Dass wir so weit weg von einem Strand logieren müssen!«

»So weit weg ist der Strand doch nicht!« Beate versuchte mich zu beruhigen, sie klang ungehalten.

Ich dachte in den ersten Tagen immer wieder an Charlotte. Einmal stieß Beate mich an und fragte: »Woran denkst du? Träumst du?« Ich riss mich zusammen und quälte mich durch irgendein Gespräch.

Am schönsten Strand in der Gegend, ein Strand von Steinadern und wie Skulpturen wirkenden Steinfiguren durchsetzt, waren die Unterströmungen zu gefährlich zum Schwimmen, aber wir gingen mehrmals dort spazieren und genossen die Luft, den Anblick. Es gab innige Momente. Aber selbst dort konnte es passieren, dass ich plötzlich wegdriftete. Was wohl Charlotte jetzt machte? Ich starrte auf mein Smartphone. Keine Nachricht. Eigentlich sollte ich auch keine erwarten, denn sie hatte gesagt, dass sie mir in den Urlaub keine SMS schicken würde. Trotzdem zog ich das Telefon immer wieder aus der Hosentasche.

»Was guckst du denn da dauernd?«, fragte Beate. »Kannst du das Ding nicht im Hotel liegen lassen? Wir sind im Urlaub!«

»Ach nichts, ein Automatismus. Muss mir die Arbeit noch abgewöhnen.« Sie sollte nichts merken, bloß nicht. Ich riss mich zusammen. Und dann holten mich die Luft, die Schönheit und Beates vertraute Nähe aus meinen absurden Tagträumereien.

Doch an jedem der langen Abende tauchte Charlotte in meinen Gedanken auf. Ich war unkonzentriert, wenn Beate und ich miteinander redeten oder spielten. Wir lasen im Bett. Ich konnte mich nicht verlieren. Als Beate ihren Krimi durchhatte und mich fragte, ob wir tauschen sollten, hatte ich von meinem erst drei Kapitel geschafft.

Und dann berichtete Beate an einem Abend, während wir die aufregenden Lichtspiele eines Sonnenuntergangs beobachteten – die Sonne selbst sahen wir nicht, denn sie musste ja unbedingt den Norden dieser Insel als Urlaubsdomizil wählen –, von Details eines aktuellen Falls. Ich war auf dem Laufenden. Hatte mit ihr Akten gelesen und diskutiert. Die Geschichten ihrer Fälle waren spannend, vieles glich sich auch, das, worüber Paare bei einer Trennung stritten, ich redete gerne mit ihr darüber. Dieser Fall ging so: Eine Frau zog nach über dreißig Jahren Ehe aus, die Kinder waren längst aus dem Haus. Der Mann trank schon seit Beginn der Ehe. Entzugsversuche brach er jedes Mal ab. Wenn er zu viel getrunken hatte, wurde er aggressiv. Danach, sobald er nüchtern war, entschuldigte er sich tränenreich, die Frau war immer geblieben, sie hatte ihn geliebt. Alles sehr typisch. Aber dieses Mal war sie gegangen. Er wollte sie abhalten. Die Mandantin berichtete, dass er »du kommst hier nicht raus!« gebrüllt hat, ihr den Arm auf den Rücken gedreht und zugeschlagen. Sie entwand sich. Ihre Kinder haben sie überredet, dieses Mal nicht zurückzugehen. Sie lebte zuerst bei der Tochter, dann suchten die Kinder eine Wohnung für sie. Beate übernahm den Fall, der Scheidungsantrag wurde dem Familiengericht zugestellt. Dann ging der Streit um die während der Ehe gemeinsam erworbenen Dinge los, vom Haus bis hin zu kleinsten Küchengeräten oder Bildern an der Wand.

Beate wollte beim Sonnenuntergang berichten, was sie an diesem unabgeschlossenen Fall beschäftigte. Ich musste ausgesehen haben, als wäre ich beleidigt, dass sie schon wieder von ihrer Arbeit anfing. Doch ich hatte einfach nur nicht zugehört.

»Entschuldige! Du hast recht«, sagte sie – ich hatte gar nichts gesagt –, »es ist nicht auszuhalten mit mir. Immer rede ich nur von meinen Fällen. Erzähl du doch mal. Wie war eigentlich deine Wein-Veranstaltung, von der du erst am Morgen und dazu so niedlich betrunken nach Hause gekommen bist? Das war doch das erste allein von dir betreute Event. Oder war Gudrun auch dabei? Kann es sein, dass du seitdem ein wenig unglücklich bist? War dabei oder danach irgendetwas schiefgegangen? Ich weiß, ich rede zu oft nur von meinen Fällen, sorry!«

Ich murmelte: »Nö, war alles okay.«

Und schon redete sie weiter von dem Fall. »Ich krieg es einfach nicht aus dem Kopf, dass der Mann so kurz vor Einigung den Anwalt gewechselt hat. Wir waren knapp vor Abschluss der Scheidungsfolgenvereinbarung. Es fehlte nur noch die notarielle Beurkundung. Ich hatte dir doch schon in Berlin erzählt, dass der einfach behauptet, hunderttausend Mark in die Ehe mitgebracht zu haben. Das ist schwer zu beweisen, aber dass er es nicht mitgebracht hat, ist genauso schwer nachzuweisen. Als der jung war, kann der kaum so viel Geld gespart haben. Sein neuer Anwalt fängt wieder ganz von vorne an. Und der ist einiges schärfer als der erste. Das wird sich auf diese Weise noch einmal ewig hinziehen. Und so lange muss die Frau in der hässlichen düsteren kleinen Wohnung im ersten Stock eines Hochhauses leben. So was ist die nicht gewohnt, die hat immer auf dem Land oder im Grünen gelebt. Die ist schon richtig depressiv. Schade, dass sie nicht die Polizei gerufen hat, als er sie im Suff gewalttätig vom Gehen hatte abhalten wollen. Sie war dann zuerst zu ihrer Tochter gezogen, was vom Platz her gar nicht ging, die haben dann diese bezahlbare Wohnung für sie gefunden. Hätte sie die Polizei geholt, dann wäre er derjenige gewesen, der hätte ausziehen müssen, und sie hätte in dem Haus bleiben können, bis die Scheidung durch ist. Wenn das so weitergeht, bleibt beiden nach Abzug der Anwaltskosten nichts mehr.« Sie redete sich in Rage mit ihrem Fall. Typisch! Erst fragte sie mich was, und dann redet sie doch weiter über ihr Zeug. Die Hälfte davon hatte sie mir schon in Berlin erzählt.

Jetzt unterbrach ich sie und sagte in giftigem Ton: »Also, ich bewundere hier gerade den indirekten Sonnenuntergang. Und übrigens, falls du das eben überhört haben solltest, bei meiner Veranstaltung ist gar nichts schiefgelaufen, im Gegenteil, falls dich das überhaupt interessiert.«

Einige Jahre lang hatte ich Beate unterstützt, nachdem sie auf die, wie mir anfangs schien, absurde Idee gekommen war, noch ein Jurastudium anzufangen. Sie hatte schon ein abgeschlossenes Studium und danach mit Lehraufträgen und als Assistentin einer Professorin für vergleichende Literaturwissenschaften genug Geld zum Überleben verdient. Doch die Lehraufträge liefen aus, und irgendwann empfand sie es als Sackgasse, sich die Nächte mit dem Umschreiben der schlampigen

Manuskripte ihrer Chefin und Beurteilungen schrecklich geschriebener studentischer Arbeiten um die Ohren zu schlagen, in ihrer eigenen Promotion hingegen steckengeblieben zu sein. Sie war auf einmal der Meinung, in ihren zwanzig Seiten Entwurf alles gesagt zu haben, suchte eine Herausforderung. Literaturwissenschaften waren ihr langweilig geworden. Da würden zwanzig Seiten zu endlosen Promotionen ausgewalzt, die niemanden interessierten. Ein spätes Jurastudium war ihr als etwas erlösend Sachliches, nahezu mathematisch Logisches erschienen, dem sie sich unbedingt widmen wollte.

So hatte sie noch einmal studiert; sie war die bei Weitem Älteste in den Seminaren. Das Geld, das sie gespart hatte, verbrauchte sich schnell. Wir waren während dieser Zeit zusammengezogen. Auch ich hatte nichts aus meinem Literaturstudium gemacht, sondern nahm einen Job nach dem anderen an. Erst in einem Café, dann in einem Verlag, jetzt in der Eventagentur von Gudrun. Ich begleitete Beate durch das erste und zweite Examen, korrigierte ihre Arbeiten, fragte sie ab. Sie hatte es erstaunlich schnell geschafft und etwas später noch einen Fachlehrgang Familienrecht, Gesellschaftsrecht, Erbrecht angeschlossen und wieder Klausuren schreiben müssen, seit Kurzem war sie angestellte Anwältin in einer Kanzlei mit Schwerpunkt auf Familien- und Erbrecht. Wir verdienten beide, sie inzwischen viel mehr als ich.

Wenn sie schon diesen übertrieben langen Urlaub buchen musste, wieso hatte sie ein Billighotel genommen? Wir hätten uns auch etwas Teureres gönnen können. Das Frühstück war scheußlich, Abendessen auch. Wir waren nach dem ersten Versuch anderswo essen gegangen. War ich nicht vor allem eine Art Hiwi für sie gewesen? Auch jetzt noch half ich ihr oft, tippte Schriftsätze ab und Ähnliches. War unsere Beziehung wirklich noch gut? Waren wir so lange zusammengeblieben, weil wir uns liebten, oder einfach aus Gewohnheit?

Charlotte hatte im Café verkündet, sie freue sich wahnsinnig darauf, mich wiederzusehen, und das mit dem Urlaub mache ihr nichts aus. »Ihr braucht euren Urlaub sicher für euch«, hatte sie gesagt und verschwörerisch gezwinkert.

Und dann kam endlich doch eine SMS. Es durchzuckte mich vor Glück. Gut, dass Beate in diesem Moment duschte.

»Ich vermisse dich!« Wie schön, sie hatte mich nicht vergessen!

»Ich dich auch«, schrieb ich zurück und schaltete das Handy aus. Hoffentlich bemerkte Beate nichts. Ich wollte die SMS nicht löschen.

Die Woche dehnte sich. Wir liehen uns ein Auto und fuhren um die Insel, die viel größer war, als ich sie mir vorgestellt hatte. Einen Zipfel im Südwesten ließen wir aus, sonst hätten wir es nicht geschafft. Die großen Strände an der Ostseite sahen so traumhaft aus, wie die Reiseführerbilder suggerierten. Wir gingen an einem schwimmen und duckten uns anschließend hinter die Steine einer der vielen leeren, halb zerfallenen Windschutzburgen, um uns herum jede Menge Surfer. Eine windreiche Küste. Ich vermutete, dass diese Strände zu Hauptsaisonzeiten überfüllt waren. Als wir weiterfuhren, wurde der Wind stärker, wir hielten am Rand der Dünen, das Auto umweht von einem Sandschleier. Dann sahen wir zusammen einen scharfen Schatten über die feinen Wellenlinien aus Sand rasen. Beate nahm mich an die Hand. Mir wurde warm vor Liebe, in diesem Moment im warmen Wind der Sandlandschaft. Der Sand war überall, auch unter unseren Sonnenbrillen.

Am Abend machten wir Sex, Beates warmer weicher Körper in meinem Rücken, ihre Brüste, ihre Hände, ich drehte mich zu ihr, wir küssten uns und machten weiter, sie klemmte sich meinen Schenkel zwischen die Beine, meine Finger dazu, ihre weiche warme Hand versank, dabei erzählten wir uns von den Bildern der Fahrt. Die schrecklich schöne Schattengestalt, der hypnotisch in kleinen Wellen vibrierende Sand, der Wind, die endlosen braunen Hügel, die wir einmal von oben gesehen und die uns berührt hatten wie ein sprödes ungeliebtes Tier mit vielen Buckeln, das auf den ersten

Blick abweisend und hässlich wirkte und dann auf einmal schön wurde. Ich sprudelte vor Lust.

Kurz bevor ich kam, hatte ich Charlottes Blick vor Augen, als würde sie uns zusehen, nur um meine Lust anzuheizen. Ich sah ihr in die Augen, sah auf Charlottes sehnige Arme. Dabei waren ihre Gesichtszüge schon am Verblassen. Ich rief Beate, als ich kam. War es der Versuch, das Bild von Charlotte zu vertreiben? Dass ich Beates Namen rief, immer wieder rief, und sie stöhnte dazu und sagte: Anna! Die Namen nennen, um uns einander zu vergewissern, wir beide und niemand anders waren hier miteinander im Bett.

Die erste Woche war vorüber, und wir bestiegen eine Fähre, die uns auf die nächste Insel brachte. Der Urlaub erschien mir immer endloser. Hoffentlich vergaß Charlotte mich nicht doch noch. Wenn sie bei jedem Event eine mit nach Hause nahm – was wohl ihre Freundin dazu sagte? –, dann konnte schon längst eine Neue meinen Platz eingenommen haben.

Kapitel 3, Beate

Beate war erleichtert, dass die beiden Prozesstermine hinter ihr lagen. Das Urteil in dem Sorgerechtsfall war in ihrem Sinn gefällt worden; sie ging davon aus, dass der gegnerische Anwalt es nicht anfechten würde. Die Fälle mit Kindern waren besonders anstrengend und belastend. Diese Mandanten hatten nicht mehr miteinander kommunizieren können, alles wurde über die Kinder ausgetragen. Einmal hatte der Vater sie einfach nicht zurückgebracht, war, ohne es Beates Mandantin anzukündigen, zwei Wochen mit ihnen verreist. Sie verging vor Angst, dass er sie in sein Herkunftsland gebracht haben könnte. Das war nicht passiert, aber laut Aussage der Mandantin hatte er es danach angedroht. Das Sorgerecht wurde ihr übertragen, das gemeinsame aufgehoben. Es wurde außerdem angeordnet, dass er sein Besuchsrecht bis auf Weiteres nur noch in Anwesenheit von Dritten, einer Mitarbeiterin vom Jugendamt, wahrnehmen konnte.

Der zweite Fall endete wie erwartet. Beates Strategie hatte Erfolg: Der Vergleich war für ihre Mandantin sehr günstig ausgefallen. Die Gerichte waren an Vergleichen interessiert. Kein Richter und keine Richterin wollte mehr eine streitige Entscheidung – es sei denn, es ging nicht anders, wie in dem Prozess um das Sorgerecht –, bei der sie sich anschließend hinsetzen und ein Urteil formulieren mussten. Das Urteil konnte von jeder Seite angefochten werden, der Fall in die nächste Instanz gehen und der Richter würde kontrolliert. Beates Strategie in solchen Fällen war es, unbequem für den Richter zu erscheinen, als würde sie einen Vergleich ablehnen.

Ein weiterer Scheidungsfall, den sie vor dem Urlaub eigentlich hatte abschließen wollen, würde sich noch hinziehen, nachdem der Mann den Anwalt gewechselt hatte.

»Bist du noch nicht fertig mit Packen?«, rief Beate in Richtung Annas Zimmer.

Wieso war Anna so schlecht gelaunt? Sonst war immer sie es, die ihren Koffer zuerst fertig gepackt hatte. Sie war die Ordentlichere von beiden. Wieso brauchte sie so lange? Und wieso das Gemecker, als Beate vorschlug, Wanderschuhe mitzunehmen? Hatte sie die letzten Tage Stress im Job gehabt? War ihr die erste selbstständige Event-Organisation nicht gelungen?

Sie hatte verhältnismäßig wenig davon berichtet. Beate machte sich klar, dass sie nicht nachgefragt hatte, und nahm sich vor, es morgen auf der Reise endlich anzusprechen.

»Jetzt lass uns was essen, komm runter von deinem Stress, entspann dich! Morgen kannst du abschalten! Oder hast du keinen Hunger?«

Anna kam aus ihrem Zimmer, schlang die Nudeln in sich hinein und sagte: »Ich muss noch was erledigen und kann vor Reisen sowieso nicht entspannen, das weißt du doch!«

»Weißt du noch, als wir als erste Mal zusammen verreist sind? Wie ich mich über das ältere Wanderinnenpaar lustig gemacht habe. Und jetzt sind wir selbst ein älteres Wanderinnenpaar.« Beate bemühte sich um ein Gespräch, wollte etwas sagen, um Anna aufzuheitern. Jetzt nachzuhaken, was los wäre, das wusste sie, brachte nichts. Würde sie fragen, käme als Antwort ein giftiges »Nichts«. Oder: »Ich bin nicht zum Reden aufgelegt.« Wenn etwas bei Annas Job schieflief, würde sie es Beate in einer weniger angespannten Situation erzählen.

Anna schob den Teller weg und sagte: »Übrigens, ich bin noch jung. Und dieses Wort ›älter‹ ist absurd. Älter als was bitte?«

»Und ›noch‹ ist genauso absurd«, gab Beate zurück. »Klingt verzweifelt. Ich bin noch jung. Ich kann noch alles.«

Und schon waren Beate und Anna mitten in einem absurden Streitgespräch, das irgendwann wieder bei den Wanderschuhen landete.

Anna wiederholte sich, wie in ihren Streiten üblich. Immer wieder fing sie von Neuem an. »Dass wir nun überall diese klobigen Dinger mitschleppen müssen!«

»Dann pack sie wieder aus. Klar, dass wir auf dieser Reise nicht oft wandern werden. Aber wenn sich die Gelegenheit ergibt, werden wir uns ärgern, wenn wir dann die Schuhe nicht dabeihaben! Wieso ist das überhaupt ein Problem?«

Im Flugzeug schlief Anna fast die gesamte Strecke. Beate las im Reiseführer. Lieber hätte sie die erste Woche mit Anna zusammen geplant. Dann fielen auch ihr die Augen zu. Sie träumte Unsinn. Berlin am Tag vor dem Prozess, sie saß in der Kanzlei am Schreibtisch und sah die Schriftsätze durch. Von einer Sekunde auf die andere war es dunkel. Blitze. Donner. Und etwas Sexuelles. Sie wachte auf, hatte die Bilder des Traums noch vor Augen und begann, Anna davon zu erzählen. Anna reagierte nicht. Beate beugte sich zu ihr, küsste sie ins Haar und sah aus dem Fenster. Die Insel war schon nah. »Weißt du noch …«, setzte sie an, und wollte an den letzten gemeinsamen Flug erinnern und an den Koffer, der erst Tage später angekommen war, als die Lautsprecherstimme bat, die Rückenlehnen hochzustellen und eine große Stewardess mit schickem Kurzhaarschnitt kontrollierte. Früher hätte sie mit Anna auch über die Stewardessen geredet. Wer von ihnen welche sexy fand. »Ich freue mich sehr darauf, dass wir endlich wieder Zeit füreinander haben werden!«

Das Hotel war nicht optimal, aber dass Anna nicht aufhören konnte zu sticheln, führte am zweiten Abend zu einem hässlichen Streit. Sie schliefen einander abgewandt ein; doch irgendwann in der Nacht drehte Anna sich im Halbschlaf zu Beate, umarmte sie und murmelte etwas, das sehr zärtlich klang. Im Aufwachen nahm Beate sie in den Arm und streichelte sie zu einem verschlafenen Orgasmus.

Die ersten Urlaubstage blieb Anna schlecht gelaunt. Beate wunderte sich. Hatte sich Anna nicht sehr auf den Urlaub gefreut, und jetzt nörgelte sie, dass sie nicht wisse, was sie hier so lange machen solle. Sie selbst war auch weniger in Urlaubsstimmung, als sie gehofft hatte; ihr gingen die nicht abgeschlossenen Fälle noch im Kopf herum. Anna schimpfte, als sie einmal mit ihr darüber zu reden begann. Sie hatte recht. Vielleicht lag Annas schlechte Laune einfach daran, dass sie Beate anmerkte, immer noch bei der Arbeit zu sein. Ich sollte abschalten, ihr mehr Aufmerksamkeit schenken, dachte Beate. Oder kommt sie in die Wechseljahre und wird ab jetzt unausgeglichen sein, bis das vorbei ist?, fragte sie sich, als Anna sie zum wiederholten Male ohne Grund anfuhr. Aber für Wechseljahre war sie wirklich noch viel zu jung. Hatte nicht Kirschner, ein Kollege in der Kanzlei, mit dem sie oft mittags essen ging und sich einigermaßen gut verstand, vor Kurzem erzählt, dass seine Frau unter unerklärlichen Stimmungsschwankungen gelitten habe und lange Zeit extrem reizbar war? Beate hatte bei dem Gespräch zuerst befürchtet, Kollege Kirschner wollte sie anbaggern, denn er erzählte detailliert, dass seine Frau immer wieder wegen nichts Streit gesucht habe. Später habe sich bei einer Routineuntersuchung herausgestellt, dass die Frau unter Diabetes litt und die Stimmungsschwankungen damit zu tun hatten.

Einmal liehen Beate und Anna sich ein Auto und fuhren um die Insel. Beate fotografierte das Auto mit ihrer alten Kamera, die ihr Anna einmal geschenkt hatte, im Sandwind mit dem bunten Signet der Verleihfirma.

»Vom Sande verweht, das wäre ein hübsches Werbefoto für Cicar«, sagte Anna, und sie sahen sich an und lachten. Dann drehten sie sich um zur Düne, ein scharf gezeichneter Wolkenschatten jagte über die unendliche Sandfläche. Ein heißes Glücksgefühl durchströmte Beate. Und Anna auch, so schien es, als sie sich zu Beate umdrehte und ihr einen zärtlichen Kuss gab.

Auf Lanzarote hatte Beate ein Zimmer in einem großen, schicken Hotel im Süden gebucht, nahe an der Promenade, am Strand. Aber das Fenster ging zur Seite, zu sehen war eine Betonfläche – um Meerblick zu haben, musste man sich verrenken. »Ich werde mich beschweren und ein anderes Zimmer verlangen«, sagte Beate.

Anna wollte sie zurückhalten. »Ist doch nicht so schlimm, wir sind doch meistens draußen. Mecker doch nicht immer!«

Beate gab zurück: »Auf Fuerteventura hast du dauernd gemeckert, jetzt will ich es dir recht machen … « Und schon hatten sie wieder einen heftigen und sinnlosen Streit.

Als sie das erste Mal zur Promenade gingen, am Rand des Hotels entlang, roch es nach Kloake. Ekelhaft! Anna wollte deshalb nicht ins Wasser.

»Das geht unter Garantie nicht ins Meer! Die haben doch eine blaue Flagge!«, versuchte Beate sie zu beruhigen, vergeblich.

Auf Lanzarote mieteten sie ein Auto für die gesamte Woche und machten die inselüblichen Ausflüge. Langsam setzte der Erholungseffekt ein. Dort hätten sie zwei Wochen bleiben können. Anna hatte mit ihrer Nörgelei an ihrem Geburtstag nicht unrecht, dachte Beate. Jede Woche woanders hinzureisen, erschien auch ihr in diesem Moment, in dem Entspannungsgefühle einsetzten, viel zu anstrengend. Aber sie hatte alle drei Inseln kennenlernen wollen. Auf die westlichen Kanaren waren sie schon oft gereist, aber noch nicht auf die Ostinseln. So konnten sie entscheiden, ob sie auf einer der Ostinseln auch irgendwann einen längeren Urlaub verbringen wollten, hatte Beate sich vorgestellt. Beate räumte Anna gegenüber nicht ein, dass sie es inzwischen selbst als Zumutung empfand, bald wieder die Unterkunft wechseln zu müssen, sondern sprach von der Vielfalt der Eindrücke und dass das auch Erholung sei.

Anna schwieg. So wortkarg ist sie doch sonst nicht, dachte Beate. Auch als sie an einem Abend vorschlug, Scrabble zu spielen, reagierte Anna nicht. Sie war wie weggetreten.

»Träumst du?«, fragte Beate dann. Irgendetwas stimmt nicht mit ihr, dachte sie.

Anna rappelte sich auf. Sie spielten Scrabble. Beate gewann beide Spiele.

Am vorletzten Tag auf Lanzarote packte sie die Abenteuerlust. Sie fuhren zu einem verwunschenen riesigen Strand im Westen. Beate nahm Anna romantisch an der Hand, als sie an der Wasserlinie mit ihren langsam anbrandenden Wellen entlanggingen. Lange standen sie still und beobachteten die Wasservögel. Beate durchrauschte ein Glücksgefühl. Dann fuhren sie zum Aussichtspunkt mit dem Blick auf die kleine Insel La Graciosa. Auch Anna wirkte entspannt, schien endlich in Urlaubsstimmung zu sein.

Sie standen oben und sahen einen schönen einsamen Strand unten. Beate setzte an, Anna nahm ihr das Wort aus dem Mund: »Es ist doch viel zu heiß, das wäre leichtsinnig!« Sie ahnte, was Beate durch den Kopf ging. Beate stellte sich vor, nach unten zu laufen, zu diesem Strand in der Ferne. Sie hatte die Lust zu laufen gepackt. Die Wanderschuhe waren zwar im Hotel, aber Turnschuhe sollten für Lanzarote wohl genügen. Beate holte den Reiseführer aus dem Auto. Es gab einen Weg nach unten; sie las Anna die Beschreibung vor.

Anna sagte wieder: »Es ist zu heiß. Wir können da nicht runterlaufen, das ist verrückt.«

»Du traust dir wohl gar nichts mehr zu! Früher hättest du nicht eine Sekunde gezögert. Wir sind doch noch keine sechzig!«

»Oh. Jetzt bist du plötzlich nicht mehr ›älter‹«, gab Anna zurück, und sie lachten auf einmal miteinander. Anna gab nach, sie fuhren zum Ausgangspunkt des Wegs und stiegen ab. Möwenschwärme flogen über sie hinweg, auf dem Strand standen verrostete Strommasten. Graciosa erschien nah, sie fragten sich, ob man hinschwimmen könnte.

Als sie nachmittags wieder hinaufstiegen, brannte die Sonne immer noch, die im Reiseführer versprochenen Passatwolken zeigten sich nicht. Nur einzelne kleine Wölkchen bevölkerten den strahlend blauen Himmel. Anna wäre fast nicht wieder hochgekommen. An jeder Steilkehre des schattenlosen Weges, es gab alle fünfzig Meter eine, musste sie eine Pause einlegen. Ihr Herz raste, ihr wurde schummerig. Beate machte sich schreckliche Sorgen, wusste nicht, was sie tun sollte, sie malte sich schon aus, dass sie den Notruf verständigen und jemand kommen müsste, Anna nach oben zu transportieren. Auch Beate bekam Herzklopfen, ihr Herz raste vor Angst um Anna. Es gab auch bei jüngeren Menschen Herzprobleme. Eine Verengung. Atemnot. Herzinfarkt. Das konnte nicht nur die die Sonne sein, ging ihr durch den Kopf. Anna trug eine Schirmmütze, und so extrem heiß war es nicht mehr.

Anna schaffte es aber noch zu schimpfen: »Habe ich's dir doch gesagt!«

»Was?«

»Dass es Leichtsinn ist, hier herunterzusteigen.«

»Du musst unbedingt mal zum Arzt gehen, wenn wir zurück sind!«

»Ich bin einfach nur untrainiert. Wir sind seit Ewigkeiten nicht mehr gewandert. Und dann gleich so etwas. Ich brauche keine Ärztin. Übrigens gehe ich zu einer Ärztin und nicht zu einem Arzt.«

Kapitel 4, Charlotte

Wie gut man sich mit dieser Frau unterhalten kann, dachte Charlotte, als Anna aufstand und sich verabschiedete.

»Ich freue mich auf unsere nächste Verabredung«, sagte Anna, lächelte und ging.

Charlotte sah ihr nach. Würde sie sich an der Ecke umdrehen? Sie drehte sich um und winkte ihr zu! Charlotte wurde warm vor Glück. Sie bestellte sich ein Glas Weißwein – einen der teuren, denn sie hasste es, billigen Wein zu trinken und davon Kopfschmerzen zu bekommen –, trank einen Schluck, legte ihre Brille ab, schloss die Augen und hielt ihr Gesicht in die Sonne. Sie hatten sich ein paar Tage nach der Nacht auf einen Kaffee getroffen.

Anna war so schön in ihrer Erregung gewesen!

Ihr war diese Frau schon bei den Vorbereitungsgesprächen ins Auge gefallen. Sie hatte die Schönheitspünktchen bewundert, die im Ausschnitt verschwanden, und sich beiläufig gefragt, wie es wäre, der Spur zu folgen. Sie spielte eine Weile mit diesem Gedanken, aber es hatte keine große Bedeutung. Immer wieder einmal malte sie sich bei schönen Frauen verführerische Szenen aus.

Bei der Veranstaltung, als sie danach noch mit Anna zusammensaß, passierte es. Es gab eine zufällige Berührung. Es war, als würde ein Energiestrahl durch sie schießen. Alles leuchtete, alles war klar. Anna kam mit zu ihr.

Charlotte fühlte sich beschwingt, wie Frühling im Herzen, ihre Arbeit ging ihr leicht von der Hand, viel leichter als in den Wochen zuvor. Alles sah schöner aus. Die Stadt, die Menschen, ihr Café, in das sie fast jeden Morgen vor der Arbeit ging, auch ihr Milchkaffee.

Sie ließ den Sex vor ihrem inneren Auge ablaufen. Wie die Tage davor auch schon. Sie träumte sich mitten in einem Kundengespräch zur ersten Berührung. Wie Annas Brüste auf sie reagiert hatten, in Sekundenbruchteilen. Weiche schöne Brüste, die in ihre Hände hineingeschwollen waren, sie fast sprengten. Jetzt hörte sie Annas leises zartes Stöhnen. Sah vor sich, wie sich Anna nach ihrem ersten Orgasmus zu entwinden versucht hatte. Doch sie hatte ihre Hand auf Annas bebender Möse liegen lassen, und die Vibrationen drangen in sie, Charlotte, ein und erfüllten sie mit Zärtlichkeit. Sie wollte Anna mehr geben, alles, was sie konnte, sie löste sich aus ihrer romantischen Empfindung und stimulierte Anna weiter, mit unerbittlicher Hand, sodass Anna schließlich vom zarten melodischen Stöhnen ins laute heiße Schreien übergegangen war, ihre Augen geschlossen – direkt nach ihrem letzten Orgasmus hatte sie sie geöffnet und Charlotte angesehen. Es war, als flösse sie aus sich heraus, hin zu ihr, zu Charlotte, in sie hinein. Es gab diese Sekunde innigster Verbindung. Charlotte hatte so etwas noch nie erlebt. Sie machte gerne Sex und hatte es schon einigen Frauen gut besorgt, aber dass es bei einem ersten Mal einen solch innigen Moment gegeben hätte, daran konnte sie sich nicht erinnern.

Anna hatte erzählt, dass zwischen ihr und ihrer Freundin sexuell nichts mehr passierte, typisch für Paare, die so aneinanderklebten wie die beiden. Sie waren Freundinnen, wenn überhaupt, vielleicht zankten sie auch oft. Ihre Freundin wusste sicher nicht, was Anna brauchte, und dass Anna ein sexuell offenes Wesen hatte. Anna war etwas Besonderes. Wenn ich ihre Freundin wäre und mit ihr zusammenwohnen würde, ich würde sie jede Nacht verwöhnen, dachte Charlotte, bemühte sich aber, diese Gedanken einzudämmen.

Hör auf, dich in etwas hineinzusteigern! Sie sprach mit sich selbst. Ich bin liiert, und sie ist es auch, und jetzt fahren die beiden in Urlaub. Vielleicht würde es bei einem Mal bleiben. Das kann auch etwas sehr Schönes sein. Etwas Einmaliges, was Anna nie vergessen würde. Oder wir beginnen eine Nebenaffäre. Jetzt ist sie erst einmal drei Wochen verreist. Wenn wir uns danach wiedersehen, dann wissen wir mehr.

Sie zahlte und ging eine Stunde durch den lauen Berliner Sommerabend, statt U-Bahn zu fahren. Das Hochgefühl trieb sie voran, sie genoss den Duft der Lindenblüten, die Straßen, die Menschen um sie herum. Doch kaum war sie in ihrer Wohnung angekommen, machte sich die Enttäuschung breit. Sie kam nicht dagegen an. Sie spürte sie aus ihrer Mitte aufsteigen und ihr Gehirn überfluten. Sie lähmte jeden Gedanken. Sie sollte Juliane anrufen. Juliane war ihre Freundin. Mit Juliane hatte sie früher immer gute Gespräche geführt. Aber was tat Juliane heute am liebsten? Fernsehen, dämliche Serien, im Winter sogar so etwas abgrundtief Peinliches wie Dschungelcamp.

Aber sie brauchte Juliane und unterdrückte den Gedanken sofort, das dumpf und beschränkt zu finden. Sie hatte eine interessante Freundin, auf andere würde sie sich doch gar nicht erst eingelassen haben. Sie konnte Juliane nicht anrufen. Sie konnte auch Anna nicht anrufen und ihr noch einmal sagen, wie sehr sie den Abend genossen hatte und wie sehr sie sich schon jetzt danach sehnte, sie wiederzusehen. Sie fühlte sich gelähmt. Drei Wochen. Wer fuhr drei Wochen in Urlaub? War ihre Freundin reich? Anna selbst kam mit ihrem Job in der Eventagentur gerade so über die Runden, hatte sie Charlotte erzählt. Sie konnte sich doch einen solch aufwendigen Urlaub gar nicht leisten. Sicher würde Anna sich wieder ihrer Freundin hingeben. Sicher hatten die beiden im Urlaub Sex.

Charlotte konnte die Vorstellung nicht ertragen, dass eine andere Frau Anna anfasste, auch wenn es nur die Freundin wäre, die sie ja schon tausende Male angefasst hatte. Sie legte sich ins Bett, konnte nicht einschlafen. Die Enttäuschung darüber, dass Anna einfach aufgestanden und gegangen war, nahm ihr den Schlaf.

Irgendwann dämmerte sie ein. Als der Wecker klingelte, fühlte sie sich gerädert. Sie wollte bei der Arbeit anrufen und sich krankmelden. Doch als sie das Telefon schon in der Hand hatte, rief sie sich zur Vernunft. Ich muss mich fangen, es war eine schöne Begegnung, ob es weitergeht oder nicht, müssen wir abwarten! Sie zwang sich zu duschen und nicht im Laden anzurufen. Unter der Dusche redete sie wie eine Psychologin auf sich ein: Charlotte, du bist eine starke Person. Andere bewundern dich dafür. Eine sympathische Frau kann dich nicht aus dem Konzept bringen. Du hast eine tolle Freundin. Und du kennst andere tolle Frauen, die dich schätzen! Diese Anna wird schon noch merken, was sie an dir haben könnte, und sich nach dem Urlaub wieder mit dir treffen, und wenn nicht, ist es auch okay, du bist nicht darauf angewiesen!

Nach dem ersten Kaffee ging es ihr besser. Sie war doch kein schwärmendes kleines Mädchen mehr, das krank vor Liebesleidgefühlen wurde! Es war eine heiße Nacht. Sie hatte zwar schon vor dem Event darüber nachgedacht, dass sie diese Frau, die sie in den Vorbereitungsgesprächen verzückt hatte, am Abend des Events verführen könnte, und auch geschafft, was sie sich vorgenommen hatte. Dass dann die erste Berührung ihr auch noch so ins Herz gefahren war, damit hatte sie nicht gerechnet. Das bewies doch, dass ihr auch Weiteres gelingen würde. Und sie wollte mehr, das wurde ihr schon jetzt bewusst. Es würde nicht bei der einen Nacht bleiben. Anna würde sich wieder rühren. Charlottes Energie kam zurück. Anna war von ihr beeindruckt gewesen, dessen war sich Charlotte sicher. Die Kundentermine heute würde sie locker schaffen. Sie musste Anna jetzt erst einmal vergessen. In drei Wochen ginge es weiter.

Doch Anna ließ sich nicht aus ihren Gedanken verdrängen. Charlotte hatte ihr, einer fremden Frau, Dinge von sich erzählt, die sie noch nie jemandem erzählt hatte, zumindest glaubte sie das. Von ihrem Vater. Ihrer Mutter. Ihr Vater sei, wenn er überhaupt zu Hause war, unnahbar und kühl gewesen. Und ihre Mutter habe dauernd an ihr herumgenörgelt. Wieso hatte sie Anna davon berichtet, fragte sie sich jetzt, dass sie sich schon als kleines Kind immer bemüht hatte, perfekt zu sein, um zu gefallen. Und dass sie irgendwann den Kontakt zur Mutter abgebrochen habe und es ihr seither gut gehe. Anna hatte daraufhin natürlich betont, dass sie eine ganz wunderbare Frau sei, und klug. Und solche Mütter schrecklich seien, die ihre Kinder benutzten, um ihr eigenes Selbstbild aufzupolieren. Sie hatte sich zu psychoanalytischen Exkursen aufgeschwungen, denen sie, Charlotte, noch Fachwissen hinzugefügt hatte. Etwas Besonderes war zwischen ihnen. Dass schon ihr erstes Gespräch so tiefgehend war. Dass sie so etwas erzählen konnte! Und erst die Nacht. Anna war anzusehen, was sie fühlte. Und Charlotte war sich sicher, dass umgekehrt auch Anna ihr vor ihrer Abreise im Café Dinge erzählt hatte, die sie sonst niemandem erzählte. Anna musste spontanes Vertrauen empfunden haben. Etwas war zwischen ihnen aufgeflammt, das ließ sich nicht wegerklären, sosehr Charlotte sich auch darum bemühte. Eine Nacht, was war schone eine Nacht?

Als sie sich mit ihrer Freundin Juliane traf, fehlte ihr Annas Aufgeschlossenheit. Interessiert sich Juliane wirklich für mich, fragte sie sich, als sie beim Essen von Banalitäten erzählte. Was Juliane für ihre Küche anzuschaffen gedachte zum Beispiel. Juliane ging gerne einkaufen. Als Charlotte das Gespräch auf ihren Vortragsabend lenken wollte, schien Juliane nicht zuzuhören. Charlotte kam es vor, als redete sie gegen eine Wand.

Wie begeistert doch Anna ihren Ausführungen zu dem Roman »Weinlese« gefolgt war. Sie hatte versprochen, sich das Buch zu besorgen. Und auch Anna hatte Intimes erzählt. Dass sie so viel von sich erzählt hatte, zeigte deutlich, dass Anna in ihr etwas Außergewöhnliches sah. Nicht allein, dass sie sich ihr beim Sex vollständig hingab, sodass sie ihr Glück herausgebrüllt hatte – wie sie es mit ihrer Partnerin, nahm Charlotte an, nicht konnte. Annas Partnerin verlangte, so interpretierte Charlotte Annas Erzählungen, viel zu viel. Rücksichtnahme auf Kindheitstraumata. Dass sie ihr berufliche Arbeiten abnahm. Dass sie sich auch noch um den Haushalt kümmerte. Vielleicht brauchte Anna endlich eine Frau, die sie umsorgte und ernstnahm.

Charlotte durchfuhr ein heißes Glücksgefühl, wie sie es seit Jahren nicht empfunden hatte, wenn sie an Anna dachte. Hatte sie überhaupt je solche Gefühle gehabt? Sie würde Anna umsorgen. Anna hatte nicht nur von sich, sondern auch aus der Kindheit ihrer Freundin erzählt. Dass deren Eltern einmal vergessen hätten, sie von einer Ferienfreizeit abzuholen. Dass ihr die anderen Geschwister als die besseren und klügeren vorgehalten worden waren und die Eltern sie nicht geliebt und früh abgeschoben und in eine Gartenbau-

Ausbildung mit Internat gesteckt hatten. Auf einmal ärgerte sich Charlotte, als sie daran dachte. Sie fragte sich, ob Anna ihr davon erzählt hatte, weil sie sie, Charlotte, und das, was sie aus ihrer Kindheit erzählt hatte, mit der Kindheit der Freundin verglichen hatte? Charlotte wollte nicht mit dieser Beate verglichen werden. Auf gar keinen Fall. Anna hatte dann noch angefügt, dass ihre Freundin deshalb niemals von der Nacht erfahren dürfe. Das Verlassenheitsgefühl aus ihrer Kindheit wäre dann sofort präsent, und das wollte Anna ihr ersparen.

Charlotte hatte sie beruhigt: »Unsere Begegnung hat nichts mit unseren jeweiligen anderen Verhältnissen zu tun. Mach dir keine Sorgen, dass ich deiner Freundin etwas andeute. Wo sollte ich ihr überhaupt über den Weg laufen?«

Anna füllte sie zunehmend innerlich aus, egal was sie tat, wo sie war, sie konnte keine Sekunde ohne den Gedanken an diese Frau sein. Eine warmherzige, zugewandte, neugierige Frau. So schön! Charlotte war verknallt. Warum schickte Anna nicht eine kurze SMS? Sie hatten zwar ausgemacht, sich nicht mit SMS zu behelligen, solange Anna im Urlaub war. Aber konnte Anna nicht wenigstens ein Lebenszeichen geben?

Die Arbeit lenkte Charlotte ab. Aber an den Abenden wurde es nahezu unerträglich. Sie empfand eine grausame Leere, ob sie mit Juliane zusammen war oder nicht. Drei Wochen! Wieso verreisten sie so lange? Üblicherweise verreisten Berufstätige nicht mehr als zwei Wochen.

Als endlich die erste Woche herum war, konnte sie sich nicht zurückhalten und schickte eine SMS. Umgehend kam Antwort. Charlotte juchzte auf vor Glück. Anna vermisste sie!

Kapitel 5, Anna

Dass Beate so fürsorglich war! Wie liebevoll. Noch auf der Fähre zur nächsten Insel machte ich mir Vorwürfe, dass ich nach der Wanderung und meinem Schwächeanfall so unfreundlich reagiert hatte. Mir kamen die vielen Dinge in den Sinn, mit denen sie ihre Liebe zeigte, auch dann, wenn sie viel zu tun hatte. Das konnten banale Kleinigkeiten sein, etwa, dass sie mir warme Wollsocken mitbrachte, weil sie beobachtet hatte, wie ich fröstelte, als ich in viel zu dünnen Socken in unserer Wohnung herumlief. Die Überfahrt dauerte mehr als fünf Stunden. Beate hatte sich eine sehr schöne Reise ausgedacht. Inzwischen störte es mich nicht einmal mehr, dass wir wieder aufbrachen. So würde die letzte Woche noch einmal ein richtiger neuer Urlaub werden und hoffentlich nicht so rasend schnell vorübergehen wie sonst die zweite Hälfte von Urlauben.

Die riesige leere Fähre bewegte sich langsam. Wir standen draußen. Der Blick auf das Glitzern des Meeres, auf Lichtspiele und die Spur der Fähre, hochspritzende Gischt, kleine Wolken, vom Wind über den zartblauen Himmel getrieben, erfüllten mich mit Glück.

Auf einmal rief Beate: »Da!«

Ich sah nichts. Beate deutete auf einen Punkt am Horizont. »Siehst du sie?« Und dann sah auch ich die Wale! Die Sicht war klar, kein Sandstaub in der Luft. Berauschend. Entspannend. Eine große Ruhe hatte mich erfasst.

»Beate, du hast wirklich eine unglaublich tolle Reise zusammengestellt. So fühlt es sich auch echt wie Reisen an, mit Schiff, das die Zeit spürbar werden lässt. Nicht wie im Flugzeug, rein, raus, beengt sitzen und ankommen. Danke für das schöne Geschenk. Und ich möchte mich endlich dafür entschuldigen, dass ich anfangs so genörgelt habe!« Ich legte meinen Arm um sie und küsste sie zart auf die Wange. So standen wir wie frisch verliebt im Fahrtwind, bis uns die Lust auf Kaffee nach innen trieb.

Beate kaufte Postkarten. Ich konnte mich nicht erinnern, dass wir von einem unserer Urlaube schon einmal Postkarten geschickt hatten. Wie romantisch. Ich saß mit meiner Liebsten in einem Sessel in einem Schiff und schrieb eine Postkarte. Charlotte kam mir in den Sinn. Sollte ich auch ihr eine schreiben?

Beate sagte: »Weißt du überhaupt noch, wie man Postkarten schreibt?« Dann begann sie von der Geschichte der Postkarte zu erzählen. Endlich konnte ich wieder einmal ihre Ausführung über ein bizarres Thema genießen, womit wir uns früher oft vergnügt hatten. Eins ihrer Lieblingsthemen war das Weltall. Wie oft hatte sie mir im Einschlafen von neuen Theorien über die Galaxien berichtet. Ich zog sie auf, dass diese Gedanken auf mich wie Gute-Nacht-Geschichten wirkten, einschläfernd.

»Als Postkarten zugelassen wurden, vor circa hundertfünfzig Jahren, galten sie manchen Postdirektoren noch als unanständige Form der Mitteilung. Weil ja jeder mitlesen kann. Außerdem brauchen Postkarten keinen Absender und waren insofern suspekt. Sie widersprachen der Entwicklung des polizeilichen Meldewesens, dessen Bestreben es war, jeden lokalisieren zu können. Postkarten enthalten aber Notizen frei vagabundierender Subjekte, ohne Absender, Antwort wird nicht erwartet.«

»Oh, Postkarten als anarchistischer Akt, sich der Identifizierung und staatlichen Einordnung zu entziehen!«

»Ja, so etwa!«

»Und was schreibt man nun auf Postkarten?«, fragte ich.

»Das hat sich bis heute nicht geändert. Man schreibt kurze Notizen über die Schönheit der Reise, aber zum

Trost der Zuhausegebliebenen auch etwas weniger Schönes. Also die Leute schrieben schon immer so etwas wie: Das Wetter ist schön, aber einmal hat es geregnet. Oder: Gestern ist an unserem Strand jemand fast ertrunken.«

Ich lachte. Hatte ich doch eben auf meiner Postkarte an Doro Ähnliches formuliert. »Der Urlaub ist abenteuerlich, das Wetter traumhaft, nicht so schwül wie bei uns im Sommer. Gestern auf einer Wanderung wäre ich fast zusammengebrochen.« Ich las es Beate vor. Sie lachte auch. »Und was weißt du noch über Postkarten? Die sind doch heute durch SMS oder WhatsApp-Nachrichten ersetzt.«

»SMS aus dem Urlaub sind nichts grundsätzlich anderes. Nur schreibt man viel mehr SMS als Postkarten. Verkürzte Texte, keine ausführlichen Berichte. Postkartenstil ist heute fast zum Stil normaler Kommunikation geworden.« Schließlich landeten wir bei Derrida. Beate hatte vor ihrem Jurastudium auch solche Autoren gelesen. »Jedes Schreiben hat was mit Verschicken zu tun. Schreiben und lesen sind entkoppelt, auch wenn es im selben Raum stattfindet. Schriftliches muss immer eine Kluft überwinden, und sei sie digital noch so schnell zu überwinden.«

Ich würde keine Postkarte an Charlotte schicken. Die letzten Tage hatte ich kaum mehr an sie gedacht. Vielleicht war ich nur so scharf auf sie gewesen, weil ich betrunken war. Ich schrieb weitere Karten an Gudrun, meine Chefin, an meine Schwestern und an Katharina. Katharina hatte ich lange nicht mehr getroffen, vielleicht solle ich mich endlich mit ihr verabreden. Wir nahmen uns vor, wenn wir zurück in Berlin wären, uns nicht mehr allein von der Arbeit das Leben diktieren zu lassen. Beate versprach: »Am Wochenende nehmen wir uns ab jetzt immer einen Tag für uns. Wir sollten uns nicht aus den Augen verlieren. Ein Tag muss möglich sein. Wir nehmen einfach wieder den Sonntag, machen wie früher kleine Ausflüge in die Umgebung, besuchen Ausstellungen, gehen ins Kino, haben Sex!«

Wir benahmen uns auch nach der Überfahrt noch wie Frischverliebte. Hand in Hand folgten wir den Schlenkern der kilometerlangen Promenade des Großstadtstrandes Las Canteras, sprangen durch die Tümpel zwischen glatten Felsen und folgten den winzigen Fischen und den Strandschnecken und Krebsen in den Algen. Oder wir lagen im Sand, schwammen im ruhigen Meer, aßen Eis und Fisch und spielten abends Scrabble und liebten uns und wollten ewig hier bleiben. Einmal liehen wir uns wieder ein Auto und kurvten durch die wilde Berglandschaft der Insel, entlang einer abenteuerlichen, immer schmaler werdenden Straße im gespenstischen Nebel, denn ausgerechnet an dem Tag hingen Wolken in den Bergen, mitten im Sommer. Beate wollte umkehren, aber diesmal war ich es, die uns vorantrieb. Beate saß verkrampft und schlechter Laune neben mir und zischte andauernd: »Pass auf! Wir fahren noch in den Abgrund. Siehst du überhaupt was? Wir sollten umkehren«, aber ich fuhr wieder und wieder um einen enge Kurve und rief dabei provozierend bewundernd aus: »Sieh dir das doch mal an! Sieht das schön aus, wie sich die Struktur des Felsens aus dem Nebel schält!«

»Achte auf die Straße! Ich würde lieber am Strand liegen und entspannt schwimmen!«

»Das können wir doch noch, wenn wir zurück sind.« Obwohl auch ich langsam das Gefühl hatte, dass wir nie aus dem Gebirge herauskämen, und immer angespannter hinter dem Steuer hing. Viel Benzin hatten wir auch nicht mehr im Tank. Das Reservezeichen leuchtete schon. Gut, dass das Beate noch nicht aufgefallen war. Bei der Billigfirma, bei der wir das Auto gemietet hatten, erhielt man kein vollbetanktes Auto, sondern sollte den Wagen einfach so wieder abgegeben, wie man ihn erhalten hatte. Als wir an einem großen Haus mit schwarzen Fensterlöchern ohne Glas vorbeikamen, sagte Beate: »Das sieht ja aus wie bei Shining«, und endlich lachten wir wieder. Und irgendwann waren wir unten angekommen.

Doch die Straße war gesperrt, wir mussten durch die Berge zurück, doch es würde bald dunkel werden, eine Tankstelle war auch nicht in Sicht. Wir fuhren vorsichtshalber in Gegenrichtung um die riesige Insel zurück. Fast hätten wir uns die ganze Zeit furchtbar gestritten, aber wir schafften es schließlich, uns lachend einzugestehen, nun die gesamte Insel, wenn auch inzwischen im Dunkeln, doch noch kennenzulernen. Eigentlich hatten wir die touristischen Gegenden im Süden, um Maspalomas herum, ignorieren wollen. In einem Gespensterort mit Namen Puerto Rico und riesigen leeren Kästen bis hoch in den Barranco bogen wir von der Straße ab, um zu tanken. Wir fanden keine Tankstelle. Erst im nächsten Ort, buchstäblich auf den letzten Tropfen, tankten wir.

Schnell war die Woche vorbei. Wir nahmen uns vor, noch einmal an diesen schönen Strand von Las Palmas und auf diese Insel zu fahren, länger, sodass wir die Berge noch ausgiebig würden genießen können. Ich sagte: »Aber vorher fahren wir nach Irland!«

Beate gab zurück: »Ob du links fahren kannst? Aber ja, das nächste Mal verreisen wir in den Norden.«

Am Abend nach der Ankunft in Berlin gingen wir essen, schwelgten in der Bilderflut, schwärmten uns gegenseitig von den endlosen Strandspaziergängen vor und schworen uns, dass wir in Zukunft ein- oder zweimal jährlich verreisen würden. Und wir planten Kurzausflüge an den Wochenenden. Doch Beate konnte ihre Unruhe nicht verbergen. Sie sah den Berg liegen gebliebener Arbeit vor sich. Wir schliefen beide schlecht.

In der Nacht war Charlotte zurück. In meinem Kopf. Und nicht nur dort. Mein Körper sehnte sich. Ich wollte ihre geschickten Hände noch einmal spüren, hoffte, dass sie noch Lust auf mich hatte.

Am kommenden Morgen stürzte Beate in die Kanzlei, am Abend würde sie einen Berg Akten mit nach Hause bringen, das war gewiss. Ich musste erst in der nächsten Woche wieder in die Agentur, packte unsere Koffer aus, befüllte die Waschmaschine mit unseren Sachen und frühstückte. Kaum hatte ich die Waschmaschine aus- und den Trockner eingeräumt und angeschaltet, überfiel mich die Sehnsucht aus der Nacht erneut, unaufschiebbar. Ich wollte Charlotte wiedersehen. Ich schickte ihr eine SMS, dass wir zurück seien, und fragte mich, ob sie antworten würde oder ob ich nicht mehr wichtig war. Was war es schon, einmal miteinander ins Bett zu gehen? Und war es für sie überhaupt genauso schön gewesen wie für mich?

Doch eine Minute später kam ihre Antwort: »Ich freue mich, du Schöne. Wann sehen wir uns?«

Sie sei unterwegs, würde übermorgen wieder in Berlin sein. Wir verabredeten uns für den Samstag. Noch zwei Tage warten!

Am Abend wollte ich Beate zu einem Wein überreden, doch sie sagte, sie habe keine Zeit, müsse Arbeit nachholen und in einer Woche schaffen, wofür sie sonst vier Wochen Zeit gehabt hätte. Ich trank in der Küche ein Glas allein, Beate kam herein, holte sich einen Kaffee und schimpfte darüber, was man ihr zugeschoben hatte, irgendetwas Unerfreuliches. Sie war die kürzeste Zeit von allen in der Kanzlei und musste, so schien es mir, arbeitsaufwendige und nicht immer spannende Fälle übernehmen, dazu Verwaltungsaufgaben, die nicht der Sekretärin überlassen werden konnten.

Charlotte saß bereits in dem Café, Gesicht der Sonne zugewandt, Augen geschlossen. Mich durchzuckte die Vorfreude. Ich wusste, gleich würde sie mich berühren. Mir blieb das Herz stehen, eine Hitze, ich hätte sterben können in dieser Sekunde. Es war das Gefühl des Kurz-davor, das mich verrückt machte. Vielleicht waren es allein diese Sekunden, die mich trieben.

Als ich am Tisch angekommen war, setzte sie ihre Brille auf, sagte, »ohne Brille bin ich blind« und lachte mich an. »Willkommen zurück in Berlin! Einen Sekt zur Begrüßung?«

Ich stand etwas steif vor dem Tisch.

»Na komm her«, sagte sie dann, erhob sich und stand vor mir. Ihre Hände schon an mir, oder? Diese Kaum-Berührung brachte mich um vor Lust. Sie umarmte mich, sagte: »Ich freue mich wahnsinnig auf dich!«

Ihr Körper glühte an meinem, und meine aufgestaute Lust brach sich Bahn, und sie, ungeniert, hatte das sofort gespürt und küsste mich nun nicht mehr zart auf die Wange, sondern nahm mein Gesicht in ihre großen schönen Hände, sodass ich mich ihr nicht hätte entziehen können, und sah mich an. Eine Ewigkeit verging, bevor ihre Lippen meine berührten, ihre Zunge sich in mich schob. Ich schloss die Augen und spürte sie kreisen und stoßen. Mit starker harter Zunge, tief – bis mir das Wasser wieder in die Möse schoss.

Ich schauderte. Sie bewegte sich in mir. Nach einer weiteren Ewigkeit setzten wir uns, sie winkte die Kellnerin zurück, die dezent verschwunden war, als sie uns küssen sah, und bestellte zwei Rosé.

»Die Farbe muss jetzt sein«, sagte sie. Der Sekt kam, wir stießen an. »Auf dich. Auf uns! Erzähl, wie war euer Urlaub?« Sie bot mir eine Zigarette an. Wie beim ersten Mal rauchte ich mit ihr, überkam mich Schwindel.

Mein Kopf war leer, was sollte ich ihr erzählen, die Bilder des Urlaubs schienen verschwunden, mit ihnen Beate, meine Liebe, mein Leben, ich brachte nur ein »ja, schön, wir sind viel geschwommen« heraus.

Da ich stumm blieb, erzählte Charlotte von ihren Kundengesprächen und dass sie sich damit vergnügt habe, sich, während sie einem Kunden die Vorzüge genau dieser Lage erklärte, in Gedanken an mich zu erhitzen. Und dass sie plane, ein Buch zu verfassen für ihre Firma, ein Weinbuch mit vielen schönen Bildern der Landschaften, aus denen die Weine stammten, und Texten aus den jeweiligen Regionen, sie könne ja auch

Französisch und Italienisch und freue sich auf die Arbeit, die mit einigen Reisen verbunden sei.

Dann gingen wir zu ihr. Ich fragte mich auf dem Weg, während ich vor Vorfreude glühte, ob der Sex diesmal genauso schön sein würde. Im Gegensatz zum ersten Mal war kaum Alkohol im Spiel, das eine Glas Sekt war nichts im Vergleich zu den vielen Gläsern auf dem Weinevent.

Und wieder war der Sex berauschend, es war fast noch schöner. Als ich danach erhitzt nach Hause ging, freute ich mich auf weitere Male. Wir hatten uns bereits für die kommende Woche verabredet.

Kaum kam ich in die Wohnung, Beate war noch nicht zurück, piepste eine SMS. »Wie geht es dir, du fehlst mir, dein Duft, dein Geschmack, wie zart, wie berauschend er ist. Ich werde ihn auf der Zunge behalten, während ich den nächsten Absatz meines Weinbuchs formuliere! Den nächsten Wein werde ich mit deinem Geschmack beschreiben.«

»Ich spüre deine Hände in mir, sie fehlen mir schon jetzt«, schrieb ich zurück.

Hatte ich je einen solch gewaltigen Orgasmus erlebt? Sie hatte gebeten, dass ich ihr meine Hinterseite zeige, mir ein Kissen unter den Bauch geschoben, sodass mein Po aufragte, und dann hatte sie mich mit harten Worten geöffnet. »Ich werde dir jetzt endlich geben, was gut für dich ist! Du bist bereit, ich sehe das doch. Ich werde dich ficken, bis du brüllst, bis du nicht mehr kannst, bis du um ein Ende wimmerst!« Und so weiter. Der Wechsel von zärtlichen Komplimenten und heftigen Anfeuerungen hatte mich entfacht. »Du schöne Frau, ich möchte jedes einzelne deiner Schönheitspünktchen verwöhnen! Sie führen mich zu deinem Busen, dein Busen, ein Kunstwerk. Du wirst unter meinen Händen vergehen, ich verspreche es dir.« Und dann wogte mein Po ihr entgegen, auf sie, von ihr herunter, ihre Hand, war es ihre ganze Hand, war es noch mehr, ich war ausgefüllt, kein Raum mehr in mir, nichts, nur das Gefühl dieser Frau an mir, in mir und mein Po gierig, sie drückte mich herunter, sie war kräftig, kniete neben mir und hatte mich nahezu gefesselt, ich kniete, hielt mich am Metallgestänge ihres Bettes und schrie und stieß den Po ihr entgegen, brüllte, sie könne alles mit mir machen, mich fesseln, mich schlagen, mich mit dem größten Dildo ficken, ich wollte mehr, mehr, mehr!

Sie hätte wirklich alles mit mir machen können. Hatte ich je bei Beate so ungehemmt geschrien, fragte ich mich auf einmal, und dann: Wieso muss ich jetzt an Beate denken? Meine Lust flaute ab. Charlotte spürte es und schrie mich an: »Du wirst jetzt nicht aufhören, ich durchdringe dich vollständig, du schöne Frau! Du kommst! Komm jetzt endlich! Ich geb's dir!« Sie stieß noch einmal kräftig in mich, und dann zog sie ihre Hand aus mir. Die plötzliche Leere ließ mich wimmern und nach mehr verlangen, und dann gab sie mir mehr, ich dachte nichts mehr, bäumte mich auf, die Lust, der Schmerz, sie schlug ihre Faust in mich, sie füllte mich, bis ich kam, und wieder kam, unausweichlich, bis mir schwindelte, ich fast ohnmächtig war. Sie drehte mich um, ich war wie eine Puppe, so war ich doch sonst nicht, und küsste mich, weich und nachgiebig und zärtlich.

»Jetzt bin ich dran«, sagte ich, »ich möchte dich auch lieben!« Wieso sagte ich »lieben«? Das Wort verwendete ich doch sonst kaum.

»Nein«, gab sie zurück, »du hast mir schon so viel gegeben, es gibt kein ›Dransein‹. Dich zerfließen zu sehen, das ist meine Lust! Lass mich dich noch einmal küssen!«

Dann öffnete sie mir die Beine und leckte meine müde Möse wieder wach, heiß und gierig öffnete die sich ihrer kräftigen Zunge. »Du bist so unglaublich schön«, stöhnte sie, »dein Duft, dein Geschmack, deine Lippen, du beschenkst mich!«

Beate ertrank in ihren Aktenbergen. Unser Plan, einen Tag am Wochenende miteinander und ohne Arbeit zu verbringen, scheiterte schon am ersten Wochenende nach der Rückkehr. Beate behauptete, dass sie nur abarbeiten müsse, was während des Urlaubs liegen geblieben war, dass sie unsere Abmachung nicht vergessen habe. Sobald sie es aufgeholt habe, würden wir wie beschlossen an Sonntagen Spaziergänge machen, Ausstellungen besuchen. Essen gehen. Kino. Einen Ausflug an einen See machen. Am kommenden Wochenende! Am kommenden Wochenende war aber wieder etwas Dringendes abzuarbeiten. Und so ging es weiter; der Berliner Alltagsstress hatte Beate im Griff.

Und ich konnte Charlotte treffen, ohne mich anstrengen zu müssen, es vor Beate zu verheimlichen. Ich bedauerte Beate, wenn sie nachts berichtete, tröstete sie, ich liebte sie unvermindert. Doch nicht mit Beate, sondern mit Charlotte besuchte ich Ausstellungen. Wir gingen ins Kino. Es bestand keine Gefahr, Beate über den Weg zu laufen. Ob Charlotte ihrer Freundin begegnen könnte, schien ihr gleichgültig zu sein.

»Was machst du eigentlich«, fragte Beate einmal, als ich an einem Samstag das Haus verließ.

»Ich habe auch Arbeit«, gab ich in leicht giftigem Ton zurück. »Ich treffe mich mit Gudrun, wir wollen die nächsten Events besprechen.« Beate hakte nicht nach.

Bald konnte ich es mir ohne Charlotte nicht mehr vorstellen. Sie gehörte genauso zu mir wie Beate, oder? Wir trafen uns ein- bis zweimal in der Woche. Und jedes Mal war ich beeindruckt, wie sie von Büchern erzählte, die sie gerade las. Was sie alles wusste, ich bewunderte diese Bildung und drückte meine Bewunderung aus.

Einmal las sie mir eine Übersetzung vor, die sie aus dem Französischen für ihr Weinbuch angefertigt hatte. Die poetische Schilderung einer Weinlandschaft. »Deine Sprache ist wunderbar«, sagte ich.

Sie lachte. »Ach, das fällt mir leicht.«

Jedes Mal, als wir uns trafen, war ein anderer Roman dran, den man ihrer Meinung nach unbedingt gelesen haben musste. In den Roman »Weinlese« war ich bisher nicht hineingekommen, nachdem ich ihn mir antiquarisch besorgt hatte, ich hatte zu wenig Ruhe und Zeit, mich auf die schöne, komplizierte Sprache und das historische Ambiente einzulassen, aber ein zweites Buch, von dem sie ein anderes Mal erzählte, schaffte ich zu lesen. Doch beim nächsten Mal war schon wieder ein anderes Thema, ein anderer Roman dran, sie hörte meinem Bericht über die Lektüre zu, nickte und erzählte vom nächsten.

Sie genoss, mich zu Höhepunkten zu treiben, ließ mich aber kaum an ihren Körper heran. Irgendwann dachte ich darüber nach, ob sie vielleicht eine Stone Butch war. Einmal trickste ich sie aus, spürte, wie sie weich wurde, sich gleich wieder verkrampfte, als würde sie sich wehren wollen, ihr schönes Gesicht qualvoll verzerrt – und dann kam sie und flutete meine Hand. Ich war stolz und glücklich.

»Wie geht's mit deiner Arbeit«, fragte Beate eines Abends, als hätte sie ein schlechtes Gewissen. »Du wirkst so abwesend, hast du Stress? Tut mir leid, wenn ich wieder nur von meinem Stress erzähle.«

Ich hatte wirklich vor Kurzem ziemlichen Stress gehabt, den ich aber selbst fast verdrängt hatte. Charlotte hatte mich abgelenkt. Sie hatte mir viel von ihrer Arbeit erzählt, faszinierend. Und dann Beates aufregende Fälle. Mein eigenes kleines Arbeitsdrama erschien dagegen banal, nicht der Rede wert.

Doch nun erzählte ich Beate von dem Missgeschick. Ich hatte eine DVD-Release-Party für ein Szene-Musik-Video organisiert und mich bei allen Beteiligten auf ihr Wort verlassen. Wir nahmen ihre Signets und Werbung in unsere Einladungen und Verlosungsaktionen im Vorfeld der Release-Party auf. Es handelte sich meistens um Tauschgeschäfte. Sie machten dafür Werbung für unser Event in ihren Magazinen oder Sendern. Einer der Typen, der mir am Telefon die Ohren vollgequatscht hatte, was er alles im Tausch Tolles für uns tun würde, wenn wir seine Werbung großflächig in unsere aufnähmen, war auf einmal nicht mehr erreichbar. Keine seine Zusagen hatte er eingehalten. Die Werbung war längst gedruckt, und der Eventhinweis für seine Veranstaltung nahm mehr Platz ein als alle anderen Anzeigen in dem Programmheftchen. Gudrun tobte. Sie konnte, auch wenn sie meistens ruhig und ausgeglichen agierte, aus der Haut fahren. Wenn sie das tat, explodierte sie extrem. Sie beschimpfte mich so, dass »unter der Gürtellinie« ihre Worte nur ungenau beschrieb. »Wieso hast du keinen Vertrag gemacht! Das weißt du doch, nichts ohne Vertrag!«

Ich hatte das schon längst verdaut, Gudrun sich beruhigt, die Release-Party war gut gelaufen, viele DVDs waren verkauft worden, und Gudrun hatte ihr Gemecker längst eingestellt. Aber ich hatte wenigstens etwas zu erzählen und berichtete ausführlich. Ich endete damit zu sagen: »Ein Grund mehr, lesbisch zu sein, ist, dass ich keinen Bock habe auf Männer, denen man ständig wegen irgendetwas hinterherrennen muss! Und die sich, wenn es konkret werden soll, einfach aus dem Staub machen!« Der Typ war wirklich unangenehm gewesen.

Beate entgegnete: »Ich kenne auch unzuverlässige und nervenaufreibende Frauen und bin nur deswegen mit Frauen zusammen, weil ich mich in Frauen verliebt habe. Vor Ewigkeiten in dich, und das bin ich noch immer!«

Natürlich gab ich zurück: »Ich in dich auch!«

Auf keinen Fall durfte sie mein Verhältnis mitbekommen! Mit einem Hauch schlechten Gewissens dachte ich an die erste Zeit, nachdem wir zusammengekommen waren, und sie manchmal mit schrecklichen Verlustängsten zu kämpfen hatte. Einmal hatte ich nur einen Zug nicht geschafft und musste übernachten. Es war nichts passiert, aber die Situation triggerte etwas aus ihrer Kindheit. Auch wenn sie es längst geschafft hatte, sich damit auseinanderzusetzen, und es danach nicht mehr passiert war, wollte ich sie nicht verletzen. In der Anfangszeit hatte ich kleine Affären, eine Nacht mit Jana, Angelita, aber die kannte ich schon vor Beate. Später die verrückte Luzía, danach gab es keine anderen Frauen mehr. Was Luzía inzwischen machte? An die konnte ich mich gut erinnern. Was mich damals zu diesem heißen Urlaubsflirt verleitet hatte, eine echte »Amour fou«, konnte ich nicht mehr nachvollziehen. Ich hatte mir danach noch monatelang – es war vorbei, weil Luzía nicht mehr wollte, ihr war es zu kompliziert mit einer Frau, die ihre Sprache nicht richtig sprach – endlose Romane mit ihr ausgedacht. Wie ich ein anderes Leben geführt hätte. In einem anderen Land.

Als diese Nachträumphase vorüber war, empfand ich die Affäre so, als hätte sie mir zehn Jahre meines Lebens geraubt – dabei waren es nur wenige Wochen gewesen. Es kam mir in der Rückblende außerdem so vor, als wäre nicht ich es gewesen, die das erlebt hatte.

Wieso dachte ich an dieses weit zurückliegende Abenteuer? Brauchte ich einfach mal wieder richtig heißen Sex? War es nur das? Warum auch nicht, wieso sollte ich mir das verbieten? Es bedeutete nichts. Ein Leben ohne Beate war unvorstellbar. Oder? Mir kam das Lied in den Sinn, das in der ersten Nacht zufällig aus Charlottes CD-Player erklungen war. Das Thema des Lieds war das Gefühl, wenn die Liebe schwindet. Ich hatte Charlotte später darauf angesprochen und sie gefragt, ob sie sich noch an die CD erinnere, die bei unserem ersten Mal lief.

»Die dunkle Stimme der Sängerin und die überraschenden Töne des Countertenors sind mir unter die Haut gegangen. Wolltest du mir mit dem Lied etwas sagen?«

Sie gab zurück, dass es Zufall gewesen sei, dass ausgerechnet diese CD in ihrem Player gelegen habe. »Ich war so unglaublich scharf auf dich! Ich hätte nicht erst noch herumklicken können, um ein für das erste Mal passenderes Lied auszusuchen.«

Konnte es sein, dass unsere, meine und Beates, Liebe, einfach schwand, völlig unspektakulär? Wollte Charlotte mir mit diesem Lied doch etwas sagen, genau das? Das passierte doch vielen Paaren, auch oder gerade wenn sie schon lange zusammen waren. Blieben sie aus Trägheit zusammen?

Ich freute mich auf die Begegnungen mit Charlotte, auf die Gespräche. Sie hörte mir zu, gab mir das Gefühl, wichtig zu sein. Sie redete auch selbst viel, viel mehr als ich. Wann hatte mir Beate das letzte Mal wirklich zugehört? Seit sie in der Kanzlei war, hatte sie nur noch ihre Scheidungen im Kopf.

Gudrun hatte ihre Trennung trotz ihrer aktuellen Sticheleien über ihre Ex und deren Neue gut überstanden, sie war der Meinung, dass es für sie beide besser gewesen sei. Einmal, als wir uns privat trafen, versuchte sie mir nach einigen Bieren ihre Theorie rund um das Thema Liebe darzulegen: »Ich habe eingesehen, dass Liebe einem nur auf Zeit geschenkt wird. Wenn sie weg ist, ist sie weg. Auch wenn es schwer ist, das zu realisieren, ist es notwendig. Wir hatten eine schöne Zeit miteinander, an die wir beide gerne denken. Und wir konnten uns, nachdem die Liebe uns verlassen hatte, beide wieder anderswo liebesmäßig richtig austoben! Es schläft doch alles ein in langen Beziehungen. Nachdem wir uns gegenseitig unsere Verhältnisse gebeichtet hatten, habe ich Julia fast wie in einer zweiten Pubertät erlebt, so aufgeregt hat sie jedes Detail von der Neuen berichtet, so, als wäre es das erste Mal, dass sie überhaupt verliebt ist.«

Ich fragte nach, ob sie das nicht gekränkt habe, schließlich waren doch sie und Julia auch einmal schwer verliebt ineinander gewesen.

»Ja, natürlich hat das wehgetan. Aber bei mir lief doch zur gleichen Zeit was mit Natalja! Es war ausgeglichen.«

Ich bohrte weiter. »Vermisst du denn nichts aus eurer gemeinsamen Zeit?«

»Schon. Manchmal fehlt mir was, andererseits kann ich mir nicht mehr vorstellen, dass wir wieder zusammenkommen. Auch wenn ihre heiße Verliebtheitsphase vorbei scheint. Nein, ich vermisse es nicht. Wir sind einfach ohne einander weitergegangen und haben unsere Freundschaft bewahrt.«

Das klang mir zu idyllisch. Wieso stichelte sie dann? Die Ex fühle sich als Kindermädchen, als Hausaufgabenbetreuerin der Tochter ihrer Neuen. Die süddeutsche Kleinstadt sei öde. Und so weiter. Trotzdem stellte ich mir die Frage: Kann es sich auch zwischen Beate und mir so auseinanderentwickeln?

Ich war froh, mich privat mit Gudrun zusammengesetzt zu haben, ich hatte ihr zwar nichts von Charlotte erzählt, dazu war sie mir nicht nah genug, trotzdem. Mir fehlten meine Freundinnen von früher, die aus Berlin weggegangen waren, sehr, besonders Doro. Sie kannte ich genauso lange wie Beate, die Freundschaft hatte die ganze Zeit gehalten. Sicher hätte ich vor ihr schon jedes Detail meiner Begegnungen mit Charlotte ausgebreitet. Ich fragte mich, seit wann mir die Freundinnen abhandengekommen waren, wieso ich keine neuen gefunden hatte. Vielleicht sollte ich Katharina anrufen. Sie wohnte noch in Berlin. Lag es am Paarleben? Daran, dass Beate und ich uns nur mit anderen Paaren trafen? Ich würde Doro mailen und sie fragen, wann sie das nächste Mal wieder nach Berlin käme.

Ein paar Tage später hätte Beate mich fast beim Chatten mit Charlotte erwischt. Sie kam in mein Zimmer, ohne dass ich damit gerechnet hatte; die beiden vorigen Abende hatte sie bis in die späte Nacht gearbeitet und in ihrem Zimmer auf unserem kleinen alten Sofa geschlafen, das sie, nachdem wir uns das neue bei Ikea gekauft hatten, in ihr Zimmer geräumt hatte. Dass ich allein ins unserem gemeinsamen Bett schlief, war mir nicht unrecht. Ich sehnte mich, vielleicht war der Ausdruck »Begehren« passender, ein irrationales Begehren hatte mich im Griff. Ich dachte fast ununterbrochen an Charlottes gekonnte Berührungen. Beate nahm mich beim Umdrehen oder Aufwachen manchmal in den Arm – auch wenn meistens ich es war, die sie aus Träumen heraus nicht nur in den Arm nahm, sondern fest umklammerte –, was, wenn ich mich dann im Halbschlaf wegdrehte? Eine unschöne Vorstellung. Schlimmer noch, wenn ich »Charlotte« flüsterte. Ich liebte doch Beate!

Plötzlich also stand sie im Zimmer. »Störe ich dich?«, fragte sie.

Ich gab giftig zurück. »Ja! Ich arbeite auch, nicht nur du hast Stress!«

Früher hatten Doro und ich uns alle zwei Wochen auf ein Bier getroffen, ohne Partnerinnen. Wir erzählten uns alles, jedes Detail aus unseren Arbeits- und Liebesleben wurde voreinander ausgebreitet. Ich berichtete auch von den Dingen, von denen Beate nichts wusste, Doro vermutete allerdings, dass Beate viel mehr ahnte, als ich annahm, es aber aus pragmatischen Gründen nicht ansprach. Luzía, mit der ich fast nach Madrid verschwunden war. Abenteuer aus der Zeit, in der ich jung war, der Zeit, in der das mit Beate seinen Anfang nahm.

War ich noch immer genauso abenteuerlustig? Ich hätte es ihr gerne erzählt. Doro hatte als freie Lektorin gearbeitet und dann eine feste Stelle in einem Verlag in München bekommen. Sie hatte gezögert zuzusagen. Es gab doch so viele Verlage in Berlin, und es wurden immer mehr, weil viele nach Berlin umzogen oder Berliner Dependancen eröffneten. Wieso musste ausgerechnet ein Verlag aus München sie einstellen? Sie hatte die Stelle schließlich doch angenommen, weil sie aus Berlin nur Absagen erhielt. Sie und ihre Freundin Johanna waren umgezogen. Die beiden kamen zwar immer wieder nach Berlin, um ihre Familien zu besuchen, dann sahen wir uns, manchmal telefonierten wir auch oder tauschten Mails aus. Aber es war nicht mehr dasselbe. Es war nicht möglich, sich per Mail so auszutauschen wie in den Zeiten, als wir uns alle zwei Wochen in einer Kreuzberger Bar getroffen hatten. Beate hatte immer gelästert: »Ah, heute wieder Biertrinken mit Doro! Dass du mal richtig ablästern kannst über alles, was dir an mir auf die Nerven geht.«

Heute war es so, dass sie uns zu zweit besuchten, wir kochten und plauderten beim Essen, zu viert. Das letzte Mal hatte Johanna vom bayerischen Schulsystem geschwärmt und berichtet, dass es für sie viel angenehmer sei, dort als Lehrerin zu arbeiten als vorher in Berlin. Beate hielt streitlustig dagegen, dass Bayern ein schreckliches Land sei und in Berlin das Leben realer. Der regelmäßige Austausch mit einer guten Freundin, die nicht meine Geliebte war, fehlte mir.

Kapitel 6, Beate

Beate quälte sich mit zwei Schriftsätzen. Es waren zwar nur einfache Formsachen zu den Themen Auskunftspflicht und Besuchsrecht, aber sie fühlte sich so erschöpft, dass sie es nicht schaffte, gut zu formulieren. Sie hatte gezögert, Anna zu fragen. Anna hatte ihr schon oft geholfen. Aber Beate hatte den Eindruck, dass Anna selbst zu viel zu tun hatte, viel mehr als vor ihrem Urlaub. Beate formulierte an diesem Abend nicht einen Satz fehlerfrei. Im Zimmer lagen Akten kreuz und quer auf Tisch und Fußboden. Drei komplizierte Scheidungsverfahren gleichzeitig. Dazu die gerichtliche Durchsetzung des Besuchsrechtes. Ein junger Mann, der erfahren möchte, wer sein genetischer Vater war, die Mütter konnten oder wollten ihm keine Auskunft geben. Und andere kleine Mandate. Während des langen Urlaubs hatte sich ein Berg Arbeit angehäuft, mehr, als sie erwartet hatte. Der Erholungseffekt war bereits nach zwei Tagen verflogen.

Schließlich gab sie auf und ging zu Anna hinüber. Anna saß an ihrem Smartphone. Hatte sie nicht erwähnt, sie müsse die Homepage der Agentur aufpolieren? Es war Beate peinlich, denn sie erinnerte sich nicht einmal mehr daran, ob und was Anna von ihrer Arbeit erzählt hatte.

»Anna, kannst du mir helfen und das hier korrekturlesen? Ich bin zu erschöpft und schaffe es nicht.«

Anna schrak hoch. »Ich habe wahnsinnig viel zu tun, auch wenn du dir das vermutlich nicht vorstellen kannst. Aber okay, gib her, ich mach's.«

»Ich schicke dir den Text per Mail, dann kannst du es gleich im Dokument machen.«

Beate ging zurück in ihr Zimmer, mailte Anna die Dateien, ließ sich aufs Sofa fallen und dachte, gut, dass Anna und sie nicht auch noch Kinder zu betreuen hatten. Viele Partnerschaften, die mit Scheidung endeten, waren daran zerbrochen, dass beide zu viel arbeiteten. Egal, an wen Beate aus ihrem Bekanntenkreis dachte, bei allen wurde die Arbeit schleichend immer mehr, warum eigentlich? Alle hatten Angst davor, ihre Jobs zu verlieren, und arbeiteten oft bis an oder über ihre Belastungsgrenzen hinaus. Wenn es dann noch ein Kind gab, das nach dem Kindergarten am Abend Zuwendung verlangte – dann blieb kein Quäntchen Power mehr für die Liebe. Abends hingen sie nur noch erschöpft nebeneinander vor dem Fernseher, und jede noch so kleine Auseinandersetzung steigerte das Überforderungsgefühl bis ins Unerträgliche. Es kam zu explosiven Ausbrüchen. Vorwürfe für Jahre oder vielleicht schon Jahrzehnte zurückliegende Vorfälle wurden einander an den Kopf geworfen, grauenhaft.

Beate durchlitt das immer wieder mit ihren Mandantinnen. Besonders schlimm war es, wenn sie aus den Gesprächen erfuhr, dass sich zwei am Anfang der Beziehung besonders leidenschaftlich liebten und das mit viel Sex. Sie stritten sich besonders hässlich. Das mit der Arbeit ist bei uns beiden schleichend auch passiert, dachte sie. Beate wollte ihre Arbeit aber unbedingt schaffen. Sie hoffte, dass sie nicht auf ein Burnout zusteuerte. Die Kanzlei war gut, sie wollte bleiben. Was machen wir beide eigentlich noch zusammen, fragte sie sich weiter, hängen nicht auch wir vor allem gemeinsam vor dem Fernseher?

Anna mailte ihr die korrigierten Schriftsätze zurück und bemerkte: »Ich würde den Mann nicht vertreten!«

Eine halbe Stunde später saßen sie gemeinsam mit einem Glas Weißwein in der Küche. Das erste Mal seit Langem hatten sie sich in eine ihrer heißen Debatten hineingeredet, diesmal drehte sich ihr Gespräch um

Geschlechterverhältnisse und Politik. Beate war glücklich, dass die Schriftsätze fertig waren und dass sie endlich wieder richtig miteinander redeten.

Anna gab wie immer am Anfang der Debatte heftig Kontra. »Du weißt, dass Männer diejenigen sind, die erweiterte Selbstmorde begehen. Woher willst du wissen, dass der dich nicht anlügt – vielleicht hat die Frau recht damit, dass es für die Kinder besser wäre, dein Mandant sieht sie nicht. Hat nicht die Mutter, wenn sie sich nicht einigen konnten, automatisch das Sorgerecht? Wie kommst du überhaupt dazu, den als Mandanten anzunehmen?«

»Du hast vorsintflutliche Vorstellungen. Das Gesetz hat sich vor ein paar Jahren geändert«, sagte Beate, »und das ist richtig so. Du kannst nicht jemanden nur seines Geschlechts wegen unter Verdacht stellen.«

»Mag sein«, Anna insistierte weiter, »aber du kannst auch jeden Tag in der Zeitung lesen, dass sich irgendein Typ dafür gerächt hat, dass er verlassen wurde. Viele kommen damit nicht klar. Dann werden Ex-Partnerinnen, neue Liebhaber, Kinder umgebracht und anschließend die Männer verteidigt, sie kriegen psychologische Gutachten, dass sie psychisch gequält wurden von den Frauen, dass ihr Ego gelitten hat und dass sie im Affekt gehandelt haben und so weiter.«

»Aber das ist hier nicht der Fall. Es ist die Frau, die sich rächen will. Sie wollte anfangs die Trennung nicht.

Er hatte sich in eine andere verliebt. Sie hat um ihn gekämpft, bis dahin nichts Besonderes. Aber seit der Scheidung nach den drei Trennungsjahren, es war alles festgelegt worden, Besuchsregelungen, Versorgungsausgleich und so weiter, fährt sie alle Rachewaffen auf, die ihr einfallen. Das ist schon der zweite Prozess nach der Scheidung. Es geht um die Kinder. Sie hat die Besuchsregelungen angefochten, aber die alte Regelung war bestätigt worden, jetzt versucht sie es noch einmal. Sie hatte bei dem ersten Prozess die Kinder unter Druck gesetzt, dass die vor Gericht sagen, sie mögen nicht zum Vater. Die Kinder wurden in Ruhe von Sachverständigen nicht öffentlich befragt, und es ergab sich, dass es nicht stimmte, dass sie den Vater nicht mehr sehen wollten. Der Jüngere hat sogar gesagt, dass die Mutter ihnen vorgeschlagen habe, was sie vor Gericht sagen sollen, weil das für sie gut sei.«

Sie gingen angeregt ins Bett und redeten weiter, bis sie einschliefen. Beate kuschelte sich an Annas Rücken; kurz flammte Lust in ihr auf, sie sehnte sie sich im Einschlafen nach innigem Sex. Vielleicht beim Aufwachen, dachte sie noch, als sie wegdämmerte.

Doch morgens hatte sie einen Termin, erwachte zu spät und musste sich unter Anna hervorwinden, die sich im Schlafen wie immer gedreht und Beate irgendwann in der Nacht fest in den Arm genommen hatte.

Nach dem Termin mit dem Mandanten saß Beate am Schreibtisch in ihrem Büro in der Kanzlei und machte sich Notizen für die Akten. Aus heiterem Himmel kamen ihr mitten in den Sätzen »Ex-Frau behauptet, der Mann bringe die Kinder oft eine Stunde oder mehr zu spät zurück. Mandant räumt das ein, es sei aber keine Absicht« Fragen in den Sinn: Ist das überhaupt noch Liebe zwischen Anna und mir? Oder wohnen wir einfach nur zusammen? Wir kommen ja kaum mehr zum Reden, kaum mehr zu Sex. Dass wir gestern Nacht endlich wieder einmal eine hitzige Debatte über ein politisches Thema hatten, ist fast ein Wunder. Sagen wir uns nur noch aus Gewohnheit, dass wir einander lieben? Was verbindet uns eigentlich?

Kapitel 7, Anna

»Du lässt mich erröten«, antwortete ich auf Charlottes SMS.

Sie war diesmal längere Zeit außerhalb Berlins unterwegs und schickte täglich sicher dreißig charmante SMS. Wie sie mich vermisse, dass sie jetzt sofort meine Brüste liebkosen wolle und zusehen, wie sie wüchsen. Einmal hatte sie mich angerufen, und wir hatten fast so etwas wie Telefonsex gemacht. Sie stand in einer mir unbekannten romantischen süddeutschen Landschaft in einer dicken Jacke im Wind, mit ihrem Handy. Sie beschrieb mir, wie der Wind sie liebkoste und dass sie diese Liebkosungen umgehend an mich weiterleiten würde, wie der Wind stärker wurde. Ich konnte mich nicht zügeln, sie schaffte es, mich zu erregen, als sie befahl: »Du stellst dir jetzt meine Hand in dir vor!«, und ich tat es, die Klit umkreisend, ich stöhnte, und sie freute sich und trieb mich an, und ich stellte sie mir in ihrem südlichen Wind vor, die Haare verwirbelt, Blick aufs Telefon.

»Ich sehe dich vor mir!« Das Telefon klingelte gleichzeitig mit dem Piepsen der Antwort-SMS. Ich ließ es klingeln und tippte noch schnell: »Und ich sehe dich!« Dann nahm ich den Anruf an.

Beate nutzte ihre Mittagspause, mich anzurufen, sie hatte Lust, sich mit mir über die aktuellen Nachrichten auszutauschen. In letzter Zeit hatte sie etwas Luft bei der Arbeit, und wir begannen, miteinander über anderes als über ihre oder meine Arbeit zu reden. Wir redeten über die USA und was uns nach der Wahl erwartete, während ich gleichzeitig eine SMS nach der anderen von Charlotte beantwortete. Nach einer Viertelstunde fiel Beate natürlich doch noch etwas ein, was sie mich bat zu erledigen. Sie fragte, ob ich schnell etwas recherchieren könne. Es ging um ein altes Scheidungsurteil und einen Antrag auf Abänderung des Versorgungsausgleichs. Dazu gab es vergleichbare Urteile aus den vergangenen

Jahren. Sie müsse nur wissen, ab wie viel Prozenten es Chancen hätte, dazu gebe es Vergleichswerte. Ich solle bitte sofort nachsehen und zurückrufen, weil sie keine Zeit mehr habe zu googeln, da sie gleich einen kurzen Termin und direkt danach den zweiten habe, für den sie das wissen müsse.

Aha, dachte ich, sie hat doch nicht einfach so angerufen. Vermutlich ist es ihr vor der Sekretärin peinlich, dass sie das nicht parat hat. Es piepste wieder. Ich sagte zu Beate etwas schroffer als beabsichtigt »mache ich, bis gleich«, legte auf und simste Charlotte – war es, um Beate zu strafen, dass ich nicht sofort ins Internet ging, sondern eine besonders lange Antwort schrieb?

»Ich vermisse dich auch, deine Hände in mir, aber auch, wie deine Brille verrutscht und du sie wieder hochschiebst, ich gebe dir Küsse auf deinen ganzen Körper«– das machte ich nie, sie war es, die mich mit Küssen verwöhnte – und so weiter. Aus Trotz antwortete ich noch drei weitere Male, bis ich den SMS-Austausch beendete: »Ich muss jetzt arbeiten, freue mich auf dich«, was Charlotte mit einem »wie schade! Ich arbeite auch. Aber finde immer Zeit für eine SMS an dich« quittierte.

Dann sah ich nach und rief Beate zurück. Es dauerte, bis die Sekretärin mich verband. »Ich bin schon im Termin! Wieso hat das so lange gedauert? Die Info kommt jetzt eigentlich schon zu spät, aber danke!«

Ich wollte trotzig antworten, aber auf einmal überwog mein schlechtes Gewissen, und ich entschuldigte mich.

Charlotte schickte täglich noch mehr SMS, und inzwischen empfand ich diese Flut als übertrieben. Es schmeichelte mir einerseits, andererseits machte es mich nervös. Wie ein Automat antwortete ich. Einmal hatte es Streit mit Beate deswegen gegeben.

»Was ist denn so wichtig, dass du sogar beim Essen auf das blöde Ding starren musst?«, fragte sie.

Ich erwiderte: »Die Organisation der nächsten CD-Release-Party.«

»So?«, sagte Beate und sah mich misstrauisch an. »Ich arbeite auch dauernd, aber dass ich beim Essen SMS beantworte, das passiert mir dann doch nicht, also sag deiner Gudrun einfach mal, sie soll sich gedulden!«

Sie betonte »deiner Gudrun« zu spitz.

»Das ist nicht ›meine‹ Gudrun, sondern einfach meine Chefin. Die hat doch Nadja. Falls du das vergessen haben solltest. Und falls du mit der Betonung des Worts ›deiner‹ irgendwas andeuten wolltest.« Ich verteidigte mich, obwohl es nichts zu verteidigen gab, nicht hinsichtlich Gudrun. Aber ich schaltete das Handy aus.

»Ist ja schon gut«, sagte Beate, »so meinte ich es gar nicht! Doch dass diese Gudrun dich bis in den letzten Rest Freizeit mit Arbeitsanweisungen verfolgt, finde ich nicht gut. Hast du endlich mal mit ihr über eine Erhöhung deines Gehalts verhandelt?«

»Nein«, musste ich einräumen. Ich bekam kaum mehr als eine Volontärin. Dafür arbeitete ich wirklich zu viel. Wir sprachen eine Weile über Ausbeutung und Selbstausbeutung in kleinen Betrieben und dass sich daran so schwer etwas ändern ließe, weil immer alle mit den überlasteten Kleinbetriebschefinnen und -chefs solidarisch waren. Auch die Angestellten in solchen Betrieben arbeiteten so, als wäre es ihr eigenes Geschäft.

»Es geht nicht anders, als dass ich mich voll einsetze dort. Sie hat mir übrigens schon vorgeschlagen, dass ich einsteige«, sagte ich, »aber ich will das nicht, habe keine Lust auf das Risiko. Und selbst wenn monatlich mehr übrig bliebe als jetzt, würde das durch freiwilliges Einzahlen in die Rentenkasse und als dann selbstständige Mitinhaberin einer Firma auch mit einer teureren Krankenkasse sicher vollständig aufgefressen. Und sie würde ihr Risiko halbieren. Mir ist angestellt lieber. So toll finde ich eine Eventagentur nun auch nicht, dass ich das unbedingt selbst machen wollte.«

»Auch so kommt nichts an Rente raus. Ich finde, es ist an der Zeit, dass du mit ihr verhandelst oder ihr drohst zu kündigen.«

»Das ist doch noch ewig hin mit Rente, ich habe keine Lust, mir jetzt schon Gedanken darüber zu machen!«

»Solltest du aber.«

Waren wir inzwischen so alt, dass wir an Sicherheit denken mussten? Wir redeten lange weiter und gingen miteinander ins Bett, hatten wieder einmal Sex. Beate drängte ihren weichen großen Körper an meinen Rücken und brachte mich mit ihren klaren gezielten Bewegungen zu einem kleinen Orgasmus. Ich dachte an Charlotte und ihre heftigen harten Bewegungen, Beate erschien mir unglaublich sanft, ich dachte an Charlottes Ringe, die mich manchmal derb trafen, an das Gefühl von Metall in mir, was mich bei Charlotte immer sehr erregte, aber dann war ich wieder bei Beate, denn sie hörte in ihrer intensiven Sanftheit einfach nicht auf, und als ich seufzend kam und mich zu ihr umdrehte, überrollte mich ein Liebesflash. Ich küsste sie und gab ihr den Orgasmus zurück. Wir schliefen ineinander verschlungen ein.

Als ich in der Nacht aufwachte, wand ich mich aus Beates Umarmung. Ich hielt es nicht mehr aus, schlich mich hinaus und schaltete mein Handy ein. Es waren sicher dreißig SMS angekommen. Die letzte vor zehn Minuten. »Was ist denn los, dir ist doch nichts passiert? Bitte gib kurz Bescheid, egal, wie spät es ist, wenn du wieder an deinem Handy bist. Ich mache mir Sorgen!«

Ich schickte eine kurze beruhigende SMS. »Sorry, mein Akku war alle, und ich bin müde und ins Bett gegangen.«

Hoffentlich hat Beate das nicht mitbekommen, dachte ich. Ich fühlte mich schlecht, als ich ins Bett zurückschlich. Beate murmelte etwas, das ich nicht verstand, sie schlief und träumte. Ich drehte mich zu ihr und drückte mich an ihren warmen Rücken, meinen Kopf an die schöne muskulöse Partie zwischen den Schulterblättern gebettet. Sie war als Kind Schwimmerin gewesen, die Muskeln hatte sie nicht verloren. Ja, ich liebte Beate! Ich dachte an die Liebe zu Beate und zugleich daran, wie angenehm es war, dass mich eine andere so stark begehrte. Und dass sie sich Sorgen machte, erfreute mich auch. Ich sollte mein Handy nicht so lange ausschalten. Mein schlechtes Gewissen Beate gegenüber und die Freude am Begehren der anderen kämpften miteinander. Ich wurde immer wacher. Es gelang mir nicht, die wirren Gedankenstrudel einzudämmen, auch nicht, mein schlechtes Gewissen zu besänftigen.

Vor dem Morgengrauen musste ich eingeschlafen sein, denn ich wachte auf, als Beate aufstand. Sie murmelte »ich muss dringend den Schriftsatz fertig formulieren, schlaf einfach weiter«, aber ich war wach. Mit dickem Kopf ging ich in die Küche, um einen Kaffee zu trinken. Beate kam dazu, nahm sich auch einen Kaffee.

»Kannst du diesen Text bitte für mich überarbeiten? Ich habe abends noch einen Termin und brauche das morgen früh schon. Dafür wäre ich dir sehr, sehr dankbar. Entschuldige, dass ich dir immer meine Arbeit anlaste«, sagte sie und schob mir ihren Schriftsatzentwurf hin.

Ich versuchte, mich zu wehren, sagte, dass ich keine Zeit habe, da ein Event vorbereitet werden müsse. Sie bekniete mich. Schließlich gab ich nach und versprach, es am Abend nach der Arbeit in der Agentur zu korrigieren.

Charlotte sollte heute Abend zurückkommen, sicher würde sie anrufen. Wo doch Beate einen Termin hatte, hätten wir uns sofort sehen können. Als sie wie erwartet anrief, war ich noch weit davon entfernt, Beates Schriftsatz überarbeitet zu haben, würde sicher noch ein paar Stunden daran sitzen. Dass sie ihre Schriftsachen nicht selbst korrigieren konnte! Ich war kurz davor, sie auf dem Handy anzurufen, ihr »Ausbeutung« an den Kopf zu werfen und meine Zusage zurückzunehmen.

Am Abend darauf musste ich die Technik der Geschäftsparty betreuen. Ich vertröstete Charlotte auf in zwei Tagen. Dann würde Beate das wöchentliche Arbeitsgespräch mit allen Kollegen der Kanzlei zu den aktuellen Fällen haben und wäre am Abend wieder nicht da. Danach gingen sie erfahrungsgemäß immer noch bis spät etwas trinken. Charlotte und ich würden viel Zeit füreinander haben.

Charlotte betonte, wie sie sich auf mich gefreut habe, dass sie meine Haut anfassen müsse, jetzt sofort, und dass sie meine sich aufrichtenden Nippel noch größer machen würde als je zuvor … Sie müsse mich sehen. Ich schaffte es zu widerstehen. Kaum hatte ich aufgelegt, rief sie wieder an. Ich tröstete sie damit, dass ich am Donnerstag dann besonders viel Zeit haben würde. Sie begann von ihrer Reise zu erzählen, betonte wieder, dass sie sich jeden Tag mich herbeigewünscht habe und nicht mehr warten könne.

Irgendwann verabschiedeten wir uns, sie klang sehr enttäuscht. Ich arbeitete weiter, kam nicht gut voran und bedauerte meine Absage. So lange, wie wir telefoniert hatten, hätte ich sie auf einen Quickie treffen können! Danach wäre mir die Korrektur sicher rasend schnell von der Hand gegangen. Beate hatte äußerst schlampig geschrieben, mit hunderten von Schreibfehlern und handschriftlichen Einfügungen, die ich mühevoll entziffern musste, bevor ich sie übertrug. Sie hatte mir einmal erzählt, dass sie den Mandanten oft erklären müsse, warum sie einiges von dem, was die ihr berichtet und für wichtig erachtet hatten, nicht in einen Schriftsatz hineinschrieb. Denn schriftlich würde nur nach außen gegeben, was sich in einem Prozess positiv auswirkt. Ich fragte mich, was passieren würde, wenn ich etwas Falsches hineinschrieb. Ob dann ihre Argumentation platzen, sie sich blamieren würde, weil sie plötzlich Unsinn vortrug? Ich saß am Laptop und war scharf auf Charlotte. Ich hätte sie doch heute treffen sollen. Ich rutschte auf dem Stuhl herum, konnte mich nicht mehr konzentrieren. Ich wurde nass. Eine Hand verlor sich in meinem Schoß. Ich wollte mich zurückhalten und konnte doch nicht anders, als den Reißverschluss der Jeans zu öffnen und die Hand hineinzuzwängen, der Telefonsex mit dem schwäbischen Wind kam mir in den Sinn.

Und dann dachte ich daran, dass mir Charlotte bei unserer letzten Begegnung, bevor sie verreist war, vier langstielige rote Rosen geschenkt hatte. Ich hatte mich sehr darüber gefreut. Aber nicht gewagt, sie in unsere Wohnung mitzunehmen. Auf dem Heimweg hatte ich sie auf einer Bank abgelegt. Auf einmal vermisste ich die Rosen. Ich hätte behaupten können, ein Geschäftspartner habe uns Rosen geschenkt und Gudrun und ich sie untereinander aufgeteilt. Wie konnte ich dieses schöne Geschenk wegwerfen? Ich steigerte mich fast in einen Schmerz hinein, eine absurde Sehnsucht nach vier Rosen, nach Charlotte.

Heute wäre der Tag, ich hätte geschafft, auch ihr Orgasmen zu verpassen, wir wären übereinander hergefallen, wir hätten uns gierig geliebt. Sollte ich sie zurückrufen? Ich rutschte auf dem Stuhl hin und her, quetschte die Beine zusammen gegen meine Hand, ich wollte nicht, aber es war so nah, so elend nass, der

Mittelfinger schob sich in mich. Ich sollte es aufheben, warten, bis ich sie sah, ich zwang meinen Blick zurück auf Beates schlampigen Text.

Was war es, das mich an sie band? Dass wir gut miteinander reden konnten, aber konnte ich das nicht ebenso mit Charlotte? Dass Beate klug war, dass sie, wenn sie entspannt war, die Welt mit ihrem pointiert-ironischen Blick sezierte und ihr zuzuhören und mitzusezieren eine Lust waren. Ihre Zärtlichkeit. Ihre runden Oberarme, die Landschaft ihres Rückens? Ihr Duft? Aber war nicht Charlotte auch eine kluge Frau? Was verband mich mit Beate, was ließ mich denken »ich liebe sie?«, liebte ich sie denn noch? Liebe konnte doch auch einfach aufhören, das war doch kein Drama. Hatte sich nicht Gudrun nahezu perfekt von ihrer Ex getrennt und mir die passende Theorie dazu geliefert? War es der abenteuerliche Beginn von Beates und meiner Beziehung? Die Angst vor dem Alleinsein? War ich deshalb mit ihr zusammen? Wieso stellte ich mir solche Fragen? Beate gehörte zu meinem Leben wie ich selbst.

Endlich war ich über die Hälfte des Texts, in der zweiten Hälfte würde ich schneller vorankommen. Sollte ich Charlotte doch noch anrufen? Aber inzwischen war es sehr spät.

Ich saß auf der warmen gierigen Möse. Lass sie in Ruhe, ich will nicht kommen, sagte ich mir. Ich will es aufheben für Charlotte. Ich muss korrigieren! Doch die Gedanken flohen. Ich konnte mich nicht mehr konzentrieren.

Ich fühlte ihre Brustspitzen sich in Sekundenschnelle aufrichten, ihr Schambein an meinem. Sie war erregbar einfach dadurch, dass sie mich berührte. Ich nahm mir vor, sie das nächste Mal zu treiben, sie genauso zu nehmen wie sie mich. Sie würde schon sehen, dass unsere Lust geteilt wurde, dass wir die Rollen tauschen konnten.

Beate. Doch, ich liebte sie! Sie war so weich, sie roch so unendlich gut, ich wusste nicht, wie ich den Geruch aus ihrem Nacken beschreiben sollte, süß, unparfümiert, ein spezielles Süß, nicht kitschig, ich konnte nicht sein, ohne nachts einmal ihren Nacken berührt, geküsst, eingeatmet zu haben.

Ach, Beate, sagte ich ihr innerlich, ich verstehe mich nicht, ich liebe dich, deine weiche Fülle, die mich von hinten berührt im Schlaf, deine Hand, die mir sanft die Poritze entlang in die Möse fährt, wie oft machten wir es früher miteinander, manchmal einfach mitten aus einem Gespräch heraus oder im Einschlafen. Das Reden. Dein Lachen. Dein Witz. Aber es gab sie: Erregung durch eine andere. Es zog mich zu Charlotte hin, ich konnte mich nicht wehren. Ich liege neben dir, du schläfst, und zucke orgasmisch vor mich hin, nahezu ohne mich zu berühren – weil ich an Charlotte denke, daran, wie wir uns wiedersehen werden. Weil sie mich angerufen hat. Weil mir die Flut an SMS nachts plötzlich doch gefällt, die ich tags als übertrieben empfand.

Als Charlotte auf Geschäftsreise war, hatte ich fast jede Nacht vorm Einschlafen an das Wiedersehen gedacht. Noch eine Woche. Noch vier Tage. Noch einen Tag. Und nun hatte ich ihr abgesagt, hatte es noch einmal um zwei Tage verschoben! Wie konnte ich?

Was zog mich zu ihr hin? Tierisch, verrückt. Sie spielte makabre, tragikomische Rollen, wenn sie von ihrer Arbeit erzählte. Sie fühlte sich so leicht zurückgesetzt, wollte bewundert werden, ich kannte sie inzwischen schon einigermaßen, sie war beleidigt, wenn sie nicht angehimmelt wurde, das waren doch eigentlich schlechte Eigenschaften, was war es also, das mich hinzog? Der Sex? Sollte ich abhängig davon sein? Ich musste fertig werden. Sicher kam Beate bald zurück.

Ich las weiter, korrigierte etwas flüchtiger als in der ersten Hälfte, aber gleich hatte ich es geschafft.

Beates dunkles weiches Haar. Ihre ironischen Lippen. Sie musste nicht einmal ironische Bemerkungen machen, sie sah einfach immer so aus, als würde sie etwas belustigen, genau betrachtet sogar in Momenten, in denen es ihr schlecht ging. Verdammt! Ich war in bester Beziehung. Liebte. Wurde geliebt. Dass das mit dem Sex weniger wurde, war doch normal. Lächerlich. Dass sich mein Sex an Charlottes Begehren, mich zu befriedigen, entzündete? War nicht ich früher, in der endlos fernen Zeit vor Beate, dem Begehren hinterhergelaufen, war immer dann besonders scharf auf eine andere, wenn es vorbei war, oder hatte mich nach längst verflogenem Begehren gesehnt, unglaublich. Wieso dachte ich an die Zeit vor Beate? War es ein Zeichen für das Ende unserer Liebe? Ich liebte sie noch, oder? Wieso ließ ich mich dann auf Charlotte ein? Lächerlich. Um der Langeweile zu entkommen?

Meine Gedanken drehten sich in einer Endlosschleife, ich dachte immer wieder das Gleiche. Sinnlos, absurd, unausweichlich. Himmel, war ich scharf. Ich war scharf, weil ich ihr abgesagt hatte. Widersinnig. Ich konnte es nicht aufschieben, ich drückte die Schenkel zusammen und beendete es, hier, auf meinem Drehstuhl vor Beates Text.

Später lag ich neben Beate. Und zuckte wieder vor mich hin und dachte an nichts, Beates Duft umhüllte mich.

Am nächsten Morgen bemerkte ich, dass ich mein Smartphone nicht aufgeladen hatte. Es war den ganzen Abend und die Nacht über ausgeschaltet gewesen. Während ich so heiß auf sie am Schreibtisch gesessen hatte, waren unzählige SMS von Charlotte angekommen.

Kapitel 8, Charlotte

Zwei Wochen war Charlotte unterwegs gewesen, sie hatte Kunden in Süddeutschland besucht. Zurück in Berlin wollte sie sich sofort mit Anna verabreden. Doch Anna hatte keine Zeit. Sie müsse etwas für Beate korrigieren und am Tag darauf eine Veranstaltung betreuen.

Charlotte fragte sich, wieso Anna sich immer wieder von ihrer Partnerin ausnutzen ließ. Wieso war Beates Faulheit wichtiger als sie, Charlotte? Auch beim zweiten Anruf war Anna nicht zu bewegen, sie wenigstens für eine Stunde zu treffen. Die müsste sie doch erübrigen können! Charlotte begann sich zu ärgern, obwohl sie sich anstrengte, es nicht zu tun. Sie packte aus. Öffnete eine Flasche Wein. Sie hatte nichts zu essen zu Hause und wurde durch den Hunger noch schlechter gelaunt. Sie ärgerte sich, dass sie nicht, wie sie es sich ausgemalt hatte, mit Anna essen gegangen war.

Sie ging noch mal raus und holte sich beim Japaner um die Ecke eine Portion Sushi. Als sie die gegessen hatte, ging es ihr etwas besser. Sie versuchte es mit SMS. »Anna, ich halte es nicht noch zwei Tage aus!« – »Ich begehre dich, jetzt sofort!« – »Ich möchte dich spüren!« – »Ich habe mich tagelang auf dich gefreut!« Keine Antwort. Sie rief Anna auf dem Handy an, doch sie nahm nicht ab. War Beate auf einmal so wichtig, dass Anna erst in zwei Tagen Zeit hatte? Dass sie nicht ans Handy ging. Die Frage wiederholte sich bohrend: Was machten Beate und Anna im Moment? Charlotte konnte nicht aufhören, sich auszumalen, was die beiden gerade miteinander tun würden. Saßen sie in der Küche? Paare, die zusammenwohnten, saßen doch dauernd in der Küche. Redeten sie miteinander über Fälle von Beate und den Text, den Anna korrigiert hatte? Schliefen sie in einem Bett? Charlotte wusste es nicht, sie nahm sich vor, das herauszufinden. Hatten sie Sex miteinander? Anna sehnte sich doch genauso nach Charlotte, wie Charlotte sich nach Anna verzehrte, dessen war sich Charlotte sicher. Das hatte Anna immer wieder geschrieben. Bei jeder ihrer Begegnungen war sichtbarer geworden, wie sehr Anna Charlotte brauchte. Vielleicht hatte ihre Freundin eine Ahnung? Musste Anna beweisen, dass nichts lief?

Charlotte versuchte, sich zu beruhigen, redete sich ein, dass sie geduldig sein müsse. Annas Arbeit war wichtig, schließlich war auch sie selbst zwei Wochen lang unterwegs und nicht für Anna da gewesen. Sie rief Juliane an und verabredete sich mit ihr auf ein weiteres Glas Wein. So spät war es noch nicht, dass sie Juliane nicht mehr hätte anrufen können. Juliane plapperte über ihren uninteressanten Alltagskram. Unfassbar, dass sie zehn Minuten über die Reparatur einer alten Uhr reden konnte. Charlotte hatte ihre Faszination für Uhren noch nie nachvollziehen können, aber immerhin war Juliane da und ließ sich auch von der Reise berichten. Anna hörte nicht nur zu, sie ließ sich auf Gespräche ein. Es war inzwischen mehr als nur Sex, viel mehr. Hatte sie beim Sex nicht einmal gesagt, dass sie sie liebte? Charlotte war sich sicher. Wahrscheinlich ahnte Anna, dass ihre Zeit mit dieser Beate dem Ende zuging, und kämpfte noch dagegen an. Das war ja normal, wer konnte schon eine Beziehung einfach so aufgeben? Aber dass sie Beate so viel Zeit widmete!

Charlotte spürte Eifersucht aufwallen. Juliane redete weiter. Charlotte konnte nicht mehr zuhören, ihre Gedanken kreisten immer verzweifelter um Anna. Ich darf nicht eifersüchtig sein, ich muss ihr Zeit lassen, dachte sie. Sie braucht mich so sehr! Wenn ich mich zurückziehe, würde sie mit Sicherheit um eine Begegnung betteln! Charlotte unterbrach ihren Gedanken. Ich muss nur Geduld haben. Ich habe keine Tricks nötig!

Auf einmal fragte Juliane: »Hast du mir zugehört, ich habe gefragt, ob ich mir das neue Samsung besorgen soll.«

»Klar«, sagte Charlotte abwesend. Dann sagte sie: »Ich kann heute nicht mit zu dir, tut mir leid, ich habe noch zu tun.«

Sie schickte weitere SMS. Keine Antwort. Erst am Morgen war eine Antwort eingegangen, aber da hatte Charlotte, obwohl sie fürchtete, nicht einschlafen zu können, doch so fest geschlafen, dass sie das Pling nicht gehört hatte, obwohl das Handy neben dem Bett lag.

Die kommenden zwei Tage waren eine Qual für Charlotte. Sie kam nicht einen Satz weiter in ihrem Buch. Sie steckte fest in dem Kapitel über das kleine Weinanbaugebiet Jura mit seinen besonderen und alten Weinen. Sie war verzweifelt. War sich auf einmal sicher, dass sie nicht schreiben könne und an dem Projekt scheitern würde. Zwar hatte sie einige gute Bestellungen von ihrer Reise mitgebracht und war vom Chef gelobt worden, doch sie spürte, wie er die Frage nach dem Buchprojekt unterdrückte. Eine Kollegin, Nina, die für den zweiten großen Laden zuständig war, und sie waren auf die Idee mit dem Weinbuch gekommen. Sie trafen sich danach und assoziierten einen ganzen Abend lang, wie ein solches Buch aussehen könnte. Charlotte unterbreitete die Idee dem Chef. Sie war es schließlich, die formulieren konnte und das Ganze realisieren würde. Ihr Chef war sehr angetan von ihrem Vorschlag, ein kleines Buch als Weihnachtsgeschenk für seine Kunden zu gestalten, und hatte ihr begeistert den Auftrag erteilt. Sie hatte zugestimmt und einen Abgabetermin rechtzeitig vor Weihnachten zugesagt. Geplant war ein schmales Buch, aber umfangreicher als eine Broschüre oder ein Verkaufskatalog, über die Geschichte der Weinanbaugebiete, deren Weine sie führten. Es sollte mit Textabschnitten aus französischen und italienischen Büchern über Wein und Bildern hübsch gestaltet werden. An gute Kunden würde es mit persönlicher Widmung als Weihnachtsgeschenk geschickt, in den Läden könnten sie es verkaufen oder bei großen Einkäufen als Geschenk mitgeben.

Weihnachten war schon in zwei Monaten. Sie sah nicht, wie sie den Abgabetermin schaffen sollte. Sie kam weder mit Schreiben noch mit dem Übersetzen voran und hatte die Übersetzung vor ihrer Reise ihrer Kollegin überlassen, schließlich konnte die auch Französisch. Nina hatte ihr die Textausschnitte übersetzt, Charlotte feilte, veränderte das eine oder andere Wort und fragte Nina beiläufig, ob ihr wichtig sei, dass sie namentlich erwähnt würde, es war ihr nicht wichtig. »Mach, wie du es für richtig hältst«, war ihre Antwort. Sie hatte es ja auch nur ihr zuliebe getan, sie bewunderte Charlotte, die so erfolgreich neue Kunden akquirierte.

So waren die Übersetzungen fertig, doch ihr eigener Text noch immer nicht. Ihr Chef arbeitete bei den Werbeprospekten mit einer kleinen Druckerei, die sehr schnell produzierte. Sie hatte noch drei Wochen Zeit.

Charlotte hatte mit großem Elan begonnen. Sie hatte viel gelesen und schöne Zitate gefunden, in denen eines ihrer Gebiete vorkam. Nina hatte ihr immer geholfen und die anderen Gebiete recherchiert und ihr das Material zur Verfügung gestellt. Sie musste unbedingt weiterschreiben. Doch Charlotte fühlte sich blockiert. Das lag an Anna. Sie schrieb ihr wieder einige SMS, die Anna auf der Arbeit erreichten. Warum antwortete sie nicht? Sie musste Anna sehen. Vielleicht ginge es doch heute schon, nach ihrem Event. Dann würde Anna ihr neue Kraft geben! Dann würde sie weiterschreiben können.

Endlich war es Donnerstagabend, es klingelte, und Anna stand vor der Tür, zwei Flaschen Wein in der Hand.

»Den trinke ich eigentlich nur in Portugal«, rutschte Charlotte heraus, »und nur im Sommer!«

Anna knallte die grünen Vinho-verde-Flaschen auf den Tisch.

»Entschuldige, ist schon okay, danke für den Wein.« Wie konnte Anna ihr Wein mitbringen, ihr, einer Kennerin, fragte sich Charlotte. Anna sagte, dass sie diesen leichten, etwas sprudeligen Wein sehr schätze und zu jeder Jahreszeit trinken könne. Sie habe heute keine Lust auf Rotwein. Charlotte zog Rotwein vor.

»Ich mag dieses Moussierende wirklich nur im Sommer! Es ist Winter.«

Sie hatte wieder Sushi besorgt, bei einem besseren Japaner als dem, bei dem sie am Ankunftstag ihre einsame Mahlzeit geholt hatte. Wenn sie nur daran dachte, dass sie wegen Anna etwas Mittelmäßiges hatte herunterwürgen müssen, begann sie sich zu ärgern. Auch hatte sie einen besonders teuren Bordeaux geöffnet, einen Pomerol, sie hatte Kerzen aufgestellt und das schön angerichtete Sushi eine halbe Stunde vor Annas Ankunft aus dem Kühlschrank geholt. Sie stellte es zu den Vinho-verde-Flaschen, beugte sich zu Anna, küsste sie und sagte dann: »Lass uns nicht mehr von Wein reden.«

Ich darf mich nicht über solche Banalitäten aufregen, beschwor sie sich. Anna ist hier, endlich!

Anna schmolz ihr entgegen, ihre Lippen zart.

»Anna«, sagte sie, »ich habe mich unglaublich nach dir gesehnt. Du kannst dir nicht vorstellen, wie schlimm es war, nach meiner Rückkehr noch zwei Tage warten zu müssen.«

Anna reagierte ausweichend. »Das war doch nicht lange. Ich hätte die anderen Tage kaum Zeit gehabt. Es ist doch viel schöner, wenn wir uns Zeit nehmen füreinander.«

»Ja, du hast recht.« Aber Charlotte war immer noch gereizt. Ihr rutschte heraus: »Soll ich eigentlich auch mal drei Wochen verreisen, ohne mich bei dir zu rühren?« Anna sah sie überrascht an. Charlotte machte weiter: »Ich habe mich nach unserer wunderbaren Nacht so verlassen gefühlt, das war schrecklich.«

»Aber das war doch nur eine heiße Nacht … und du warst doch selbst gerade zwei Wochen weg.«

»Ja, aber das war etwas ganz anderes, siehst du das denn nicht? Ich habe dir jeden Tag geschrieben! Wir haben telefoniert!«

Anna widersprach, das kannte Charlotte nicht von ihr. »Du hattest damals doch gesagt, dass wir uns nicht schreiben, ich …«

»Liebst du deine Freundin eigentlich?«, unterbrach sie Anna.

»Wir wollten doch nicht über unsere festen Beziehungen reden«, gab Anna zurück, »ich frage dich auch nicht nach deiner.«

Sie klang inzwischen genauso gereizt, wie Charlotte sich fühlte.

»Ich weiß, dass dir deine Freundin wichtig ist, aber ich bin auch wichtig. Wenn du uns beide zum Beispiel gleichermaßen lieben solltest –« Charlotte versuchte, gegen ihre schlechte Stimmung anzukämpfen. Sie sagte sich wieder: Ich muss Geduld haben. Sie möchte an ihrem eingefahrenen Leben nichts ändern, aber Gefühle lassen sich nicht auf Dauer von Vernunft unterdrücken. Annas Körpersprache war verräterisch. Charlotte sah, was Anna für sie empfand, sie war sich sicher, dass sie für Beate nicht in gleicher Intensität fühlte. »Schenk uns beiden gleich viel Zeit!«, sagte sie schließlich. »Das ist doch wohl nicht zu viel verlangt.«

Anna verteidigte sich immer noch, behauptete, dass sie sich genauso auf sie gefreut habe, dass es hinsichtlich ihrer Lust auf Charlotte doch bedeutungslos sei, wenn sie mal keine Zeit habe, und dass ihre Beziehung mit Beate auf ihre Gefühle für sie, Charlotte, keinen Einfluss habe. »Und nun lass uns anstoßen!«, sagte sie dann, es klang streng und endgültig.

Wie war Anna nur auf diese lächerliche Idee mit dem Vinho verde gekommen? Charlotte hatte bisher zu jedem Treffen einen besonderen Wein aus dem Laden besorgt, und Anna hatte diese Weine immer gelobt. Vielleicht mochte sie keinen Rotwein. Und hatte das, weil sie Charlotte gefallen wollte, nicht zugegeben. Charlottes Laune besserte sich. Das musste der Grund sein. Sie wollte ihr gefallen, sie war verliebt. Sie war in einem Zustand gewesen, in dem sich Menschen für andere verbogen, aus purem Verliebtheitsgefühl. Vermutlich hätte sie alles für Charlotte getan. Und nun rückte die Realität etwas näher. Anna zeigte ihr indirekt, ohne darüber eine Auseinandersetzung entfachen zu wollen, dass sie lieber Weißwein trank. War das vielleicht als Übergang von Verliebtheit zu Liebe zu interpretieren, fragte sich Charlotte, inzwischen fast euphorisch. Sie malte sich aus, wie sie bei ihrem nächsten Treffen einen Pouilly Fumé auftischen und wie begeistert Anna davon sein würde.

Sie erzählte Anna nun, wie sie es sich vorgenommen hatte, von dem Roman, dann lenkte sie das Gespräch auf ihr Buch, berichtete vom Kapitel, in dem sie feststeckte. Sie spürte, wie die Blockade sich löste, allein dadurch, dass sie Anna davon erzählte. Sie hatte es gewusst. Anna würde ihr die Kraft zurückgeben, die sie brauchte, um weiterzukommen. Sie kam ins Reden, erzählte vom Jura und dem kräftigen Vin de Paille. Anna gab das Tempo beim Trinken vor, sie trank schnell, goss nach. Gut, dass dieser Vinho verde ein so leichter Wein ist, billiges Prickelwasser, dachte Charlotte. Sie war angenehm berauscht, aber nicht betrunken, und ihre Verärgerung war vollständig vergessen. »Lass uns ins Bett gehen«, sagte sie, als beide Flaschen geleert waren, »komm mit, zieh dich aus!« Den Pomerol würde sie am Tag darauf trinken.

Anna folgte.

Als sie nackt im Bett lag, sah Charlotte sie an. Anna wand sich unter ihrem Blick. »Anna! Meine Schöne, ich freue mich so sehr auf dich. Ich werde dir alles geben!« Anna errötete. Wie süß, dachte Charlotte, dass sie unter meinen Worten errötet. »Ich möchte dir heute etwas Besonderes zeigen! Schließ die Augen.« Sie beobachtete, wie Anna ihre Augen schloss, ihre Widerstände fallen ließ, wie die Reste der unterschwelligen Auseinandersetzung ums Weintrinken von ihr abfielen, wie sich die Härchen auf ihrer Haut in Vorfreude aufrichteten. Wie ihre Lust aus ihren Poren drang.

Kapitel 9, Anna

Charlotte reagierte seltsam auf den Wein, den ich mitgebracht hatte. Wieso musste ich ihr, der Kennerin, auch Wein mitbringen? Aber ich hatte Lust auf etwas Leichtes, Prickelndes, es mussten doch nicht immer ihre schweren Rotweine sein.

Später erinnerte sie mich an unsere Reise, die nun schon Monate zurücklag. Ich musste mich zusammenreißen, nicht zu harsch zu reagieren. Sie hatte schrecklich schlechte Laune; doch von einer Sekunde auf die andere verwandelte sich ihre Stimmung, als hätte sie einen Schalter umgelegt. Sie war wieder, wie ich sie bisher immer erlebt hatte, charmant, sprudelnd von Geschichten. Sie erzählte von einem gewalttätig-erotischen Roman einer französischen Autorin, den sie vor Kurzem im Original gelesen hatte, Baise-moi von Virginie Despentes. »Es gibt das Buch auch auf Deutsch, du kannst ja kein Französisch.« Ich hörte nicht genau hin, doch ein Satz hakte sich fest: »Eine unglaubliche Scharade!« Ich dachte darüber nach, wie gewählt sie sich ausdrücken konnte, und fragte mich, was Scharade bedeutete. Ein Spiel, erinnerte ich mich eher ungenau; das passte aber nicht zu dem, was sie vorher von diesem Roman erzählt hatte. Doch als ich aus meinen Überlegungen auftauchte und ansetzte nachzufragen, war sie schon bei einem anderen Thema.

Oder hatte sich der Satz mit der Scharade schon gar nicht mehr auf diesen Roman bezogen? Ich war unaufmerksam, beschäftigte mich noch damit, dass sie den Vinho verde so runtergemacht hatte, und fragte mich, ob sie eigentlich immer besonders schwierige Romane aussuchte, die sie mir beschrieb. Einmal hatte ich versucht, ihr Krimiautorinnen nahezulegen, Gillian Flynn, Sharon Bolton, Denise Mina, deren Bücher Beate und ich in der letzten Zeit gelesen hatten. Sie hatte nur geantwortet: »Krimis lese ich nicht!«

Sie sah mich an, sagte: »Wo bist du mit deinen Gedanken? Träumst du?«, zog meine Hand an ihre Lippen und gab mir einen zarten Kuss. »Bitte entschuldige, dass ich eben so gereizt geklungen habe. Das ist gar nicht meine Art. Ich habe dich einfach vermisst! Du kannst dir nicht vorstellen, wie lang drei Wochen werden können. Und dann, als ich zurück war, warst du nicht da für mich. In diesen letzten zwei Tagen fühlte ich mich unglaublich einsam, es tut mir leid!« Dann redete sie übergangslos weiter von der Broschüre oder dem Buch, an dem sie im Moment schrieb und das bald fertigwerden musste, davon, wie sie das Projekt entwickelt und ihren Chef dafür begeistert hatte. Es klang verlockend und einlullend, ich wusste bald nicht mehr genau, wovon sie erzählte. Sie sagte schließlich: »Lass uns irgendwann einmal gemeinsam in den französischen Jura fahren. Dort gibt es Wasserfälle und

Seen, es ist genauso schön wie eure kanarischen Inseln. Vielleicht schöner, und ich bin sicher, der Wein ist besser.«

Der Wein lockerte auch mir die Zunge. Ich sagte: »Ja gerne, das machen wir irgendwann einmal.«

Sie erzählte weiter von Weinanbaugebieten und speziellen Weinen besonderer Weingüter der Region, die nur ihre Weinhandlung in Berlin führte, dann unterbrach sie sich und fragte: »Jetzt erzähl doch du etwas von dir. Ich rede hier ununterbrochen …«

Ich hatte wieder einmal das Gefühl, dass sie mir ihre volle Aufmerksamkeit schenkte. Wir kamen auf das Thema »Anhimmeln« und abgelehnte Liebe, ich erzählte ein Erlebnis aus meiner Kindheit, an das ich ewig nicht gedacht hatte und bei dem ich mir nicht sicher war, ob ich es je Beate erzählt hatte. Es gab in meiner Klasse ein Mädchen, Vera hieß sie, deren Freundin ich unbedingt hatte sein wollen. Ich hängte mich an ihre Clique und machte bereitwillig alles mit, was sie vorschlug. Einmal gingen wir nach der Schule nicht direkt nach Hause, sondern spielten in einem kleinen Wald, der nahe der Schule lag. Meine Eltern hatten mir verboten, in diesen Wald zu gehen. Es sei gefährlich für Mädchen, man wisse nicht, wer sich dort herumtreibe. Es musste Herbst gewesen sein, die Bäume trugen noch Blätter, aber es war schon kalt. Vera und die anderen liefen bald querfeldein, ich folgte, und dann, fern vom Spazierweg, erwählten sie mich zu ihrem Opfer. Ich wurde mit mitgebrachten Seilen an einen Baum gefesselt, dann nahmen sie mir Handschuhe und Mütze weg und stellten alles Mögliche mit mir an – und verschwanden. Es dauerte sicher eine Viertelstunde, bis sie kichernd zurückkamen und mich losbanden. Diese Viertelstunde war eine Tortur. Ich kam spät nach Hause. Meine Mutter hatte sich schreckliche Sorgen gemacht, war kurz davor gewesen, mich bei der Polizei als vermisst zu melden. Ich erzählte nur vage, dass ich noch mit Freundinnen gespielt und die Zeit vergessen habe, und hatte vor allem Angst davor, dass meine Mutter nach Mütze und Handschuhen fragte, der Schrecken des Baums war in den Hintergrund getreten. Ich himmelte das Mädchen weiter an, wollte lange nicht wahrhaben, dass ich ihr und ihrer Clique nur als eine Art Spielzeug diente.

Im Bett inszenierte Charlotte diesmal eine Fesselung. Ich fragte mich zu Beginn, ob sie auf die Idee gekommen war, weil ich diese Geschichte erzählt hatte. Sie fesselte mich nicht wirklich, wie sie mir danach erklärte, aber es war ihr gelungen, mir zu suggerieren, sie würde mich fesseln. Mit geschlossenen Augen fühlte ich, wie sie Tücher um meine Handgelenke und Fußgelenke wickelte und mich festband, aber in einem Ruck hätte ich mich befreien können, es gab keine Knoten. Ich müsse mich zwingen, mich nicht zu bewegen, sagte sie, und dann vögelte sie mich mit ihren nervigen Fingern weich und malträtierte mich danach mit einem großen Dildo aus ihrer Sammlung, den sie extrem langsam in mich trieb. Eine dermaßen lustvolle Qual, dass ich es fast nicht mehr aushielt und kommen wollte, doch sie hielt mich kurz davor zurück, um es zu intensivieren. Ich fragte mich, ob sie Sexbücher las, die ihr so etwas beibrachten, aber genoss es nach diesem kurzen störenden Gedanken sehr. Wieder gierte ich nach mehr, nach Härte, meiner Lust war alles egal, und wenn ich nicht mehr herausgekommen wäre aus dem Bett. Der Dildo und ihre Finger an der Klit, Küsse, Hitze, mehr Hitze, mehr! Ich schrie es im Moment des Orgasmus hinaus: »Ich will dich, mach weiter, ich brauch das! Bitte, ja! Ich liebe dich.«

Hatte ich das wirklich geschrien? Ich wusste es nicht.

In der Woche darauf schickte Charlotte eine SMS und schrieb, dass sie Karten für ein Musical habe. »Ich würde mich sehr freuen, wenn du mich begleitest! Ruf mich bitte kurz an!«

Hatte ihre Freundin keine Zeit? Gudrun arbeitete im Nebenzimmer, ich wollte nicht, dass sie zuhörte, ich schrieb zurück, »ich ruf dich gleich an«, sagte in Richtung Gudruns Zimmer: »Ich mache kurz Pause«, lief in zu einem Café um die Ecke, Handy am Ohr.

»Meine Bekannte bekommt die Freikarten immer nur kurzfristig. Es ist morgen Abend! Nimm dir Zeit, bitte …«

Mir lag auf der Zunge abzusagen. Wie sollte ich es Beate erklären? Beate plante sicher nichts Besonderes mit mir zu unternehmen, sondern würde vermutlich wie immer in ihren Akten versinken. Aber es war Freitag. Freitagabend kochten wir oft. Abwechselnd. Beate war dran. Ich dachte darüber nach, wie ich »nein« sagen könnte, während Charlotte weiterredete.

»Der Glöckner von Notre Dame« sei zwar unter ihrem Niveau, betonte sie, »aber die Frau, die ich kenne, singt im Chor mit. Ich habe ihr versprochen, mir das mal anzusehen. Sie schwärmt so von dem Chor.«

»Oh, du kennst Musicalschauspielerinnen«, unterbrach ich sie und dachte weiter nach; etwas in mir wurde heiß, wollte Charlottes Berührungen.

»Sie ist keine Schauspielerin, einfach eine, die privat singt. Dieses Musical wird von einem Laienchor begleitet. In jeder Stadt, in der das gespielt wird, sucht der Regisseur Freiwillige – es gibt natürlich viele Bewerbungen. So ist der Chor fast umsonst für die Veranstalter; die Sänger sehen ihre Mitwirkung in einem großen Musical als Belohnung. Der Chor ist mehrfach besetzt, also Zita singt nur ein- oder zweimal in der Woche. Zita hat mir die Karten geschenkt.«

Zita, seltsamer Name, dachte ich, und im gleichen Atemzug: woher kennt sie die? Und ich dachte an Beate. Beate konnte nichts mit Musicals oder Operetten anfangen. Schnulziger oder alberner Kitsch, große Geschichten heruntergeschraubt auf einen stereotypen Ablauf in schicken Bühnenbildern, die Schauspieler seien austauschbar, in den großen Musicals spielten verschiedene die vorgegebenen Rollen, sie wechselten sich ab, alles müsse sitzen, wäre immer gleich, egal wer spielt – das Beeindruckende an Opern oder guten Schauspielaufführungen sei, dass dort echte Schauspieler stünden, Menschen, die eine Rolle mit Persönlichkeit belebten. Musicals empfand sie als Art steriles Kaspertheater, wobei Kasperletheater noch lebendiger wirke – mir schossen Beates Ausführungen zu diesem Thema durch den Kopf. Ob Charlotte das genauso empfand? Beate und ich hatten eine Zeitlang Opern und Theaterstücke besucht. Auch Kabarettaufführungen. Wann waren wir das letzte Mal zusammen im Theater gewesen? Es war Jahre her. In letzter Zeit waren wir manchmal noch ins Kino gegangen, aber auch das immer seltener. Die Arbeit fraß Beate auf. Ich wusste nicht, ob ich etwas mit Musicals anfangen konnte. Ich wollte fragen, traute mich dann aber nicht, da ich als Mitarbeiterin einer Eventagentur hätte wissen müssen, was ein Musical von einer Oper unterscheidet.

»Ich habe so kurzfristig eigentlich keine Zeit. Beate …«

»Und uneigentlich?«

Ich könnte Beate sagen, dass ich vergessen hätte, dass ich morgen bei einem Firmenevent mitarbeiten musste, dass wir das Catering organisiert hatten und ich wieder einmal dableiben müsse, bis alles aufgeräumt sei. Beate würde sich vermutlich wieder, wie fast jedes Mal, wenn ich die Arbeit als Ausrede benutzte, zum Thema Ausbeutung auslassen, ich würde dagegenhalten, dass sie ja noch viel mehr arbeitete als ich und dass Mitarbeiterinnen von Eventagenturen nun einmal schlicht alles machen mussten. Dass es mir außerdem Spaß mache und ich im Gegensatz zu ihr auch mal abschalten könne. Und schon wären wir in einem Streit gefangen, den ich mir schon jetzt, am Telefon mit Charlotte, ausmalte. Wir machten als kleine Eventfirma alles, von der Organisation über Werbung, inklusive Flyer- und Plakatentwürfen bis hin zur Betreuung des jeweiligen Events vor Ort, vom Einrichten der Technik bis zum Wegstellen der Stühle und Aufräumen der letzten Bierflasche. Während der Streitdialog mit Beate in mir ablief, sagte ich: »Ich finde schon eine Ausrede, ich erzähle etwas von einem Event. Okay, ich komme mit.«

Charlotte jauchzte auf. Es klang übertrieben.

»Du kannst dir nicht vorstellen, wie sehr ich mich freue, mit dir dorthin zu gehen. Denn für morgen hat Zita besonders gute Karten ergattert. Du weißt ja, ich bin so gut wie blind ohne Brille, und auch mit Brille sehe ich noch so schlecht, dass ich nicht hinten sitzen kann! Die letzten, die sie mir vorgeschlagen hätte – aber da warst du ja auf dieser CD-Release-Party –, wären viel weiter hinten gewesen. Stell dir vor, wir sitzen in der dritten Reihe Mitte, ideal.«

Ich hätte lieber das Ganze im Auge gehabt. War nicht das Theater des Westens ein riesiges Theater in rotem Plüsch, mit Galerien und Logen, sicher an die zweitausend Plätze. Von einer der Galerien aus stellte ich es mir eindrucksvoller vor. So weit vorne würden wir uns verrenken müssen. »Ich freue mich auch.«

»Wir treffen uns eine Stunde vor Beginn.«

»Weshalb schon so früh?«

»Wir trinken einen Champagner vorher. Das gehört dazu! Und am besten wäre, wenn du danach bei mir übernachtest, damit wir den Abend wirklich genießen können.«

Wie reizend sie wieder war! Aber übernachten – wie sollte ich das Beate erklären? Ich würde wie üblich ein Abendevent vorschieben – hoffentlich kam Beate nicht doch einmal auf den Gedanken, bei Gudrun nachzufragen. Früher waren wir manchmal mit ihr und ihrer Ex-Freundin unterwegs gewesen; nach der Trennung hatten wir sie und ihren »Harem«, so hatte sich Beate ausgedrückt, Gudruns neue Freundin und ihre Ex mit deren neuer Freundin, einmal in einem Urlaub getroffen. Das war schon eine Weile her. Warum sollte Beate

Kontakt mit Gudrun aufnehmen? So eng waren wir mit ihr nie gewesen. Champagner und Musical, ich fühlte mich verwöhnt, und das war ein sehr angenehmes Gefühl. Ich sollte mich nicht von meiner Beziehung in diesem Genuss stören lassen. Wann hatten Beate und ich das letzte Mal etwas miteinander unternommen? Ich nahm doch Beate nichts weg. Sie hatte nie Zeit. Wir waren zusammen, wie wir es immer waren. Ich trank einen Kaffee und eilte zurück ins Büro.

»Oh, wie schade«, sagte Beate, als ich ihr mitteilte, dass ich Freitagabend arbeiten müsse. Und dass es sehr spät werden könne, und wenn ich Pech hätte, nicht nur spät, sondern dass das Ganze vielleicht bis in die Morgenstunden ging, weil es die Party einer jungen Firma sei mit Diskjockey, großem Programm und in einem Saal, in dem Open End möglich war.

»Ich wollte endlich wieder einmal Fisch in Weißweinsoße machen und habe schon zwei Lachsfilets gekauft. Der hält sich nicht. Und ich finde, ein gutes Essen habe ich nach dem Prozesstermin am Freitagmittag verdient! Eigentlich müsstest du mich bekochen, aber ich weiß, ich bin dran.«

»Du kochst Samstag, ist doch auch viel weniger stressig für dich. So lange wird der Fisch ja wohl halten. Gönn dir nach deinem Prozess was Gutes, ohne dafür arbeiten zu müssen. Du hast doch nach dem Termin sicher etwas Luft, musst nicht gleich am Wochenende wieder ran. Wir könnten was unternehmen, nach dem Essen spazieren gehen, irgendetwas Schönes. Ich habe am Wochenende auch keine weiteren Veranstaltungen.«

Mein Handy piepste. »Bis morgen, meine Süße! C.«

Kapitel 10, Charlotte

Charlotte und Anna knutschten in den Theatersesseln wie Teenager. Wenn sie nicht knutschten, sah Charlotte zu Anna und achtete kaum auf das Spektakel, denn Anna war niedlich angesäuselt vom Champagner und eine Augenweide.

Charlotte hatte die Show schon gesehen, Zita hatte ihr vor einigen Wochen schon einmal eine Karte besorgt. Anna lächelte ununterbrochen vor sich hin. Das ist meine Anna, dachte Charlotte. Vor der Show hatte sie genau die richtige Menge getrunken, um sich zu entspannen. Es hatte zwei Gläser lang gedauert, bis ihre schlechte Laune nachließ. Das Erste, was sie nach der Begrüßung in giftigem Ton herausgestoßen hatte, war: »Eigentlich habe ich heute keine Zeit! Ich bin auch nicht sicher, ob mich Musicals überhaupt interessieren.«

Über welches Thema sie auch sprachen, sie hatte allem widersprochen. Ob sie das bei ihrer Freundin auch so machte? Vermutlich lebten die beiden nur nebeneinander her, da wurde selbst Streit überflüssig. Sie fühlte sich Anna unausweichlich verbunden, auch in den Wortgefechten, und sie war sich sicher, dass sich Anna ihr ähnlich verbunden fühlte. Irgendwann würde sie es realisieren und über Trennung nachdenken. Charlotte würde sich sofort von ihrer Freundin trennen, wenn Anna ganz mit ihr zusammenkäme. Mit Anna, auch das hatte sie noch nie erlebt, konnte sie sich sogar vorstellen zusammenzuziehen. Manchmal kamen ihr Gedanken an eine größere Wohnung.

Charlotte hatte es genossen zuzusehen, wie sich nach und nach mit der richtigen Menge Champagner Annas Streitlust in Luft aufgelöst hatte. Sie gehört zu mir, dachte sie, ich weiß, was sie braucht. Wie viel Alkohol zum Beispiel gut für sie war. Denn wenn Anna zu viel trank, wurde sie auch wieder streitlustig, mehr noch, sie wurde aggressiv. Wieso sie heute anfangs so übler Laune war, konnte Charlotte nur vermuten. Vielleicht war ihr bei der Arbeit etwas missglückt. Oder sie hatte sich über die Freundin ärgern müssen. Eine Flasche Champagner vor der Show – beziehungsweise jede von beiden eine halbe Flasche – und Anna war von der giftsprühenden, fast schon schrullig wirkenden Ziege wieder zur zärtlichen Liebhaberin geworden.

Charlotte hatte den Abend durchchoreografiert: Nach der Show hier vielleicht noch ein Glas trinken, bei ihr weitere ein oder zwei Gläser Wein, nicht mehr. Der Abend sollte zu einer besonderen Erinnerung für

Anna werden. Während die Show ablief, malte sie sich aus, wie sie es ansprechen würde, und dann ließ sie in sich ablaufen, was sie sich vorgenommen hatte, im Bett mit Anna anzustellen. Fesseln, diesmal wirklich fesseln. Es musste Steigerungen geben, und sie würde immer abhängiger von ihrer Lust werden. Charlotte freute sich darauf. Sie würde sie lange bis knapp davor, aber nie zu einem Orgasmus kommen lassen. Anna müsste um Erlösung betteln! Es sollte die ganze Nacht lang dauern. Die Nacht der Nächte. Charlotte genoss die Macht, die sie hatte, wenn sie anderen Frauen solcherart Lust bereitete. Wie Anna das letzte Mal um mehr gewimmert hatte! Sie war vollständig in ihrer Hand. Sie hätte alles mit ihr machen können, bis hin zum Ende; das war theoretisch möglich in einem solchen Zustand der Auflösung vor Lust.

Sie würde es natürlich nie so weit kommen lassen. Dass die Möglichkeit bestand, dass die Auslieferung, die Hingabe der anderen so weit ging, das genügte. Charlotte brauchte es nicht, dass andere sie körperlich befriedigten, ihre Lust war diese Macht, das gestand sie sich ein. Später!

Sie wandte ihren Blick wieder zu Anna, ihrer schönen Geliebten. Beobachtete, wie sie die Show genoss – wie ein Kind. Ihre Freundin ignorierte ihre Bedürfnisse nach gemeinsamen Unternehmungen, das hatte sie oft genug erzählt. Sie würde sie ausführen! Würde mit ihr an die schönsten Orte der Welt reisen. Irgendwann, vielleicht schon heute Nacht, würde Anna einsehen, dass eine Trennung nicht undenkbar war, sogar mehr noch, dass sie nötig und unumgänglich war. Sie liebte Charlotte, das war sicher. Letzte Woche hatte sie es wieder gesagt, nicht nur gesagt, sie hatte geschrien. Sie liebte vielleicht so, wie sie noch nie geliebt hatte, in ihrem ganzen Leben nicht, und an Beate hielt sie nur aus Angst vor Veränderung fest.

Der Chor war die ganze Show über zu sehen. Charlotte riss sich aus ihren Gedanken, nahm ihre Augen von Anna und sah zum Chor. Zita war deutlich zu erkennen. Ein Gesicht in einer schwarzen Kutte. Hübsches Ding, die kleine Zita, auch wenn sie für ihren Geschmack ein bisschen zu klein und ein bisschen zu rund war.

Konnte es sein, dass Zita mit ihr flirtete, fragte sie sich und flüsterte Anna zu: »Da, die Erste in der zweiten Reihe links, das ist Zita, also die Frau, die uns die Karten gegeben hat, sie scheint uns entdeckt zu haben. Sie guckt her!« Anna winkte. Charlotte lachte. »Die wird sicher nicht zurückwinken!«

Kapitel 11, Anna

Mich überraschte, dass mir »Der Glöckner von Notre Dame« Vergnügen bereitete. Der rosa Champagner.

Die roten Samtsitze. Das riesige Theater. Beate und ich waren noch nie im Theater des Westens gewesen. Beeindruckend. Ich war inzwischen froh, dass wir nicht oben in einem der Ränge saßen. Wir mussten uns auch in der dritten Reihe nicht verrenken, der Orchestergraben zwischen den Sitzen und der Bühne vergrößerte den Abstand. In einem der Ränge, weit oben, weit weg von der Bühne wäre mir die Show vermutlich nicht nahegegangen. Charlotte war zauberhaft. Ich schaffte es, aus meinen Gedanken zu verbannen, dass Beate, kurz bevor ich vom Büro aus zum Theater aufgebrochen war, am Telefon so traurig geklungen hatte. Der Prozess war anders verlaufen, als sie es sich erhofft hatte. Sie hätte sich gerne länger und nicht nur am Telefon mit mir darüber ausgetauscht, sie war auch nicht damit zu trösten, dass wir doch schon am kommenden Tag Zeit füreinander haben würden, ihr Lachsfilet essen und dann spazieren gehen könnten und reden. Sie fühlte sich schwach und müde, so sehr, dass es mich beunruhigte, sie war den Tränen nah, das hörte ich.

Quasimodo rührte mich, fast hatte ich selbst nun auch Tränen in den Augen. Diese Einsamkeit. Seine einzigen Gesprächspartner erfand er sich selbst. Die Steinfiguren. Die Geschichte mit Esmeralda. Vielleicht sollte ich Beate überreden, dass wir es auch einmal ansehen. Aber vermutlich würde sie das Stück – auch wenn ich es nicht so empfand – als kitschig und rührselig und stereotyp abstempeln. Wir hätten etwas zum Debattieren. Wir mussten endlich wieder ausgehen, sie musste Abstand zu ihrer Arbeit bekommen. So traurig hatte ich sie lange nicht mehr erlebt, so grundlos traurig. Es kam manchmal vor, dass sie nicht durchsetzte, was sie sich vorgenommen hatte. Daran allein konnte es nicht liegen.

Charlotte küsste mich immer wieder, sie knutschte mit mir wie ein Teenager hinten im Kino. Es war mir peinlich, ich sah mich um, aber niemand achtete auf uns. Sie hatte ein neues Parfüm.

»Was duftet an dir so gut? Also was außer deinem eignen Duft?«, flüsterte ich ihr ins Ohr.

»Green Tea.«

Sie roch frisch und betörend und zeigte sich wieder als Verführungskünstlerin, sie brachte es fertig, mich abzulenken von meinen Gedanken, die um Beate kreisten. Champagner, Küsse. Nach der Show tranken wir noch etwas im Restaurant des Theaters; das Mädchen aus dem Chor, dem Charlotte die Karten zu verdanken hatte, setzte sich kurz zu uns. Flirtete sie mit Charlotte? Mich durchzuckte fast so etwas wie Eifersucht. Eine kleine kompakte Person, gewitzt, mit schwarzen Augen. Ich schätzte sie auf maximal zwanzig. Sie hatte eine tolle Ausstrahlung.

Dann gingen wir eine halbe Stunde durch die laue Nacht zu Charlottes Wohnung und redeten über das

Spektakel; sie nahm mich in den Arm, wir bewunderten die Glitzerschaufenster, die immer aussahen wie Weihnachten, es fehlte nur noch das Funkeln hunderter kleiner Glühbirnen in den Bäumen, und ich war glücklich. Und auf einmal, als wir vom Kurfürstendamm in Richtung ihrer Straße abbogen und das Glitzern aufhörte, sahen wir den Halbmond über Berlin. Wir standen da, nahmen uns an der Hand.

»Wie schön. So was sieht man nicht oft in Berlin, das geht immer unter im Licht«, sagte ich.

Und Charlotte sah hoch, sagte, »der war mir gar nicht aufgefallen«, nahm dann ihre Brille ab und sah wieder in Richtung Mond. »So sieht er noch viel größer aus. Das ist der einzige Vorteil meiner Kurzsichtigkeit.« Und dann hielt sie sich an mir fest und ging weiter, ohne Brille, den Kopf zum Himmel gewandt. »Du musst mich führen. Ich bin fast blind ohne Brille, wäre aufgeschmissen und völlig hilflos. Aber der unscharfe Mond wirkt viel größer. So siehst du ihn nie!«

Ich starrte auch wieder in den Himmel und kniff die Augen zusammen, vielleicht würde er so auch für mich größer erscheinen.

»Pass auf!«, sagte Charlotte.

Ich blickte wieder nach unten, fast wären wir gegen eine Laterne geknallt. Dann gingen wir die Treppen zu ihrer Wohnung hoch und kicherten. Charlotte hatte wieder Kleinigkeiten zum Essen besorgt, diesmal nichts Japanisches, sondern vornehme Happen, solche, die bei teuren Premieren oder Messeeröffnungen geboten wurden, und wie üblich einen besonderen Wein, dieses Mal ein Rosé.

»Wir bleiben bei der Farbe«, sagte sie.

Es war schon nach Mitternacht, doch wir waren beide hellwach. Sie freute sich sehr, dass mir das Musical gefallen hatte. Dann begann sie auf einmal, es klang fast wie einstudiert, darüber zu sprechen, dass sie sich vielleicht von ihrer Freundin trennen müsse, sie würde mich mehr und mehr begehren, das Wort Liebe wolle sie nicht inflationär benutzen, aber sie wisse nicht, wie lange noch sie darauf verzichten könne.

Und dann fragte sie, wie das denn bei mir aussähe. Ob ich sicher sei, mit Beate »die Richtige« für mich gefunden zu haben. Ich musste sie wohl erschrocken angestarrt haben, denn sie ergänzte: »Wir müssen nicht heute darüber reden.«

Ich sagte etwas wie: »Es ist doch schön, wie es ist, uns fehlt doch nichts. Wenn man die ganze Zeit zusammen ist, geht man sich auf den Geist.« Was redete ich für banales Zeug?

Sie lenkte auf ein anderes Thema, bis sie sagte: »Es ist Zeit. Möchtest du, dass ich dich heute wirklich fessle?«

Ich war mir nicht einmal sicher, ob ich überhaupt Sex wollte, seltsam. Ich dachte daran, dass ich mir vorgenommen hatte, sie zu Orgasmen zu treiben. Wie sollte das gehen, wenn ich gefesselt war? Die Vorstellung, gefesselt zu werden, war mir unbehaglich. Sich nicht bewegen zu können, ich fragte mich, ob ich das gut finden oder ob es mir Angst machen würde.

Ich sagte: »Ich weiß nicht, ob mir das gefällt, aber gut, versuchen wir es. Unter einer Bedingung: dass du mich anschließend dir Lust bereiten lässt!« Hoffentlich würde ich dann nicht zu müde dafür sein, ich hatte schon jetzt den Eindruck, dass die Aufgekratztheit nach Champagner, Show, romantischem Heimweg und Reden beim Rosé nachließ und umkippen könnte in Müdigkeit.

Sie lachte – das Lachen hatte einen drohenden Unterton – und sagte dann: »Gut, ich akzeptiere – wenn du danach noch kannst.«

Redeten wir wirklich so? Noch immer fühlte ich mich nicht angeregt, anders als sonst. Ich versuchte, mich auf Lust zu konzentrieren, rief mir in Erinnerung, dass ich sonst schon durch ihre vorbereitenden Worte heiß geworden war. Ich schenkte mir nach.

»Du hast genug«, sagte sie jetzt streng und stellte das Glas weg. »Zieh dich aus! Sofort! Ich will dich nackt!«

Und sie schaffte es, mich an die Grenzen zu treiben. Sie fesselte mich, sodass meine Beine eng aneinandergedrückt wurden, und quetschte verschiedene Vibratoren zwischen meine Schenkel in mich. Beendete das

Spiel aber immer, bevor ich kam. Ich schrie und flehte sie schließlich an, bäumte mich auf in dem kleinen Bewegungsspielraum, den sie mir gelassen hatte.

Doch sie sagte: »Du wartest. Sonst …«

»Mach weiter, ich halte es nicht mehr aus!«, brüllte ich. Wie machte sie das nur. Ich war nicht scharf auf Sex gewesen, Beate war mir zu nah, und nun lag ich da, gefesselt, hilflos, ausgeliefert, schreiend. Ich stand kurz neben mir, doch die Gier trieb mich weiter.

Sie stand auf und sagte: »Du rührst dich nicht, und wehe, wenn es dir zwischenzeitlich kommt. Dann werde ich dich bis morgen Abend gefesselt hier liegen lassen.« Dann kam sie zu mir zurück und legte mir eine Augenbinde um und verließ das Zimmer. Es wurde unheimlich ruhig. Auch von draußen drangen keine Geräusche herein. Die späten Gäste der Kneipen rund um ihre Wohnung waren gegangen, man hörte sie sonst auch im Winter, auch bei geschlossenem Fenster, die Betriebsamkeit des Morgens hatte noch nicht begonnen. Ich bildete mir ein, die Haustür zuschlagen zu hören.

Sie würde mich hier doch nicht zurücklassen, unerlöst, ausgeliefert? Auf einmal schauderte es mich. Mein Herz begann zu rasen. Ich ruckelte an den Seilen, ich wollte nur noch weg. »Charlotte, ich habe keine Lust mehr«, schrie ich, »mach mich sofort los!« Hatten wir ein Sicherheitswort vereinbart? Machte man so was nicht bei SM-Spielen? Hatte sie gesagt: Wenn du nicht mehr willst, dann sag dieses oder jenes Wort? Ich wusste es nicht mehr. Wenn es so gewesen war, hätte ich das Wort vergessen. Mir wurde schwindelig, mein Herz raste immer noch. War das Angst? Ich hörte Schritte. Sie kamen näher. Sie wurden extrem laut. War das meine Überreizung, der Zustand zwischen Angst und Lust, dass ich Geräusche übersteigert wahrnahm? Kam sie zurück? Dann begann Musik. Ich schrie auf. Vor Angst, nicht vor Lust.

Sie hatte eine DVD eingelegt. Ich hörte nicht sie, sondern die Tonkulisse eines historischen SM-Films. »Das ist einer der besten Filme, die ich kenne. Die Frau hat nur diesen einen Film veröffentlicht, eine Schweizer Künstlerin«, hörte ich ihre Stimme. »Ich erlöse dich jetzt, gib dich hin.« Sie streichelte mich mit heftigen Bewegungen in den Orgasmus, ich weinte vor Lust und Erleichterung. Sie band mich endlich los, die Augenbinde hatte ich noch auf, sie umarmte mich und flüsterte: »Beruhige dich, meine Liebste, beruhige dich.« Dann nahm sie mir die Augenbinde ab. Die Schwarzweißbilder der DVD flimmerten noch auf dem Bildschirm, sie hatte jetzt den Ton abgestellt. Mir fielen die Augen zu.

»Ja, schlafen wir noch etwas«, sagte Charlotte.

»Ich sollte gehen«, gab ich zurück, aber ich konnte nicht mehr gehen, ich schlief einfach ein, im Einschlafen hörte ich noch: »Du kannst jetzt nicht mehr gehen.«

Als ich aufwachte, stand die Sonne schon hoch. Erschrocken sah ich auf ihren Wecker. Elf Uhr. Wie sollte ich das Beate erklären? Charlotte kam unter ihrer Decke hervor, und dann machten wir langsamen zarten Sex, so war es noch nie. Schlafwarm, weich und anschmiegsam überließ sie sich ausnahmsweise meinen Fingern, ich hörte sie seufzen. Es war mir gelungen.

»Danke«, sagte sie, »das lasse ich so selten zu, nie eigentlich, du bist etwas ganz Besonderes!«

Wir küssten uns, ich wand mich aus ihrer Umarmung, aus dem Bett, ging duschen.

»Musst du wirklich aufbrechen? Wir könnten doch in das Café an der Ecke gehen und frühstücken. Bitte!«, rief sie mir hinterher.

»Nein, das geht leider nicht. Es fällt mir auch schwer, jetzt zu gehen, glaub mir, ich würde lieber bleiben«, sagte ich, »aber ich muss dringend weg. Ich bin schon viel zu spät!« Es fiel mir wirklich schwer. Die Dusche ernüchterte mich ein wenig.

Ich kam zurück von der Dusche, Charlotte lag im Bett, nichts von der strahlenden Frau der Nacht war mehr zu sehen, ihr Gesicht verzerrt, als würde sie gleich anfangen zu weinen.

»Ich wünsche mir so sehr, dass du bleibst, ich brauche dich!«, sagte sie.

»Charlotte, wir sehen uns bald wieder!« Ich fügte hinzu: »Danke für den schönen Abend und die aufregende Nacht. Ich freue mich schon jetzt auf unser Wiedersehen.«

»Wann sollen wir uns das nächste Mal treffen«, fragte Charlotte und setzte sich auf.

»Ich habe einen ziemlich vollen Terminkalender«, sagte ich.

»Ich auch, nach den zwei Wochen Vertretertour muss ich hier noch ziemlich viel nacharbeiten. Aber am liebsten würde ich dich gleich morgen wiedersehen. Geht das? Nur kurz, wenn du keine Zeit hast.«

»Nein, leider nicht«, antwortete ich, denn ich wollte Beate nicht noch einmal enttäuschen. Und mir wäre für den Samstag, auch für »nur kurz«, keine neue Ausrede eingefallen. »Bleib du doch einfach im Bett und schlaf noch etwas. Tut mir sehr leid, aber ich muss jetzt sofort gehen.«

»Aber wir sehen uns spätestens kommenden Donnerstag wieder«, sagte sie, Donnerstag hatte sich fast zu unserem Tag entwickelt.

Sie stieg aus dem Bett, in einem langen grauen T-Shirt, wann hatte sie das angezogen, wahrscheinlich, als ich nach dem heftigen Orgasmus – als ich daran dachte, kam das Pochen zurück – direkt eingeschlafen war. Ihre langen Arme, ihre schönen Hände hingen jetzt traurig, nutzlos aus dem T-Shirt, als wüssten sie nicht, was sie tun sollten, wenn sie mich nicht berührten. Das Hemd endete knapp über dem Po, darunter ihre nackten Beine. Was hat sie für dünne Beine, dachte ich. So hatte ich sie noch nie wahrgenommen. Im hellen unfreundlichen Morgenlicht, in einem grauen Shirt. Ihr Gesicht immer noch kurz vor dem Weinen. Sie sah mitleiderregend aus.

»Bleib noch etwas, bitte!«

»Ich würde gerne, aber ich muss wirklich weg.«

»Setz dich kurz. Ich möchte dir noch etwas mitgeben.« Sie ging zum DVD-Player und nahm den Film heraus, steckte ihn in die Hülle, ging in die Küche, holte eine Tüte mit der Aufschrift ihres Weingeschäfts und packte die DVD und dazu eine CD und eine Flasche Champagner hinein. »Das möchte ich dir schenken!«

»Oh, danke!«, sagte ich und ging.

Sie schenkte mir doch sonst nichts zum Abschied. Ich war nicht mehr sicher, ob ich mich freuen sollte. Aber zugleich war ich im Innern noch immer wie aufgelöst, heiß. Erregt. Ausgeweidet, dieser brutale Begriff kam mir in den Sinn. Was für eine wahnsinnige Nacht! Wie sollte ich das alles nur vor Beate verbergen. Sie brauchte mich, das Telefongespräch gestern war wieder da, Beate. Hoffentlich ging es ihr besser.

Ich wurde immer nüchterner, je näher ich unserer Wohnung kam. Ich öffnete, hörte sie in der Küche, stellte die Tüte in mein Zimmer und ging zu ihr. »Das hat aber wirklich lange gedauert«, sagte sie.

»Es ging bis in die Morgenstunden. Und bis wir dann alles aufgeräumt hatten, das war endlos.«

»Wird diese Sonderschicht wenigstens angemessen bezahlt?«

»Ja«, sagte ich und kam mir schäbig vor. Wie schade, dachte ich wieder einmal, dass man das alles nicht einfach erzählen kann, sicher hätte Beate sich amüsiert, wenn ich erzählt hätte, wie hilflos ich mich gefesselt gefühlt hatte: Meine Arbeit bestand aus der Sichtung und Bewertung eines Musicals, bezahlt wurde ich mit absonderlichem Fesselsex, der mich aber heiß gemacht hat. Und was hast du so erlebt?

Ich würde alles so gerne mit Beate teilen. Ich sah Charlotte in dem grauen T-Shirt vor mir, und wie sie um mein Bleiben gebeten hatte, so wie ich in der Nacht, weintrunken, sie um einen Orgasmus angefleht hatte. Wie absurd das alles war! Wir könnten uns gemeinsam daran ergötzen, Beate könnte das einfach mit ihrem »meine kleine Sexsüchtige« kommentieren, und dann würden wir beide, Beate und ich, heißen Sex miteinander haben. Ich wäre bereit, mehr als bereit. Beate hatte gerötete Augen. Kam das vom Kochen? Es roch nach in Wein schmorenden Zwiebeln. Ob ich das jetzt essen konnte? Mich überkam ein Hauch von Übelkeit. Gut, dass wir in der Nacht nicht noch mehr getrunken hatten.

»Komm mal her«, sagte ich, sie wischte sich die Hände ab, und wir umarmten uns. »Beate, ich liebe dich«, flüsterte ich unhörbar. Mein Handy klingelte. »Ich geh nicht ran«, sagte ich, holte es aus der Hosentasche und schaltete es auf stumm. Charlotte. Ich musste mich jetzt um Beate kümmern. Wie sollte das nur weitergehen? Ich wusste nicht, was ich wollte. So ein wahnsinniger Sex. Aber hier, Beate im Arm, kam es mir wie Theater vor, dass ich Charlotte vor ein paar Stunden erst schreiend und wie eine Idiotin um einen Orgasmus angebettelt hatte. Sicher würde sie mich beim nächsten Mal nach der DVD fragen. Ich sollte mir die ansehen. Die Situation war schizophren.

»Komm, du musst mich jetzt leider loslassen, ich muss jetzt die Nudeln reintun«, sagte Beate und löste sich von mir.

Ich brach mir ein Stück Baguette ab, danach ließ die Übelkeit nach. Das Handy vibrierte ununterbrochen. Ich ging raus, nahm beim nächsten Vibrieren an und sagte Charlotte, dass ich leider heute so viel zu tun hätte und nicht mehr ans Handy gehen könnte. Ich wollte beim Essen mit Beate nicht gestört werden. Hoffentlich dachte Beate nicht mehr an den verabredeten Spaziergang nach dem Essen. Ich fühlte mich viel zu müde dafür.

»Ich brauche dich«, sagte Charlotte.

Ich schaffte es, das Handy nach dem kurzen Gespräch auszuschalten.

Wir saßen stundenlang zusammen, machten nicht nach dem Essen, aber am Sonntag einen langen Spaziergang durch den Grunewald, tranken im Grunewaldturm Kaffee, und es war fast wie Urlaub. Ich war immer noch leicht erregt, und der liebevolle Sex mit Beate am Spätnachmittag, als wir vom Kaffee aufgeputscht vom Grunewald zurückgekommen waren und uns einfach nur kurz hinlegen wollten und dann kuschelten und Sex machten, beiläufig, halb angezogen, das machte mich glücklich. Danach schliefen wir und lachten beim Aufwachen darüber, dass wir beide in Hemden, aber ohne Hosen im Bett lagen. Ich dachte, dass es gut war, wie es war. Dass mich der Sex mit Charlotte offener machte für Beate. Beates Erschöpfungszustand der letzten Tage führten wir auf ihre Überarbeitung zurück.

Als die Arbeitswoche losging, war alles wie immer. Charlotte rief an und schickte SMS. Beate vergrub sich in ihre Arbeit, ich in meine. Gudrun hatte mir, da momentan wenig aktuelle Events anstanden, unangenehme kleine Aufgaben zugeschoben, die sie selbst nicht gerne erledigte und die unsere Volontärin noch nicht konnte, Buchhaltung, Aktualisierung der Homepage, Facebook-Aktivitäten und die Weihnachtrundmail an unsere Kunden formulieren. Verschicken würden wir sie erst knapp vor den Feiertagen.

Am Dienstagabend saßen Beate und ich in ihrem Zimmer und redeten über ihre aktuellen Fälle. Die Flasche Sancerre leerte sich schnell. Mik, ein gemeinsamer Bekannter, hatte sie zu Beates Geburtstag mitgebracht; wir hatten den Wein nicht angerührt und eigentlich zu einer besonderen Gelegenheit trinken wollen. Ich musste daran denken, dass Charlotte nach meinem Vinho-verde-Misserfolg mit Namen von Weinen, speziell Weißweinen, nur so um sich warf, auch Sancerre hatte sie erwähnt und Pouilly Fumé, den sie mir bald kredenzen wolle. Mir waren die Weinnamen gleichgültig, und ein klein wenig nervte mich das auch – oder hatte ich ein Problem damit, vor ihr als ungebildet und stillos dazustehen? Ich konnte mir die Namen oft nicht merken, aber fand es gleichzeitig auch nett, dass sie sich so viele Gedanken machte.

Beate erzählte, dass es endlich gelungen sei, ein Annäherungsverbot durchzusetzen; ein Mann belästigte seine Frau, die ihn verlassen hatte. Leider war Beate in einem anderen Fall, dem Streit eines Scheidungspaares um Kinder, nicht weitergekommen. Auch ein weiterer Scheidungsfall zog sich immer noch hin. Beate versuchte, sich mit einem neuen Anwalt des Mannes außergerichtlich zu einigen. Sie hatte ihrer Mandantin geraten, auf Kleinigkeiten zu verzichten, die der Mann weggeschafft hatte – es würde sich zwar, so vermutete sie, nachweisen lassen, was ihr davon zustand. Aber es würde lange dauern und die Kosten den zusätzlichen eingeklagten Teil vermutlich auffressen. Die Frau ließ sich auf Beates Vorschlag ein, sie wünschte sich nur noch, dass das Ganze endlich beendet würde. Ich fragte, was denn mit »Kleinigkeiten« gemeint sei.

»Der Mann lebt in einer Scheinwelt, ich habe dir ja schon mal von dem Fall erzählt, und trinkt sich die Tage schön. Er war nach dem Auszug, oder besser ausgedrückt, der Flucht der Frau in dem gemeinsamen Haus geblieben und versucht nun, vielleicht unbewusst, den Verkauf hinauszuzögern oder zu verhindern.«

»Was meinst du mit ›vielleicht unbewusst?‹«

»Er verhält sich potenziellen Käufern gegenüber unmöglich und aggressiv. Einmal verlangte er für die Gardinen, die der potenzielle Hauskäufer hätte übernehmen wollen, dreitausend Euro zusätzlich. Dreitausend Euro für etwas, das er nicht weiter hätte benutzen und auch kaum verkaufen können. Als der Käufer das ablehnen wollte, kam es zu ordinären Beschimpfungen. Sicher hatte der Typ wieder getrunken. Das hat den Käufer bewogen abzuspringen.«

»Wieso lassen die sich denn nicht endlich scheiden?«

»Das Haus soll erst verkauft sein, sonst geht der ganze Stress nach der Scheidung endlos weiter und sie muss um ihren Anteil kämpfen. Das Haus hat den größten Wert. Der Rest wird geteilt, bis auf die Dinge, die er weggeschafft hat, zum Beispiel ein Boot. Stell dir vor, auf der Bewertungsliste von ihm steht ein Wohnwagen, den sie übernehmen möchte, mit dem Wert von achttausend Euro. Vor vielen Jahren, noch zu DM-Zeiten, haben die den für zehntausend Mark gekauft, der Beleg ist da – das alles ist zwar auf den ersten Blick nicht unbedingt wenig Geld, was der Frau noch zustehen würde und ihr mit meinem Vorschlag entgeht, aber wenn sie weitermacht, steigen auch unsere Kosten immer weiter.«

»Und wenn der das Haus nie verkauft!«

»Ich habe ihr heute vorgeschlagen, dass wir Nutzungsausgleich beantragen. Denn der wohnt seit ihrem Umzug im gemeinsamen Haus, sie zahlt Miete ...«

Das Telefon klingelte.

»Wer ruft denn jetzt an?«, fragte Beate.

»Für mich sicher nicht«, sagte ich.

Beate ging ran, hörte eine Weile zu und kam mit dem Telefon zurück. »Für dich«, sagte sie.

Kapitel 12, Charlotte

Der Abend war genauso verlaufen, wie Charlotte ihn sich ausgemalt hatte. Traumhaft. Nur dass Anna am

Morgen so schnell aufgebrochen war, hatte sie gekränkt. Eine Stunde länger hätte sie bleiben können! Sie wollte ja nur zu ihrer Freundin, und die hätte es unter Garantie mit einer Stunde mehr oder weniger auch nicht schlimmer gefunden.

Sie konnte sich ein Leben ohne Anna kaum mehr vorstellen. Am Mittwochabend besuchte sie Juliane, ließ sich bekochen und erzählte, nachdem sie sich nicht hatte zurückhalten können zu sagen »die Pilze waren matschig«, von ihrem Buch, das nun endlich fertig geschrieben und in der Druckerei im Satz war. Ein PDF zur letzten Korrektur würde ihr noch gemailt werden. Als Juliane den Kaffee vorbereitete, ging sie raus und schickte eine SMS an Anna.

Dann saßen sie beim Kaffee, und sie erzählte weiter. Keine Reaktion.

»Hast du überhaupt gehört, was ich gesagt habe?«

»Ja«, antworte Juliane.

»Du sagst einfach nur Ja und bist im Kopf ganz woanders, das spüre ich.« Anna hörte ihr zu! Anna war die ideale Frau für sie, von ihrer Freundin vernachlässigt, sexuell bedürftig, schön, intelligent, Charlotte brauchte sie! Und sie würde glücklich mit ihr. Wieso antwortete sie nicht?

»Ich kann heute nicht bei dir übernachten«, sagte sie zu Juliane.

»Schon wieder nicht! Warum? Was hast du vor?«

»Ich muss noch arbeiten. Die letzten Korrekturen für mein Weinbuch. Aber das interessiert dich ohnehin nicht, wie mir scheint.«

»Doch«, versuchte es Juliane, »natürlich interessiert es mich.«

Charlotte ging. Dass Juliane nicht entschiedener protestierte, wenn sie einfach ging, dachte sie auf dem Weg zur U-Bahn und fragte sich, ob sie beleidigt sein sollte. Was interessierte Juliane überhaupt? Es wurde Zeit für eine Veränderung. Sie malte sich Annas Begeisterung für die Show aus. Sie war sich vorher schon sicher gewesen, dass es Anna gefallen würde, dass sich ihre Vorbehalte in Luft auflösten. Sie kannte Anna inzwischen gut genug. Und dann die Nacht. Der Sex. Annas Schreien und Betteln. Ihr weicher großer Busen an dem schmalen Körper, die zauberhaften Lippen, die Charlotte völlig ergeben waren. Sie musste sie nur ansehen, schon schwollen sie ihr entgegen. Der bewundernde Blick. Wie sie, nachdem Charlotte sie endlich hatte kommen lassen, gesagt hatte: »Was du dir einfallen lässt beim Sex, ich habe so etwas noch nie erlebt. Danke!« Das hatte sie gesagt! Charlotte freute sich darauf, ihr über die Filme berichten zu können, die sie gesammelt hatte. Filme über Sexualität, gedreht von Frauen, die Geschichte geschrieben hatten. Sie wünschte sich, dass Anna sich den Film ansehen würde, den sie ihr mitgegeben hatte. Vor allem deswegen, weil sie annahm, dass Anna, wenn sie die Musik und die näherkommenden bedrohlichen Schritte hörte, in die Erregung zurückfiele und sich dann unaufschiebbar nach Charlotte sehnte.

Charlotte schickte noch eine SMS. »Meine Sehnsucht nach dir ist uferlos! Warum antwortest du nicht?« Fünf Minuten später: »Hoffentlich ist dir nichts passiert, ich schicke seit Stunden SMS.« Anna war so klug, so lebenslustig. Hoffentlich hatte sie nur ihr Handy verlegt. Charlotte war sich auf einmal sicher, dass irgendetwas nicht stimmte. Sie dachte: Ich fühle mich ihr verbunden, es muss etwas passiert sein. Hoffentlich nichts Schlimmes. Ich rufe sie auf dem Festnetz an.

Eigentlich wollte Charlotte die Nummer nicht benutzen. Sie hatte, nachdem Anna bei ihr einmal einen Anruf ihrer Freundin erhalten hatte, anschließend kurz auf die eingegangenen Nummern getippt und sich die beiden letzten notiert. Sie vermutete, dass die eine Nummer die der Wohnung und die andere die von Beates Kanzlei war. Von wem sonst erhielt Anna Anrufe? Doch nur von Beate! Oder von jemandem von der Arbeit. Dass sie dort anrief, musste sie riskieren, die letzte Nummer war sicher eine der Nummern von Beate. Es war gegen dreiundzwanzig Uhr. Sie nahm ihr Telefon und wählte. Sie wählte auf gut Glück die letzte Nummer. Wenn es die Kanzleinummer war, würde jetzt niemand mehr da sein, wenn es die Festnetznummer ihrer Wohnung war und falls Anna nicht selbst, sondern ihre Freundin ranging, würde sie einfach sagen, sie sei eine Auftraggeberin und habe eine dringende Frage. Anna war doch fast immer per Handy erreichbar. In ihrem Job wurde sie sicher oft in der Nacht angerufen.

Es klingelte lange, dann war die Freundin am Telefon. In neutralem Ton entschuldigte sich Charlotte und erklärte, dass sie Frau Feldmann nicht erreiche und eine Frage wegen eines Events habe.

»Hat das nicht Zeit bis morgen?«

»Ich brauche die Antwort jetzt, da ich etwas sofort entscheiden muss. In unserem Metier«, ergänzte sie, »trifft man Entscheidungen auch nachts. Ist denn Frau Feldmann da? Können Sie bitte so nett sein und sie mir geben?«

Sie bemühte sich um den neutralen Ton, darum, dass ihre Angst, dass Beate weiter nachfragen würde, nicht zu spüren war und auch nicht ihre Liebe und Sorge um Anna. Hoffentlich sagte Beate nicht gleich so etwas wie: »Tut mir leid, ich kann Ihnen Frau Feldmann nicht geben. Sie ist im Krankenhaus!«, zugleich kam ihr der Gedanke, dass sie eigentlich dieser Person mitteilen sollte, dass sich ihre Zeit mit Anna dem Ende neigte. Doch sie fragte, als Beate weiter herumlavierte, nur noch einmal nach Anna, nichts von ihrer Sehnsucht drang zu Beate.

Kapitel 13, Anna

Ich nahm das Telefon. Gudrun war es nicht, das hätte Beate beim Weiterreichen sicher gesagt. Gab es ein Problem bei der Organisation der nächsten CD-Release-Party, für die ich zuständig war? Musste das um diese Uhrzeit geklärt werden?

»Ja, hier Anna Feldmann.«

»Oh, Frau Feldmann, wie süß!«

Charlotte! Sie redete sofort weiter.

»Ich habe mir Sorgen gemacht, du gehst seit Stunden nicht an dein Handy. Ich hatte ein ganz ungutes Gefühl. Es kam immer nur ›Der Teilnehmer ist zurzeit nicht zu erreichen.‹«

Beate sah mich an. Sie hat doch meine Festnetznummer nicht, dachte ich irritiert. Und im Telefonbuch erschienen wir nicht. Ich bemühte mich, meine Verwunderung nicht vor Beate zu zeigen, sondern antwortete den Fragezeichen in ihren Augen beim Herausgehen: »Muss was klären wegen dem Event nächste Woche. Dauert nicht lange. Komme gleich zurück.«

In meinem Zimmer fragte ich: »Woher hast du meine Festnetznummer? Das geht nicht, dass du hier anrufst!«

»Entschuldige, ich habe mir einfach Sorgen gemacht. Ich musste so intensiv an dich denken. Habe deine Nähe gespürt! Wie du aufgelöst vor mir lagst, das ist mir in die Seele gedrungen.«

In die Seele gedrungen, klingt ja sehr romantisch, dachte ich, aber woher hatte sie meine Nummer? Hoffentlich ahnte Beate nichts. Ich sagte: »Okay, ich habe mein Handy nicht aufgeladen, kann doch mal passieren. Was ist denn so Dringendes?«

»Denkst du auch an unsere gemeinsame Nacht? Hast du dir den Film angesehen?«

Ich ging nicht auf die Frage ein. Ich hatte ihn noch nicht angesehen. Ich wiederholte in harscherem Ton, der mir im gleichen Moment leidtat: »Woher hast du meine Festnetznummer? Spionierst du mir hinterher?« Ich war beunruhigt, denn ich war mir sicher, sie ihr nicht gegeben zu haben.

»Weißt du das nicht mehr? Du hast sie mir bei einer unserer ersten Begegnungen gegeben. Wir hatten zwar besprochen, dass ich dich nicht privat anrufe, aber ich habe mir wirklich große Sorgen gemacht. Ich fühle mich dir so nah, ich konnte das unbestimmte und ungute Gefühl, etwas sei nicht in Ordnung, als ich dich nicht erreichte, nicht mehr aushalten.« Sie redete weiter.

Ich akzeptierte ihre Erklärung, unterbrach sie und sagte: »Okay, gut, aber es war wirklich nichts, du musst dir nicht solche Gedanken machen, und ich muss jetzt noch was fertigkriegen. Wir sehen uns Donnerstag, das ist ja schon übermorgen.«

Ich konnte mich nicht daran erinnern, ihr die Nummer gegeben zu haben. Eigentlich war ich mir sogar sicher, dass ich es nicht getan hatte. Unheimlich. Genauso unheimlich wäre es gewesen, hätte ich das wirklich vergessen. Andererseits fand ich es rührend, dass sie sich um mich sorgte.

Beate hielt wieder einmal ihren Vortrag darüber, dass Gudrun mich ausnutze und mir alles aufdränge, wozu sie selbst keine Lust habe, und mich weit unter Mindestlohn bezahle. »Dass du das mit dir machen lässt! Die Frau hätte doch auch Gudrun anrufen können. Wieso dich?«

Ich sagte, unfreundlicher, als ich wollte, dass ich nun mal das Event organisierte, um das es ging. »Gudrun hätte ihre Fragen gar nicht beantworten können!«

Hoffentlich würde Beate nicht weiter nachhaken, dachte ich, denn auf die Schnelle fielen mir keine konkreten Fragen ein, um die es gegangen sein könnte. Die entspannte Gesprächsatmosphäre war vorüber. Wir gingen kurz darauf ins Bett und schliefen aneinandergekuschelt ein. Ich war unruhig, wachte auf, schlief ein. Und erwachte wieder, davon, dass Beate meinen Arm von sich schob. Das machte sie selten. Hatte ich so unruhig geschlafen? Mir klopfte das Herz, ein Traumbild stand mir noch vor Augen, ein Albtraum, in dem ich mich heftiger als üblich an Beate geklammert haben musste.

»Hast du schlecht geträumt? Kannst du nicht schlafen?«, fragte sie jetzt.

Ich flüsterte: »Schlaf weiter, ich werde sicher auch gleich wieder weg sein, werd gar nicht erst wach.« Bald wurden ihre Atemzüge ruhig.

Ich war in einem riesigen labyrinthischen Museum, oder war es eine Behörde, sollte Unterlagen abholen, die wurden mir von jemandem überreicht. Als er mich berührte, wurde die Situation sexuell und unangenehm eng, ich lief weg, erreichte aber nur falsche Ausgänge, erkannte nichts wieder. Der Ausgang, wo mein Auto stand, war nicht mehr zu finden. Ich wurde immer wacher. – Mein Herz raste noch immer. Und auf einmal fiel mir der Traum wieder ein, den ich in der Nacht träumte, bevor ich das erste Mal mit Charlotte zusammenkam. Wieso fiel mir das jetzt ein? Als wäre der Traum von eben eine Fortsetzung. Das Ganze lief wie ein Film in mir ab, schlief ich dabei wieder ein, wurde ich wacher? Beate murmelte, dass ich doch bitte mal aufhören solle, mich zu wälzen, drehte sich um und schnarchte leise weiter. Sie hatte einen guten Schlaf. Es störte sie kaum etwas.

Ich hatte eine Lesung organsiert, eine wahnsinnige Menge an Zuhörern strömte in den Saal. Der Saal wurde immer größer, war schließlich groß wie eine Konzerthalle, füllte sich bis auf den letzten Platz. Vor Aufregung hatte ich meine Tasche an der Kasse liegenlassen. Ich rannte zurück, der Inhalt war weg, doch die Frau an der Kasse sagte scharf und laut: »Franca!« Hinter einer Tür tauchte eine Frau mit stechendem Blick auf, die mir vage bekannt erschien, und zog den geklauten Tascheninhalt – Geldbörse und so weiter – aus ihrer schlotternden Jacke. Auf einmal wurde mir klar, dass der Verlag uns die Bücher der Autorin nicht geschickt hatte. Das erste Mal so unglaublich viele Gäste und wir hatten kein einziges Buch auf dem Büchertisch. Die Autorin unterstellte uns immer, nicht genug für sie zu tun, zu viel aus ihrem Privatleben zu erzählen, ihre Freundin zu kompromittieren mit Gerüchten über Affären mit ihren Leserinnen, die nicht stimmten, nicht die richtige Werbung zu machen, mir wurde heiß vor Angst, ihr gleich erklären zu müssen, dass es keine Bücher gab. Ich fragte den Mann an der Kasse, war es nicht eben noch eine Frau, in welchem Café die Autorin auf ihre Lesung wartete. Ich wollte sie vorbereiten, wollte ihr vorschlagen, dass wir Bestelllisten auslegen und signierte Bücher versprechen. Er nannte das Café und erklärte mir den Weg, der mir äußerst weit vorkam, ein Umweg. Das Café lag nur ein wenig die Straße hinauf, fast gegenüber. »Wieso soll ich einen solchen Umweg gehen?«, fragte ich.

»Da sind eine Autobahn und der Fluss«, gab er zurück.

Ich ging trotzdem den wie mir schien direkteren Weg. Er führte unter beidem hindurch. Ich rannte nach unten, dann wieder nach oben, ein steiler Sandweg. Ich rutschte immer wieder zurück. Frauen versuchten mich hochzuziehen, ich umklammerte den Arm einer der Frauen. Ich dachte, es wäre Beate. Doch dann sah sie aus wie Charlotte. Ihr grau-braun gemischtes Haar floss in einer weichen kurzen Welle um ihren Kopf. Waren ihre Augen grau? Ich weiß es nicht.

Auf einmal riss sie mich mit, wir rutschten nun beide den steilen Sandweg wieder nach unten, immer weiter in die Tiefe, durch eine Tür, und landeten in einem fast dunklen Raum, in dem Metall düster leuchtete. Ein Mann mit verschränkten muskulösen Armen stand dort, es war kein Mann, es war Michaela, die sich inzwischen Mik nannte, Beate und ich kannten sie und hatten sie in der Zeit, in der wir noch ausgingen – wie lange das her war, dachte ich jetzt, während der Traumfilm weiterlief –, oft auf Events und Partys getroffen. Sie hatte uns auch einmal zu gemeinsamem Sex eingeladen. Beate kicherte die ganze Zeit und lästerte in mein Ohr über den ungeschickten Versuch einer Orgie, so hatte auch ich mich kaum gehenlassen können – bis wir schließlich doch mitgerissen wurden. Mik hatten wir vor Kurzem einmal wiedergesehen, er kam zu Beates Geburtstagsfest in unsere Wohnung und hatte uns den Sancerre geschenkt, den wir heute Abend getrunken hatten.

Ein Schiff. Wir waren im Maschinenraum eines Schiffs.

»Pech«, sagte Mik, »wir fahren gleich weiter, der Fluss an dieser Stelle ist viel zu breit, ihr kommt von hier aus nicht mehr zurück ans Ufer.«

Die Autorin im Café. Es dauerte nicht mehr lange und die Veranstaltung ging los, ich musste zurück. Mik öffnete eine Luke und zeigte mir, dass es unmöglich war. Es war weit bis zum Ufer, das Wasser glitzerte böse, fast, als würde die frühe helle Sonne das dreckige Schwarz umrühren und noch sichtbarer machen, aber es war doch Nacht? Da umarmte mich die Frau, die wie Charlotte aussah. Ich lehnte mich an sie, sie war auf einmal dick, nicht dick, aber nachgiebig, ein Körper, wie Beate ihn langsam wieder bekam, war sie Beate von früher? Beate hatte auf einem Trip in ihre Vergangenheit abgenommen und danach eine Zeitlang Sport gemacht, Kraftsport. Sie war mir damals nach den Monaten ihrer Abwesenheit fremd geworden, hart, eckig, Muskeln. Erst in den letzten Jahren war sie wieder weicher geworden. Wo ist Beate, dachte ich, während die Umarmung der anderen fester wurde, sich aus der Funktion, mich zu beruhigen, löste, und sexuell wurde. Ich ließ mich gehen, die Anspannung, die Angst lösten sich auf, die Maschinen dröhnten, sie – Charlotte, dachte ich jetzt, hatte ich damals schon von Charlotte geträumt, die ich ja in den Vorbesprechungen ein paar Mal getroffen hatte, war ich unbewusst schon auf sie scharf, bevor wir uns richtig kennenlernten? – fasste mich härter, fordernder an, sagte: »Ich brauche das jetzt, du auch?« Sie drängte mich an kaltes Metall, zerrte mir das Hemd vom Busen und saugte meine Nippel, die wuchsen und sich in sie schoben, sie biss und küsste, küsste sich hinunter. Ich bemerkte, dass Mik und andere im Dunkeln um uns standen, ein Halbkreis, die meisten kamen mir bekannt vor, auch die schmale Frau, die mein Geld entwendet hatte, stand in ihrer schlotternden Jacke in der Runde, wer ist sie, fragte ich mich auch jetzt wieder. Ich kenne sie. Mik hatte immer noch die Arme verschränkt, die er langsam löste, er griff nach hinten, den Blick auf mich gerichtet, und zog eine Peitsche hinter sich hervor, kam auf uns zu. Charlotte oder wer auch immer hatte mir inzwischen den Reißverschluss geöffnet, leckte mich, meine Lippen schwollen, meine Klit, ich schob mich in ihre heißen Lippen, Beate war vergessen. Sie stand auf, ich fühlte mich verlassen, wollte mehr, wollte, dass sie weitermachte, sie küsste sich zurück zu meinem Mund, drängte sich auf meinen Schenkel, bewegte sich, rutschte auf und ab, jetzt ihre Finger in mir. »Dreh sie um!«, befahl Mik, kurz bevor ich kam. Charlotte drehte mich, ich hielt mich an der Säule aus Metall, das heiß geworden war, sie schob ihre Hand von hinten zwischen meine Schenkel, in mich, kleine vibrierende endlose Bewegungen, es baute sich wieder auf, jetzt ließ Mik die Peitsche zischen, dann knallte sie auf meinen Arsch, immer wieder. Der glühte, ich schrie, ich verging, ich kam, ich wollte mehr – und Mik schob den Griff der Peitsche in mich. Sie küsste so intensiv, dass ich im Traum glaubte zu träumen, wir küssten uns immer weiter, während Mik mich mit dem Griff fickte.

Die Maschinen verstummten, Stille. Die Luke öffnete sich lautlos. Der Weg zum Ufer war noch weiter als zuvor, unüberbrückbar, der Strom raste, auf einmal dröhnte alles, schwarze Stromschnellen kreisten um das Schiff, ein Gurgeln, ein Röcheln, ein Schreien. Sie, die Frau, die aussah wie Charlotte, stieß mich hinein in das schlammige dickflüssige schwarze Wasser. Ich wurde in die Tiefe gesogen, ertrank ich?

Ich war hellwach. Mein Herz raste. Ich war schweißgebadet. Ich fragte mich, ob der Traum ein Vorzeichen für Unheil gewesen war, erst im Strom, dann in dieser Nacht in einem Labyrinth, aus dem ich nicht entkam, mir wurde schwindelig, vom Wein, vor Angst, vor Schlaflosigkeit, war es schwül mitten im Herbst, waren vielleicht einfach die Wetterverhältnisse für mein nicht enden wollendes Herzrasen verantwortlich?

Ich rief mich zur Vernunft, es hatte nichts zu bedeuten, Lustträume, die umkippten in Albträume, das passierte oft. Doch die Gedanken kreisten weiter. Hatte ich vielleicht nur Angst vor Veränderung, erschien mir ein Ausbrechen als Sturz in den Abgrund, aber war unausweichlich?

Beschäftigte mich der Anruf von Charlotte? Die aufgewirbelten Gedanken der Nacht. War der Traum ein Vorzeichen von etwas Schrecklichem? Ich glaube doch nicht an so etwas, versuchte ich mich zu beruhigen, vergeblich. Ich hatte ihr die Nummer nicht gegeben. Hatte ich es vergessen? Wieso fiel mir der alte Traum ein? Wieso träumte ich heute etwas Ähnliches? Bedeutete es, dass Charlotte mich fortsaugte von Beate? War das Liebe? Wie ein Tier, das einen in eine andere Richtung zerrt, wider alle Vernunft? Mit war der Anruf spontan unheimlich gewesen, aber ich schaffte es, das Gefühl zu unterdrücken. Schaffte ich es wirklich? Dass ich von Sex träumte, damals von Sex geträumt hatte, hieß doch nur, dass ich mal wieder heißen frischen Sex brauchte, das änderte doch nichts an der Liebe. Den Sex holte ich mir bei Charlotte, und sie lebte mit mir ihre eigenartige Lust aus, die darin bestand, mich scharf zu machen, mehr war nicht. – Sie war liiert, ich war liiert, und Sex tat uns beiden gut, aber das Reden tat mir auch gut. Obwohl ich den Eindruck hatte, dass sie in der letzten Zeit vor allem von mir erwartete, ihr zuzuhören.

Meine Selbstberuhigungsversuche scheiterten. Der Gedankenkreislauf ging von vorne los. Würde etwas Furchtbares passieren? Mir? Beate? Ich sollte aufstehen, ich konnte nicht mehr einschlafen, sollte etwas tun, auf andere Gedanken kommen.

Beate drehte sich um. »Was hast du?« Sie zog mich an ihren schlafheißen Körper. »Möchtest du etwas Einschlafhilfe? Erzählst du mir deinen Traum? Du hast doch geträumt, so, wie du gestöhnt hast. Kann es sein, dass es hier nach Sex riecht?«

Während sie die Bettdecke wegstrampelte, beobachtete ich, wie sich ihre Haut wellte, das erste Morgenlicht kam, ein zartes bebendes Feld. Ihre Lippen verzogen sich zu dem Lächeln, das ich so liebte und bei dem ich noch immer nicht wusste, ob sie sich über mich lustig machte. Ja, ich liebte sie. Und wenn ich Charlotte auch liebte, was machte das, ich konnte zwei Menschen lieben! In der Morgendämmerung begann ich mich zu beruhigen.

»Ja, Einschlafhilfe wäre nicht schlecht«, sagte ich dann und küsste sie auf den Bauch, schob ihre Beine auseinander. Ihre Lippen bewegten sich. Ich küsste sie, ihr schwarzes Haar, ihr dunkles Rosa im Braun; ich sah nichts davon, im ersten Dämmerlicht war es dunkel zwischen ihren Beinen, aber sie stand mir vor Augen. Ich hatte sie lange nicht mehr angesehen. Alles an Beate war schön für mich, jedes Detail. Die Erinnerung an unsere Anfangszeit, als die Körper neu waren, durchflutete mich fast schmerzhaft. Ich suchte mit der Zunge ihre sich versteckende Klit.

»Du brauchtest doch die Einschlafhilfe«, sagte sie dann, drehte sich zu mir, wir drückten unsere Mösen aneinander, machten unseren zarten schönen Sex, während ich die beiden Träume als einen erzählte und wir unsere Mösen an die Beine schlugen, härter wurden, uns liebten wie früher, bis Beate mein Gesicht in die Hände nahm und meinen Redefluss stoppte. Wir küssten uns, ihr Atem duftete schlaftrunken, herb, und ein Hauch des Sancerre von gestern war noch zu schmecken. War mir vielleicht nur deshalb der Traum wieder eingefallen, fragte ich mich jetzt, weil Mik darin vorgekommen war und wir gestern Abend die Flasche geöffnet und über ihn geredet hatten? Beate sagte demonstrativ immer »sie« – worüber wir uns schon einmal heftig auseinandergesetzt hatten. Ich bemühte mich, »er« zu sagen.

»Du musst akzeptieren, dass er sich nicht mehr als ›sie‹ fühlt!«, hatte ich auch gestern wieder betont. Beide mochten wir sie und ihn, fanden Michaela/Mik in ihrer/seiner Androgynität sehr reizend. Inzwischen nahm er Hormone.

»Hoffentlich wird sie nicht zu sehr Mann«, hatte Beate geäußert. »Ich hasse Bärte!«

Ich erzählte ihr auch von anderen Figuren aus dem Traum. Nicht von allen, die mögliche Charlotte ließ ich aus. Die Dürre mit dem wahnsinnigen Blick, die mein Geld geklaut hatte und uns später im Schiff beim Sex zugesehen hatte.

»Das ist Candy«, sagte Beate und fuhr über meine Brüste.

Ja, jetzt fiel es mir ein. Sie sah aus wie Candy, die dabei war, als Beate und ich uns kennengelernt hatten, und die mich anschließend eine Weile lang verfolgt hatte. Sie war der Meinung, sie sei die Richtige für mich und nicht die verlogene fette Beate, wie sie sich ausgedrückt hatte. Mir fiel auf einmal alles wieder ein. Beates weiche Körperfülle, ihre noch nicht beendete Beziehung und die drei Anfänge, bis unsere Beziehung wirklich begann.

»Weißt du noch, das Gewitter, als wir das erste Mal miteinander geschlafen haben?«, fragte ich. Natürlich weiß Beate das noch, dachte ich im selben Moment. Sie erwähnte es ja auch immer wieder. Und dann dachte ich an das Lied, das lief, als Charlotte und ich … Ich zog mich zurück, »was ist«, fragte Beate und streichelte mich weiter, »woran denkst du?«

»Ach, die blöde Arbeit!«

»Lass das, komm, bleib so offen.« Sie küsste mich wieder, rieb ihre weichen Lippen an meinem Schenkel und streichelte mich weiter. Manchmal erinnerten wir uns auch ganz unterschiedlich, sie erzählte Begebenheiten, die mir entfallen waren. Wir waren schon vor einer Weile in die »Weißt-du-noch«-Phase unserer Beziehung eingetreten. Als könnte es nichts Neues mehr geben. Aber musste es immer Neues geben? Und gab es nicht jeden Tag kleine Dinge, die anders waren, neu? Das Licht, die Wolken am Berliner Himmel, die waren immer anders. Und auch unsere Körper.

»Ich liebe deine Rundungen, die sich endlich wieder zeigen«, sagte ich nun und streichelte Beates Bauch.

Sie lachte. »Miks muskulös-zarten Körper magst du aber genauso!«, behauptete sie. »Das beweist der Traum!«

Gut, dass ich Charlottes Figur nicht detaillierter geschildert hatte, sollte sie doch denken, ich träumte von Mik, wenn wir Sex hatten, dann hatten wir einen gemeinsamen Traum, vielleicht träumte auch sie manchmal von Mik. Ich realisierte, dass ich das nicht wusste. Träumte auch Beate manchmal von anderen Frauen oder Männern? Ich war mir sicher, dass sie keine Affären hatte, das war immer nur ich. Aber vielleicht täuschte ich mich.

»Warum nicht«, sagte ich jetzt und war einfach nur glücklich, dass die Furcht verflogen war, dass Beate es wirklich geschafft hatte, mich zu berühren, ohne dass ich zumachte, wie so oft in der letzten Zeit. »Wir sollten vielleicht mal wieder eine Einladung zu einer Sexparty annehmen, oder?«

Beate lachte weiter. »Du kleine Sexsüchtige!«, sagte sie und schob ihre Hand in meine fließende Möse. Warum sie mich oft »Kleine« nannte, war ihr Geheimnis. Ich war etwas größer als sie, und sie war nur wenige Monate älter.

Danach schliefen wir noch einige Stunden fest und kamen beide zu spät zur Arbeit. Gut, dass Beate an dem Tag keinen Gerichtstermin hatte. Dann hätte sie sich sicher einen Wecker gestellt.

Kapitel 14, Charlotte

Charlotte fühlte sich schrecklich.

Ich muss ihr sagen, dass mich ihr Tonfall tief getroffen hat, dachte sie. Dass Anna so herzlos, so kalt klingen konnte. Nach einer solch besonderen Nacht! Wieso klang sie dermaßen distanziert? Als würde sie mit einer Unbekannten sprechen, die sich verwählt hatte.

Charlotte saß aufrecht im Bett und heulte. Sie musste mit ihr darüber sprechen, sofort. Fast hätte sie noch einmal angerufen. Es fiel ihr sehr schwer, sich zurückzuhalten. Immer wieder nahm sie das Handy in die Hand. Sie hoffte, dass Anna eine Nachricht schikken und sich entschuldigen würde. Charlotte konnte nicht einschlafen. Schläft Anna jetzt, fragte sie sich. Sie hoffte, dass auch Anna nicht schlafen konnte, dass es sie quälte, sie so am Telefon abgefertigt zu haben. Dass sie aufspringen und ihr eine SMS schreiben würde. Eine Liebes-SMS. Vielleicht hielt ihre Freundin sie davon ab? Schliefen sie etwa im selben Bett? Das wusste sie immer noch nicht. Charlotte stellte sich Beate als verknöcherte Juristin vor, sie war ihr noch nicht begegnet. Aber selbst wenn sie in einem Bett schliefen, dann wie Schwestern, sie, Charlotte, war es, die von Anna begehrt wurde, das spürte sie. Sie musste sich nur wieder einmal zur Geduld ermahnen. Irgendwann würde es ein Ende haben. Wir beide, sie muss es doch spüren, wir beide gehören zusammen! Gefühle ließen sich nicht auf Dauer unterdrücken. Liebe, ja das war es, sie liebte Anna. Ein Liebesgefühl ließ sich nicht mit Argumenten in Schach halten, es war da oder nicht, es ließ sich nicht wegdiskutieren, und das war das Einzige, was zählte. Anna würde es auch spüren.

Kapitel 15, Beate

Beate saß mit Kollege Kirschner, dem Spezialisten für Erbrecht der Kanzlei, in dem italienischen Restaurant, in das sie oft mittags essen gingen. Er erzählte von seinem aktuellen Erbstreitfall. Kaum seien die Eltern tot, stritten sich die Kinder. Manche Erblasser, wie die Eltern, um die es ging, nutzten noch das Testament, um ihre Kinder zu strafen. Eins wurde bevorzugt, das »gute Kind«, und das schlechte erhielt viel weniger. In dem Fall hätte das »böse Kind« nicht einmal den Pflichtteil erhalten. Er vertrat eine Mandantin bei der Klage auf Pflichtteil, wobei eine Ausbezahlung nicht möglich sei, da auch das andere Kind, das das Haus geerbt hatte, nichts hatte. Die mussten also das Haus verkaufen und sich die Gegenstände teilen.

»Gestern kam meine Mandantin an und behauptete, das Bild aus dem Wohnzimmer habe einen enormen Wert. Natürlich ließ sich das nicht beweisen. Die Leute denken oft, ihr Nippes sei was wert. Auch Schmuck wird überschätzt.«

Der Fall interessierte sie, es gab Berührungspunkte mit ihren Fällen. Trotzdem hörte Beate kaum zu. Ihre Gedanken kreisten um Anna. Irgendetwas war los mit ihr. Obwohl die Nacht gestern schön gewesen war, endlich waren sie wieder entspannt zusammen gewesen, wirkte sie am Morgen auf einmal unglücklich. Wie oft in der letzten Zeit. Aus heiterem Himmel war sie abwesend, als litte sie unter etwas, das sie nicht sagen konnte oder wollte. War es nur der übliche übermäßige Stress? Aber es erschien Beate schlimmer. War sie unglücklich mit ihrer Arbeit? Oder verbarg sie etwas anderes vor ihr? Hatte sie nicht vor Kurzem einen Vorsorgetermin bei der Frauenärztin gehabt? War sie überhaupt hingegangen? Vielleicht gab es einen Befund, der sie quälte und mit dem sie Beate nicht beunruhigen wollte?

Sie mussten unbedingt miteinander sprechen, sie musste sie fragen! Beate wusste so vieles nicht mehr von ihr, weil sie in der Kanzlei aufging und kaum noch etwas an sich heranließ.

Kirschner bemerkte nicht, dass sie nicht mehr zuhörte, er erzählte inzwischen von einem anderen Fall, und Beate sagte etwas Unverbindliches. Das Essen kam. »Guten Appetit!«, sagte Kirschner. Beate war noch nicht lange in der Kanzlei beschäftigt, und im Grunde machte ihr die Arbeit Spaß, aber es war viel zu viel, und manche Fälle gingen ihr unter die Haut. Das ließ sich nicht einfach abschalten.

Gudrun nutzte Anna wirklich aus. Vielleicht war es nur das, was sie nicht zugeben wollte, etwas nicht zu schaffen. Das konnte sehr belastend sein, Beate sah es bei sich selbst. Ich sollte das ansprechen, dachte sie. Sie sollte sich vielleicht auch einmal umhören, unter den Kollegen und Mandanten, ob sich nicht die Möglichkeit eines anspruchsvolleren und besser bezahlten Jobs für Anna anbot. Sie hatte Annas Argument in den Ohren, dass sich in Berlin kaum ein guter Job für Leute mit ihrem Hintergrund finden lasse und sie froh sei, in der kleinen Firma von Gudrun beschäftigt zu sein. Beate vermutete, dass Anna sich nur nicht eingestehen wollte, dass sie noch immer keinen ihrem Studium angemessenen Job gefunden hatte, dass sie nicht anders als vor fünfzehn Jahren, während ihres Studiums, herumjobbte. Ob das im Café war oder als Praktikantin. Beate sollte die Augen offenhalten. In ihrem Alter sollte Anna sich nicht mehr in Freundschaftsjobs unterbezahlt verschleißen! Die Kräfte ließen irgendwann nach, auch wenn sie beide daran noch nicht dachten. Anna und Gudrun kannten sich seit ihrem Studium, schon bevor Beate in Annas Leben getreten war. Die Agentur hatte Gudrun mit ihrer Ex gegründet, und ihre aktuelle Freundin hatte einen anderen Job. Vermutlich musste Anna die Ex ersetzen, mit dem Unterschied, dass die früher aus Liebe umsonst gearbeitet hatte. Vermutlich arbeitete auch Anna aus Freundschaftsgefühlen heraus so übertrieben viel für das wenige Geld. Das sollte sich Anna einmal vor Augen halten! Anna war klug und eine hervorragende Organisatorin, sie konnte, anders als viele der Jurastudentinnen, die in der Kanzlei ihr Praktikum absolvierten, problemlos mehrere Projekte gleichzeitig und gleich gut betreuen. Was Gudrun reichlich ausnutzte; hatte Anna nicht neulich erzählt, dass sie neuerdings sogar deren Buchhaltung vorbereitete?

»Was würdest du der Mandantin in diesem Fall empfehlen?«, riss Kirschner sie aus ihren Gedanken.

»Ich weiß nicht«, sagte Beate und dachte, peinlich, ich sollte zuhören. Am Nachbartisch saß eine Frau und starrte zu ihnen herüber. Beate drehte sich zu ihr. Die Frau sah weg, aber Beate hatte das Gefühl, sie sah, kaum hatte sie sich wieder Kirschner zugewandt, erneut herüber. Sie dachte, na, vielleicht sollte ich die fragen, was Kirschner eben erzählt hat! Die hat wohl nichts anderes zu tun.

Anna als Mädchen für alles, das konnte so nicht weitergehen! In letzter Zeit war sie immer öfter abends mit Events unterwegs. Die Agentur schien genügend Aufträge zu haben. Gudrun musste besser bezahlen! Beate dachte wieder darüber nach, ob sie Gudrun darauf ansprechen sollte. Aber das würde Anna nicht akzeptieren. Beate konnte sich ihre Schimpftiraden ausmalen: »Misch dich nicht ein! Spinnst du, das ist peinlich! Du kommst mir vor wie meine Mutter. Die hat einmal gut gemeinte Briefe an meine Uni-Professoren geschickt, in denen sie mich anpries und fragte, ob die mir nicht einen Job geben können, ihre Tochter sei eine tolle Mitarbeiterin! Damals bin ich im Boden versunken vor Scham!«

Das und anderes, was ihre Mutter für sie getan hatte, hatte ihr Anna einmal in allen Details erzählt, kurz nach dem Tod der Mutter. Sie hatte damals allerdings bedauert, dass sie es zu ihren Lebzeiten nicht wertgeschätzt hatte, wie solidarisch ihre Mutter war.

Ihre Rituale wie Kochen am Freitag und am Sonntag ins Kino oder Spazierengehen fielen immer öfter aus. Beate musste sich allerdings eingestehen, dass das meistens an ihr lag. In letzter Zeit gab es darum nicht einmal mehr Streit. Vielleicht hatte sie auch deshalb übersehen, dass etwas los war mit Anna, vielleicht war es ihr sogar recht gewesen, dass Anna mit Eigenem beschäftigt und so oft unterwegs gewesen war. Sie hatte Anna oft enttäuscht. Die Arbeit an ihren Fällen konnte obsessive Züge annehmen. Sie mussten etwas ändern!

Sie schaufelte die Pasta in sich hinein und sagte zu Kirschner: »Entschuldige, mich beschäftigt gerade etwas, bin heute nicht so kommunikativ.«

Die Frau am Nachbartisch bezahlte, stand auf und ging. Beate sah ihr nach. Seltsame Person, sicher einsam. Suchte sie Anschluss? Sah lesbisch aus, falls es ein lesbisches Aussehen gab, dachte Beate. Und dann fragte sie sich, wann sie sich das letzte Mal für andere als für Anna interessiert hatte, und stellte fest, dass ihr Blick auf Frauen ziemlich einseitig war. Sie konnte sich nicht erinnern, sich in den Jahren, die sie zusammen waren, wirklich einmal für eine andere interessiert zu haben. Gemeinsam Frauen ansehen, das hatte ihnen früher Vergnügen bereitet. Stewardessen auf Urlaubsreisen, die Anna und sie in ihren engen blauen Kostümen bewunderten, auch ungeniert deren sich darin deutlich abzeichnenden runden Formen von Pos, Taillen, Busen. Beate erinnerte sich daran, wie sie oft gemeinsam dieselben Frauen scharf gefunden hatten. Strenge Stewardessen und Schaffnerinnen. War das lange her!

Kapitel 16, Anna

Ein ungemütlicher Montag im November. Gudrun erzählte in schwelgenden Tönen von ihrer bevorstehenden Reise auf die Insel. Volontärin Mandy sollte mich in Gudruns Urlaubszeit unterstützen. Mandy redete gerne. Auch wenn sie am PC saß und Mails checkte, konnte sie nebenher reden; ihr Computer stand in meinem Büro, in Gudruns Büro hatte sie sich nur in der Anfangszeit aufgehalten, als sie eingelernt wurde. Besonders ausführlich und oft erzählte Mandy von ihren Katzen Bobby und Molly. Beate, der ich davon berichtete, amüsierte sich über meine neuen Kenntnisse in Sachen Haustiere in einer Großstadt und bedauerte die Katzen, weil sie nicht ins Freie konnten; sie konnte sich nicht vorstellen, dass jemand stundenlang über Katzen redete. Ich sah voraus, dass ich mehr als Vollzeit arbeiten würde, denn es gab in den Urlaubswochen einige aufwendige Veranstaltungen. Zu den letzten Weihnachtsevents wäre Gudrun zurück, aber auch die Firmenweihnachtsfeiern, die wir betreuten, und zwei öffentliche Veranstaltungen mussten während ihres Urlaubs vorbereitet werden. Ich würde die Volontärin damit beauftragen, die Flyer für die beiden öffentlichen Veranstaltungen zu entwerfen, und hoffte, dass Gudrun sie in unser Layoutprogramm eingearbeitet hatte. Gudrun flog mit ihrer Freundin nach La

Palma, so wie sie es schon mit deren Vorgängerin Julia getan hatte. Sie erzählte, dass diese und deren Neue auch kommen würden.

»Ihr macht also wieder ein Familientreffen«, sagte ich.

»Wenn du es so nennen willst, ja.«

Bei einem unserer Wanderurlaube hatten Beate und ich sie in ihrem Ferienhaus besucht; sie wirkten wie eine Großfamilie. Die Aktuelle von ihrer Ex, ich kam nicht mehr auf deren Namen, war mit ihrer Tochter da. Wir, Beate und ich, hatten uns schon vorher über das neue harmonische Viererkombileben amüsiert. Beate hatte all das ausgeschmückt, was die beiden nach außen ihrer Vorstellung nach verschwiegen. Sich zur selben Zeit in eine andere verlieben, die Trennung als Happy End. Mir schoss durch den Kopf, dass ich fürchterlich eifersüchtig würde, wenn Beate mit einer anderen ins Bett ginge. Aber mit mir und Charlotte – ich stoppte die Gedanken. Sie sollte es nie erfahren, dann war alles möglich. Beate war einfach weniger an Sex interessiert als ich. Am Donnerstag hatte ich Charlotte getroffen und auch wieder bei ihr übernachtet, denn Beate war für ein langes Wochenende zu einem runden Geburtstag eines ihrer Geschwister gefahren. Sie war direkt nach der Arbeit in den Zug gestiegen, erst Montagabend käme sie zurück. Bei unserem Abschiedstelefonat am Donnerstagmorgen hatte sie noch ihren guten

Rat gegeben: »Du musst endlich mit Gudrun besprechen, dass sie dir nächstes Jahr mehr bezahlt. Ich würde mich nicht weiter so ausnutzen lassen.«

Ihre übliche Litanei, meine übliche Antwort: »Ja, aber ich arbeite gerne dort!«

Sie hätte sich gefreut, wenn ich mitgekommen wäre, aber ich konnte nicht. Sie wollte zunächst nicht ohne mich fahren. Ich hatte ihr zugeredet, den fünfzigsten Geburtstag ihres ältesten Bruders nicht zu verpassen. Schließlich war es ihre Familie, und sie war froh, dass sie endlich wieder Kontakt hatte. Nach dem Tod ihres Vaters war sie mit ihren Geschwistern in Streit geraten; die anderen fühlten sich benachteiligt, und es war zu einem Prozess um das verfallene Elternhaus gekommen, das Beate geerbt hatte und das nichts wert gewesen war. Sie hatte es abreißen müssen, es war einsturzgefährdet. Das Gerichtsverfahren endete mit einem Vergleich, keines der Geschwister musste einem anderen etwas bezahlen; das gesparte Geld, das die Geschwister geerbt hatten, wog den geschätzten Wert des Grundstückes und Hauses auf, aber immerhin war es nun geklärt und aus der Welt. Alle mussten ihre Anwälte und die anteiligen Gerichtskosten bezahlen. Ich hatte mich über die Ungerechtigkeit aufgeregt, denn der Abriss hatte die Hälfte von Beates Ersparnissen verschlungen, die sie eigentlich für ihr Studium hatte verbrauchen wollen, und auch das Grundstück ohne Haus war nichts wert, sie hatte es Jahre später für zweitausend Euro an einen Nachbarn verkauft. Genau betrachtet hatte sie draufzahlen müssen, hatte Minus geerbt, während ihre Geschwister, auch wenn es nicht viel war, Geld geerbt hatten. Ein überflüssiger Prozess, der dafür sorgte, dass Beate den Kontakt zu ihren Geschwistern abgebrochen hatte, für immer, wie sie damals sagte. Der Anlass, sie wiederzusehen, war der Tod eines Onkels, zu dessen Beerdigung sie sich aufgerafft hatte zu fahren – unter der Bedingung, dass ich mitkam und wir das Ganze für eine kleine Reise in ihre Kindheitsgegend nutzten. An dem Tag hatte sie sich ausgesöhnt; der jüngste Bruder hatte sich auch tatsächlich entschuldigt, dass er, beziehungsweise seine Frau, von der er in der Zwischenzeit geschieden war, aus Geldgier diesen Prozess angezettelt hatte.

Charlotte führte mich am Donnerstagabend nobel zum Essen aus. Wir waren in einem französisches Edelrestaurant in einem Hotel am Kudamm, in das Beate und ich niemals gehen würden. Charlotte hielt mir einen Vortrag, wie gesund sie in dem Lokal kochen würden, alles sei langsam gegart, sodass kein Fleischsaft entweiche, sie würde selbst ja auch nur gesund kochen, und dann sprach sie über den Wein, den sie bestellt hatte, und über ihr Buch. Es war endlich fertig und im Druck. Fast wäre es zu knapp für die Weihnachtsgeschenkaktion ihres Ladens gewesen. Die Druckerei, mit der ihr Chef sonst zusammenarbeitete, hätte es nicht mehr geschafft. Aber, so erzählte sie mir stolz, sie habe eine Druckerei gefunden, die so schnell produzierte, dass es knapp vor Weihnachten fertig würde. Die Kosten seien zwar höher als anderswo, aber das störe ihren Chef nicht.

Ich fragte mich, ob sie es korrigiert hatte oder ihr dafür die Zeit gefehlt hatte, und wunderte mich, dass sie mich nicht gebeten hatte, das Manuskript zu lesen. Ich hatte ihr von meinen Korrekturarbeiten für Beate erzählt, davon, dass ich schon während ihres Studiums juristische Hausarbeiten und jetzt Schriftsätze korrekturlas.

Als könnte sie Gedanken lesen, sagte sie: »Ich wäre übrigens nie auf die Idee gekommen, wie deine Beate, dir das zur Korrektur anzutragen!«

»Ich bin gespannt und drücke dir die Daumen, dass nicht allzu viele Fehler übrig geblieben sind.«

»Ich schreibe so gut wie fehlerfrei«, sagte sie.

Ich schwankte zwischen Begeisterung darüber, schick ausgeführt zu werden, und Unbehagen wegen ihres Festnetzanrufs, das ich – ich wunderte mich selbst darüber – nicht losgeworden war. Es war das zweite Mal, dass wir uns danach sahen, und noch immer war mir ihr Anruf unheimlich. Selbst wenn sie die Nummer durch einen Blick auf mein Handy, der

Gedanke war mir natürlich gekommen, notiert hatte, was wäre denn so schlimm daran? Wieso beunruhigte es mich derart? – Aber wie sie mich wieder verwöhnte! Das genoss ich. Und anschließend bei ihr fragte sie, ob ich den Fesselfilm angesehen hätte. Ich verneinte.

»Schade, dass du immer so viel für Beate machst und für mein Geschenk keine Zeit opferst. Aber gut, ich hätte dir sonst heute einen anderen Film gezeigt, so sehen wir uns den jetzt einfach zusammen an.«

Wir sahen uns den Film an, während sie mich mit ihren harten Fingern zum Höhepunkt trieb, dieses Mal ganz ohne großartige Inszenierung drumherum; nur der Film lief. Die Musik, die minimalen Bewegungen der Frau auf dem Bildschirm bestimmten den Rhythmus. Danach blieben wir aneinandergelehnt im Bett sitzen und sahen den langen Film bis zum Ende. Handlung gab es keine, der Film wirkte auf mich auf einmal düster und melancholisch. Ich dachte an Beate. Ich würde diesen Film gerne mit ihr zusammen ansehen und wäre gespannt, ob sie etwas damit anfangen konnte. Ich stellte mir Beates Ironie vor, ihre Kommentare zu dem Fesselzeug. Sicher würde sie den Zauber stören, den der Film in aller Düsternis auf mich ausübte, und ich malte mir auch aus, dass sie sich fragen würde, wie ich auf diesen alten Film gekommen war. Ich müsste mir eine passende Geschichte dazu ausdenken. Es gab sicher eine aus

Gudruns Kreisen, die sich in der SM- und Filmszene auskannte. Die könnte mir den Film empfohlen haben.

»Woran denkst du«, fragte Charlotte. »Hörst du überhaupt zu? Was habe ich dir eben erzählt?«

»Natürlich«, gab ich zurück, »ich war in Gedanken noch bei dem schönen Film.«

Charlotte redete weiter, jetzt hörte ich ihr zu. »Für mich haben die minimalen Bewegungen der Gefesselten eine ungeheure erotische Kraft, vielleicht identifiziere ich mich mit den Blicken der Domina, ihren ordnenden Bewegungen. Die Seile. Etwas deutet sich an. Ein Höhepunkt, dem die Gefesselte entgegenfiebert, und der im Auf- und Abschwellen der Musik, in den Bewegungen, dem Wechsel von Geräuschen und Ruhe immer wieder neu aufgeschoben wird. Die Erwartung einer Berührung, der Erlösung, die nicht kommt, die Drohung, die den Atem stocken lässt, die Erleichterung … Dann ein Moment der Gleichheit, beide Frauen auf Augenhöhe, ein Gleichgewicht, und wieder: die Auflösung dieses Gleichgewichts. Die Hingabe …«

Ich hörte ihr nun wirklich gebannt zu und fragte mich, wie ich den Film empfunden hatte, war ich der sich Hingebenden nahe gewesen?

»Das Verrinnen der Zeit ist im Film körperlich spürbar, bis hin zum Stillstand.«

Wir schliefen ein, sie sagte im Einschlafen: »Ich freue mich so sehr, dass du hier neben mir liegst! Ich wünsche mir, dass du immer hier liegst.«

Am Morgen ging ich ins Bad. Meine Zahnbürste, die ich am Abend nach dem Zähneputzen zurück in meinen Waschbeutel gelegt hatte, stand jetzt in einem grün, rot und blau schimmernden Becher neben der Zahnbürste von Charlotte, die in einem ebenso bunten, allerdings in anderen Farben, eher orange schimmernden Gefäß stand.

War das ein Zeichen großer Liebe? Dass sie fürsorglich einen besonders schönen Becher für meine Zahnbürste aussuchte?

Ich hatte nicht vorgehabt, die weiteren Nächte, in denen Beate verreist war, zu bleiben, ich brauchte keinen eigenen Zahnputzbecher – Sie musste die Zahnbürste nachts irgendwann aus dem Waschbeutel geräumt haben.

Aber dann blieb ich doch bis Sonntag früh. Es wurde die längste Zeit, die wir miteinander verbracht hatten. Freitag ging ich ins Büro, machte das Nötigste. Sie rief an und sagte, sie habe uns zwei Theaterkarten besorgt, und vorher wolle sie mit mir essen gehen. Sie würde mich von der Arbeit abholen kommen.

Ich sagte: »Ich brauche ein neues T-Shirt und muss etwas für mich sein.«

Sie überredete mich, aber ich konnte verhindern, dass sie mich von der Arbeit abholte. Wir trafen uns in einem spanischen Restaurant, wieder gab es teuren

Wein, dann das Theaterstück in der Schaubühne, was mich langweilte, ich dachte an Beate, dachte, eigentlich will ich nicht noch einmal bei ihr übernachten.

Ich fing nach der Aufführung, als wir noch einen Wein irgendwo tranken, wieder von den T-Shirts an und dass ich nicht mitkommen würde. Da fing sie an zu weinen, sagte, ich müsse doch nicht deshalb nach Hause, sie könne mir ein neues T-Shirt geben und auch Unterwäsche. Schließlich ging ich mit, ich tröstete sie, wir schliefen wieder miteinander.

Samstag schlenderten wir durch die Stadt, gingen ins Nachmittagsprogramm in ein Kino, anschließend führte sie mir ein neues Weinlokal vor. »Wir trinken nur ein Achtel als Aperitif«, sagte sie, sie wollte anschließend für mich kochen. Wir tranken noch ein zweites Glas, während es draußen leise vor sich hin nieselte. In der verlassenen Wohnung wäre ich an solch grauen Tagen vielleicht grundlos traurig geworden und hätte an meine Mutter gedacht, die vor einigen Jahren in dieser Zeit gestorben war und zuvor im Winter oft von Depressionen heimgesucht wurde, so stark, dass sie sich hätte umbringen wollen, wenn sie nicht auch dazu zu antriebslos gewesen wäre. Vielleicht war es doch gut, dass ich das Grau nicht alleine aushalten musste.

Als Charlotte später für uns kochte, telefonierte ich mit Beate. Sie sprudelte von Geschichten, ich musste sie unterbrechen, sagte, »sorry, ich muss jetzt los«, und ließ das Handy in meiner Hosentasche verschwinden, denn Charlotte kam aus der Küche und deckte den Tisch. Ich wollte nicht, dass sie unser Gespräch mithörte oder nachfragte, mit wem ich telefoniert hatte. Benahm ich mich so, als wäre Charlotte meine Freundin und Beate die verheimlichte Affäre?

Kapitel 17, Charlotte

Seit Beate zurückgekommen war, schien Anna sich mehr mit ihr zu befassen als mit Charlotte.

Charlotte hatte vor einiger Zeit zwar geschafft, was ihr seit Langem im Kopf herumging, nämlich Beate in Augenschein zu nehmen, hatte gehofft, sie einschätzen, die Gefahr, die von ihr ausging, besser bannen zu können, aber nun konnte sie sich die beiden nur noch detaillierter zusammen ausmalen.

Sie hatte Beates Kanzlei gegoogelt, es war mit Hilfe der Telefonnummer, die sie damals aus Annas Handy abgeschrieben hatte, schnell gelungen – »Kanzlei« – den Vornamen »Beate« – und die Nummer eingegeben, schon hatte sie die Homepage der auf Familien- und Erbrecht spezialisierten Kanzlei. Darauf Fotos von den Anwälten, von Beate ein schlichtes Passfoto, zu erkennen war dunkles Haar, ein Kurzhaarschnitt, der elegant wirken sollte, aber ausgewachsen war, an den Seiten wellten sich Strähnen schon über die Ohren, sie erschien ungekämmt. Sie ist schlampig, dachte Charlotte. Einmal war sie in der Mittagszeit in der Gegend der Kanzlei herumgelaufen, in der Hoffnung, dass die Anwälte zur Pause die Kanzlei verließen. Es war eine kleine Kanzlei. Und tatsächlich kam Beate mit einem der Kollegen heraus. Die beiden gingen in ein nahegelegenes Restaurant, Charlotte folgte ihnen, setzte sich an einen freien Tisch in der Nähe und bestellte einen Salat. Sie prägte sich alles ein, was sie von Beate sah. Der Kollege, typisch Juristenmacho, redete ununterbrochen, und Beate schwieg. Beate wirkte kleiner als Anna und als sie, Charlotte war genauso groß wie Anna, eine ideale Kombination, fand sie. Beates Gesicht sah rund aus, voll. Sicher hat sie einiges an Speck um Hüften und Bauch, dachte Charlotte und warf hypnotisierende Blicke in Beates Rücken, bis die sich umdrehte, Charlotte senkte den Blick etwas zu spät, sodass sie sich kurz ansahen.

Leider konnte sie wenig von dem verstehen, was die beiden beziehungsweise der Macho redete. Es ging um einen Erbschaftsstreit. Charlotte dachte, und dachte im selben Moment, dass sie so etwas nicht denken dürfe, es wäre schön, wenn Blicke wirklich Magie besäßen und sie dieser Beate eine hässliche Krankheit zuwerfen könnten. An der sie langsam zugrunde ginge. Charlotte würde Anna natürlich furchtbar bemitleiden. Anna war froh, dass sie nicht alleine, sondern nun bei Charlotte war und ihre Trauer verarbeiten konnte. Oder sie hexte Beate mieses Verhalten an, sodass Anna nicht anders konnte, als sie schnellstmöglich zu verlassen, um sich zu retten – und natürlich würde Charlotte sie retten. Anna würde sich vielmals entschuldigen, dass sie viel zu lange gebraucht habe, ihre Liebe zu Charlotte zuzulassen, einsehen, dass es ein großer Fehler war, bei Beate zu bleiben. Diese Variante wäre vermutlich besser, dachte Charlotte, als die mit der Krankheit, denn bei Variante zwei behielte Anna Beate in schlechter Erinnerung, während sie wahrscheinlich, falls Beate stürbe, sie anschließend in ihrer Erinnerung als wahres Wunderwesen glorifizieren würde.

Für ihre Treffen nach dem traumhaft langen Wochenende hatte sie sich um interessanten Gesprächsstoff bemüht. Sie las das Buch »Untenrum frei« von Margarete Stokowski, das vor Kurzem erschienen war. Aktuelle feministisch-politische Alltagsthemen interessierten Anna mehr als anspruchsvolle Romane portugiesischer oder spanischer Autoren, über die sie bei früheren Begegnungen geredet hatte, das hatte Charlotte feststellen müssen. Auch die Filme und die ästhetischen Fragen konnten Anna weniger begeistern als sie. Charlotte war über einen Essay in einem lesbischen Magazin auf den Film der Schweizerin aufmerksam geworden. Sie hatte den Text extra noch einmal gelesen, um Anna den Film nahezubringen. Anna hatte das genossen und sich auch für ihre Ausführungen interessiert, aber als sie ihr weitere Filme hatte vorführen wollen, hatte Anna abgelehnt. Sie wollte sich spontan darüber ärgern, hatte sich doch extra in das Thema eingelesen, aber dann dachte sie: Wir haben noch so viel Zeit vor uns. Irgendwann werden wir auch die anderen Filme zusammen ansehen.

Anna reagierte auf ihre Ausführungen zu dem Buch mit Interesse, doch sie wirkte distanziert, sogar beim Sex. Trotzdem, darauf war Charlotte stolz, hatte sie sie wieder dazu gebracht, sich schließlich vollständig zu entspannen. Die braucht, dass ich sie hart anfasse! Machte ihre Freundin ihr Druck, oder worüber machte sich Anna Sorgen, dass es ihr kaum gelang, sich fallenzulassen, fragte sich Charlotte, während sie sich abmühte, Annas Orgasmen hervorzukitzeln. Es dauerte lange, viel länger als sonst. Einmal wollte Anna sich entwinden, aber das ließ Charlotte natürlich nicht zu. Und dann schrie und zwitscherte Anna endlich und wurde sanft und anschmiegsam. Nach Annas letztem Orgasmus, als Charlotte sie richtig weichgevögelt hatte und sie mit roten Wangen in ihrem Schoß lag, wagte sie es wieder einmal.

»Ich brauche dich sehr, du kannst dir nicht vorstellen, wie sehr. Ich liebe dich! Ich liebe dich mehr, als ich jemals geliebt habe, ist das schlimm für dich?«

Anna schüttelte den Kopf – zwar kaum merkbar, aber deutlich! Sie akzeptiert, dass ich sie brauche, dachte Charlotte glücksdurchströmt und redete weiter über Gefühle und was Annas Nähe in ihr auslöste, dass sie sie befreite von ihren Traumata, sie redete über Annas Klugheit und dass diese Gefühle immer da seien, ob sie zusammen im Kino waren oder im Bett. Sie steigerte sich ins Reden und bemerkte nicht, dass Anna nichts ergänzte oder bestätigte, so sehr ließ das Glücksgefühl sie sprudeln.

Auf einmal setzte Anna sich auf und sagte: »Ich weiß nicht, ob es gut ist, dass du deine Freundin so vernachlässigst. Du bist doch mit Juliane zusammen. Und ich fürchte, ich kann dir nicht wirklich das geben, was du brauchst. Ich bin doch auch liiert.«

Charlotte spürte schlagartig Enttäuschung durch ihren Körper wabern und alles wie mit zähem Dunst überziehen. Sie fühlte sich gelähmt. Tränen stiegen ihr in die Augen. Sie sah Anna an.

Anna sagte sofort: »Tut mir leid, ich wollte dich nicht verletzen, es geht mir doch auch gut mit dir, aber manchmal frage ich mich, ob du dir was anderes wünschst als ich. Ich weiß nicht, ob das richtig ist, was du fühlst. Lass uns doch so weitermachen wie bisher, eine schöne und freie, uns beide beglückende Affäre ohne Verpflichtungen, ohne diesen riesigen Gefühlsaufstand.«

»Gefühle«, gab Charlotte erstarrt zurück, »sind nicht gut oder schlecht, richtig oder falsch. Sie sind da. Darüber lässt sich nicht diskutieren.«

Als Anna diesmal zurück in ihre Wohnung, zurück zu Beate ging, begann Charlotte haltlos zu weinen. Sie fühlte sich abgrundtief einsam.

Kapitel 18, Anna

Gudrun erzählte Mandy Geschichten über ihre Urlaube, die ich schon kannte, Mandy antwortete mit eigenen gleichermaßen endlosen Geschichten, Mandys und Gudruns Stimmen drangen zu mir, ohne dass ich zuhörte, ich dachte an Beate. Und an Charlotte. Und an Beate. Und an Charlotte. Heute Abend würde Beate zurückkommen. Ich freute mich.

Wir besprachen, was in Gudruns Abwesenheit erledigt und bedacht werden musste; sie wollte uns noch eine To-do-Liste mailen und verabschiedete sich zum Kofferpacken.

Ich holte Beate vom Hauptbahnhof ab, wir gingen essen, und sie erzählte angeregt von dem Geburtstag. Ich freute mich mit ihr, dass ihre Vergangenheit nicht mehr so schwer wog wie in unserer Anfangszeit.

»Die Gespräche auf dem Fest kreisten um Kindheitserinnerungen, unter dem Motto ›Unser Vater war ein kleiner Tyrann‹!« Ihre Brüder hatten sich amüsiert, als sie ihnen erzählte, dass sie es gewesen war, die die Peitsche ihres Vaters hatte verschwinden lassen. Dass er noch in Zeiten, als Kinderschlagen schon längst geächtet wurde, seine Kinder mit einer Art Hundepeitsche züchtigte, hatte Beate mir schon vor langer Zeit erzählt. Einmal war eine Flasche Bier aus dem Kühlschrank verschwunden. Der Zweitälteste wurde verdächtigt und auf brutalste Weise vor Beates Augen verprügelt. Das hatte sich ihr eingebrannt. Der Älteste war das Musterkind und wurde den anderen als Vorbild vorgehalten, »der gute Junge!«. Er war es gewesen, der die Flasche Bier damals getrunken hatte. Das hatte er den anderen sicher schon oft, aber Beate zum ersten Mal erzählt. Sie war sechs Jahre alt; das Erlebnis mit dem Bier und der brutalen Prügelei war der Auslöser, dass sie einige Jahre später, vielleicht war sie zehn, die Peitsche entwendet und in den Bach geworfen hatte. Der Älteste erinnerte sich noch daran. Der Vater verdächtigte, nachdem er das Verschwinden bemerkt hatte, zuerst ihre Mutter, dann den mittleren Bruder, er hatte sich aber auch keine neue besorgt.

Ich erzählte von Mandy und ihrer Hilfsbereitschaft bei den Abendevents. Dass ich mich deswegen nicht vor Gudruns Urlaubszeit fürchtete.

Beate wollte früh ins Bett, sie sagte, sie sei sehr müde. Hatte sie nicht in letzter Zeit oft über Erschöpfung geklagt?

Am nächsten Morgen fühlte sie sich schwach und wie krank.

»Du solltest dich mal durchchecken lassen«, sagte ich. Nachdem sie sich um mich Sorgen gemacht hatte, in unserem Urlaub, war ich nicht zur Ärztin gegangen. Und nun machte ich mir umgekehrt Sorgen um Beate. Ich hatte auf einmal schreckliche Angst, sie könnte ernsthaft krank sein. War nicht Dauermüdigkeit Anzeichen für unschöne Krankheiten? Und war sie nicht auch schon vor dem Familienwochenende oft extrem müde gewesen?

»Ach, das ist nichts weiter als Folge des Stresses der letzten Zeit. Und das Wochenende sitzt mir in den Knochen. Ganz schön anstrengend, tagelang mit den Geschwistern zusammen. Du übertreibst, mich zum Arzt zu schicken, nur, weil ich einmal schon um zehn ins Bett wollte und mich am Morgen immer noch nicht ausgeruht fühle.« Sie versuchte, meine Sorgen wegzuwischen. »Ich habe unter Hochdruck gearbeitet, war erschöpft, aber das ist doch normal! Weder Burnout noch krank! Und dass es mich jetzt überfällt, ist kein Wunder. Adrenalin, oder keine Ahnung was für Stresshormone, halten alles ab, kaum ist der Stress vorbei, drängt die Erschöpfung an die Oberfläche. Das ist ein bekanntes Phänomen!«

Ich versuchte es weiter. Ein Gesundheitscheck schade doch nichts. Wenigstens ein Blutbild könne sie machen lassen. Doch sie weigerte sich. Sie habe nichts, das sagte sie jedes Mal.

Mit Charlotte traf ich mich auch wieder. Als sie in der letzten Woche von Gudruns Urlaub anrief und ich ihr am Telefon erklärte, dass ich im Moment meine freie Zeit nicht einschätzen könne und mehr arbeite als üblich und deshalb nicht wisse, wie viel Zeit ich erübrigen könne, klang sie schrecklich enttäuscht und schickte in den folgenden Tagen wieder massenweise SMS. Ich gab mir Mühe, nicht immer sofort zu antworten, auch wenn es mir schwerfiel. Ich wollte versuchen, Abstand zu gewinnen. Ich wollte die Leichtigkeit des Anfangs wiederhaben. Der Sex war, das musste ich mir eingestehen, immer noch berauschend.

Ich musste mir in Gudruns Urlaubszeit, es war schon wie ein Mantra, immer wieder Beates »du musst endlich mal mit ihr über eine Gehaltserhöhung reden« anhören.

Ich gab zurück: »Du musst das nicht in so spitzem Ton sagen! Und eigentlich musst du es überhaupt nicht sagen, denn du hast das schon hunderttausendmal gesagt. Ich arbeite dort gerne!«

Auch mein Ton wurde immer bösartiger. Und nicht nur Beate, nun äußerste sich auch Charlotte ähnlich: »Du lässt dich von allen ausnutzen. Hast du mir nicht mal erzählt, wie wenig deine Arbeitgeberin bezahlt?

Dafür musst du maximal die Hälfte der Zeit arbeiten, die du für sie aufwendest. Lass dich nicht dauernd von deiner Freundin und deiner Arbeitgeberin für alles einspannen!«

Dass sich Charlotte mehr mit mir vorstellen konnte, »viel mehr!«, schmeichelte mir in seiner teenagerhaften Romantik, auf der anderen Seite fühlte ich mich in die Enge getrieben. Die Zahnbürste einfach aus meinem Waschbeutel zu holen und aufzustellen, erschien mir im Nachhinein übergriffig. Bedrohlich. Auch wenn ich mir sagte, dass es nur eine Kleinigkeit war, und ich keine Zeit verschwenden sollte, mir den Kopf über solche Banalitäten zu zerbrechen, dachte ich immer wieder daran. Als ich ihr bei einer unserer Begegnungen in dieser Zeit einmal sagte, ich denke, sie erwarte zu viel von mir, fing sie an zu heulen.

Kurz darauf musste ich eine Verabredung kurzfristig absagen, was sie mit »und für andere hast du Zeit!« kommentierte. Am Telefon begann sie wieder zu heulen. Ich hatte viel Stress, mir war die Vorstellung, auch noch Charlotte sehen zu müssen, auf einmal zu anstrengend. Ich hatte das Gefühl, alles wuchs mir über den Kopf.

Gudrun hatte Mandy nicht in unser Layoutprogramm eingearbeitet. Also versuchte ich, ihr die Grundlagen beizubringen – zuletzt richtete ich die Flyer selbst ein, weil ich keine Geduld hatte und es mir so vorkam, als würde Erklären viel länger dauern als es gleich selbst zu machen. Während der Abendveranstaltungen war Mandy eine große Hilfe. Ich konnte mir schon nach der zweiten Veranstaltung mit ihr kaum mehr vorstellen, wie ich es ohne sie geschafft hatte, dass die Abende reibungslos liefen. Sie konnte mit den Leuten reden! Das machte sie viel besser und vor allem lieber als ich oder Gudrun. Sie war zwar aufgeregt und manchmal fast hysterisch, und das war ansteckend und machte die Techniker nervös, aber ich musste mich um viele Kleinigkeiten nicht mehr kümmern. Inzwischen hörte ich mir ihre amüsanten Katzen- und sonstigen Geschichten auch gerne an.

Nach dem letzten der Events in Gudruns Abwesenheit, einer frühen Firmenweihnachtsfeier mit Musik und Wein, saß ich im Auto im Halteverbot vor Mandys Haustür, während sie die erste von zwei Kisten Wein die Treppen zu sich hochschleppte. »Darf ich die mitnehmen?«, hatte sie beiläufig nach Ende der Veranstaltung gefragt und auf die übrigen Flaschen geblickt, und ich hatte ja gesagt und mir eine Flasche herausgenommen. Ich saß im Auto und rief Beate an, um zu hören, ob sie noch wach war. Ich hatte Lust, zur Entspannung noch ein Glas mit ihr zu trinken, gleich schlafen konnte ich nach den Adrenalinschüben von Events nicht. Der Wein war gut, wenn auch nicht vergleichbar mit dem, was mir Charlotte immer bot. Ich hatte ihn in Charlottes Geschäft besorgt, das aktuelle Sonderangebot.

Beate war noch wach, sie freute sich und würde gerne noch mit mir zusammensitzen. Ich legte auf, als das Telefon klingelte. Mandy kam zurück, holte die zweite Kiste und verabschiedete sich, ich ließ es klingeln. Es hörte kurz auf, um gleich erneut zu klingeln. Charlotte. Beim zweiten Mal ging ich dran, noch immer im Halteverbot vor Mandys Tür.

»Mir geht es so schlecht, entschuldige, dass ich dich anrufe, ich weiß nicht, was mit mir los ist, ich habe das Gefühl, ich sterbe. Können wir uns kurz sehen?«

Um diese Uhrzeit? Ich war doch auf dem Weg nach Hause, abschalten, den Abend ausklingen lassen, ich brauchte keinen Stress! Doch ich ließ mich überreden, ich konnte es ihr nicht abschlagen. Wenn es ihr so schlecht ging, sollte ich auch für sie da sein können, sie war ja schon irgendwie auch meine Freundin. Ich rief Beate an und sagte, dass es leider doch später würde, als ich eben noch angenommen hatte, und sie nicht auf mich warten solle.

»Schade«, sagte Beate, »hatte mich schon auf eine nächtliche Plauderstunde mit dir in der Küche gefreut.«

Kapitel 19, Charlotte

Dass Anna eine Verabredung kurzfristig abgesagt hatte, quälte Charlotte sehr. Sie saß im Bett und heulte haltlos, sie konnte nicht mehr aufhören, es zerriss sie fast. So schlimm hatte sie sich noch nie gefühlt. Sie musste ununterbrochen an Anna denken.

Nach dem Abend, an dem Anna ihre Liebeserklärung so brutal abgeblockt hatte, hatte sie sie noch nicht wiedergesehen. Seitdem dachte sie alles durch und noch mal durch. Sie hätte es anders formulieren müssen. Sie hatte Anna erschreckt. Es war zu viel gewesen, Anna hatte Angst vor Veränderungen in ihrem Leben und baute einen Schutzwall auf. Und nun diese Absage. Sie wollte es doch wiedergutmachen. Sie durfte nicht das Gefühl bekommen, Charlotte übte Druck auf sie aus, damit sie sich trennte. Druck erzeugte nur Gegenreaktionen. Sie musste das Gefühl haben, es selbst zu wollen. Und sie würde es irgendwann wollen, ganz bestimmt. Charlottes Gedanken drehten sich im Kreis. Es war nicht auszuhaltenn.

Einmal hatte sie Anna angerufen und ihr gesagt, dass sie sich keine Sorgen machen solle, sie habe kein Problem mit Beate, auch nicht damit, dass Anna Beate zu lieben schien, aber sie müssten sich sehen. Anna hatte nach diesem Gespräch einer Verabredung zugestimmt. Und sie danach noch gebeten, ihr nicht mehr so viele SMS zu schicken, sie könne während ihrer enormen Belastung im Job zurzeit nicht immer antworten und wolle vermeiden, dass sich Charlotte dann wieder beunruhige.

»Ich mache mir doch nur Gedanken und habe Angst, es ist was mit dir, wenn du nicht antwortest, weil ich so viel für dich empfinde«, hatte Charlotte darauf geantwortet.

Und nun hatte sie zwei Stunden, bevor sie sich in dem Café sehen wollten, abgesagt. Charlotte war zuerst empört, dann war sie traurig, dann wieder wütend, in ihr tobte der Kampf zwischen Wut und Verzweiflung, sie konnte sich nicht mehr auf das Kundengespräch konzentrieren und entschuldigte sich mit der Ausrede Kopfschmerzen bei ihrem Chef für den Rest des Tages.

»Ich hoffe, Sie werden nicht krank«, sagte der. »Aber ruhen Sie sich aus. Bei der Weinprobe mit der Präsentation Ihres Buchs wollen Sie ja sicher wieder fit sein.«

Charlotte schrieb Anna zurück, sie könne auch gleich mal kurz bei ihrer Arbeit vorbeikommen, »dass wir wenigstens ein paar Worte miteinander wechseln können. Ich hatte mich so auf dich gefreut.«

»Nein, das geht jetzt nicht«, antwortete Anna.

Charlotte litt und ärgerte sich zugleich darüber, dass dieses Chaos in ihr nun auch Auswirkungen auf ihre Arbeit hatte.

Und jetzt war sie allein in ihrer Wohnung und konnte nicht mehr aufhören mit Heulen.

Charlotte fragte sich, wie sie es noch einen weiteren Tag ohne Kontakt zu Anna aushalten sollte. Sie brauchte Anna, ein schönes und ein furchtbares Gefühl. Dass Anna mit ihrer Partnerin zusammenwohnen musste, störte sie immer mehr. Die Erinnerung an ihre Mutter überrollte sie. Eine Szene, wie sie einmal als Kind eifersüchtig auf Rosen gewesen war, kam ihr in den Sinn. Auf Rosen! Ihre Mutter liebte den Garten mehr als ihr Kind, und ganz besonders am Herzen lag ihr ein Rosenbeet. Ihre Mutter stand vor dem Beet und roch an den Blüten. Charlotte, die im Garten spielte, war Luft für sie, so erschien es ihr. Sie verzehrte sich nach der Aufmerksamkeit ihrer Mutter. Hatte sie jemals ihr Kind Charlotte so angesehen, wie sie ihre Rosen ansah? Die Mutter schnitt ein paar verwelkte Blüten ab, Charlotte stand da und sah, wie ihre Mutter die verwelkten Blütenblätter liebevoll durch ihre Hand gleiten ließ. Charlotte wollte genauso berührt werden. Als ihre Mutter zu einem anderen Beet ging, brach sie einen Zweig ab, legte ihn sich vor die Füße und trat in die Dornen, barfuß. Ihr Fuß blutete, sie schrie, die Mutter kam aus der anderen Ecke des Gartens herbeigerannt und schimpfte: »Kannst du nicht aufpassen! Du kannst doch nicht einfach auf die Rosen treten. Du weißt doch, dass die Dornen haben!« Aber dann hatte sie sie in den Arm genommen, das Blut abgewischt, gepustet, sie ins Bad getragen und ein Pflaster draufgeklebt. Sie fühlte sich wahrgenommen, geliebt, getröstet. Leider ging der Moment viel zu schnell vorüber.

Das letzte Mal hatte sie ihre Mutter in ihrer kleinen Mietwohnung besucht. Kurz nach dem Tod des Vaters hatte ihre Mutter das große Haus verkauft und war in diese Wohnung gezogen, es gab einen Fahrstuhl und einen Balkon. Das Geld vom Hausverkauf bunkerte sie irgendwo, sie wich Charlottes Fragen zu dem Thema aus. Sie tranken auf dem engen Balkon Tee. Während Charlotte von ihrer neuen Stelle in der Weinhandlung erzählte, war die Mutter aufgestanden und hatte die gesamte Zeit trockene Blätter von den Balkongeranien gezupft und Charlotte nicht einmal angesehen. Charlotte beschloss an diesem Tag, sie nicht mehr zu besuchen. Und Geranien zu hassen. Rosen zu hassen, das hatte sie nicht geschafft, Rosen waren zu schön. Geranien zu hassen fiel ihr leicht. Geranien waren der Inbegriff von Spießigkeit. Beim Abschied fragte die Mutter wieder, wie sie es jedes Mal tat: »Willst du nicht endlich heiraten und ein Kind bekommen? Dafür ist es ja bald endgültig zu spät! Du wirst demnächst vierzig. Auch wenn das heute immer länger möglich ist. Alle meine Freundinnen haben schon süße Enkel!«

Charlotte war das einzige Kind. Das letzte Mal, als sie diesen Satz hören musste, hatte sie sich auch gefragt, ob ihre Mutter einem Enkelkind die Liebe geben könnte, die sie ihr verweigert hatte. Und sie verneinte diese Frage. Ihre Mutter hätte einen Enkel nur als Schmuckstück gebraucht, zum Vorzeigen bei ihren reichen Freundinnen.

Sie musste etwas unternehmen, damit Anna ihr wieder mehr Aufmerksamkeit schenkte, Anna wollte es doch selbst auch, brauchte ihre Berührungen, das wusste Charlotte. Anna konnte nicht mehr ohne den Sex mit ihr sein. Annas viele Arbeit durfte nicht zwischen ihnen stehen. Sie würde sich etwas einfallen lassen, damit Anna mehr Zeit mit ihr verbringen konnte. Dass sie ihre Liebe zu Charlotte endlich realisierte. Dass sie sie tröstete. Sie war wichtig für Anna, dessen war sie sich noch immer sicher, und eines Tages würden Anna und Beate sich trennen. Ihr Interesse an Anna würde deren Freundin überdauern! Es war nur eine Frage der Zeit. Außerdem sah sie viel besser aus als diese verdammte Beate. Und sie war eine begnadete Sexkünstlerin. Charlotte wischte den Zweifel weg, die Frage, wie lange sie es noch aushalten könnte zu warten.

Doch dann packte sie alles wieder, noch erbarmungsloser, das Schwere, die Verzweiflung, es ließ sich nicht wegwischen. Charlotte fühlte sich krank, konnte schon in der dritten Nacht nach Annas Absage nicht einschlafen. Manchmal dachte sie, was wäre, wenn sie jetzt stürbe. Dann würde sich Anna ewig Vorwürfe machen.

In dieser Nacht hielt sie es nicht mehr aus. Sie fühlte sich wirklich so, als würde sie eingehen, sterben, jetzt sofort, wenn Anna sie nicht berührte. Sie musste Anna sehen. Sie rief sie an, und Anna bemerkte, dass sie sie wirklich brauchte, und sagte zu vorbeizukommen, mitten in der Nacht. Charlotte ging es gleich viel besser. Zuerst wollte sie ins Bad stürmen, noch schnell die Haare waschen, sich schön machen für Anna. Doch sie hielt sich davon ab. Anna sollte sehen, dass es ihr schlecht ging, dass sie Schatten unter den Augen hatte, blass war, sie sollte sie trösten. Und dann würde sie es Anna wieder besorgen.

Sie war jetzt hellwach und fühlte sich erfrischt, beglückt, gesund. Charlotte dachte darüber nach, was sie diesmal mit Anna anstellen würde, als es klingelte. Anna! Sie umarmte sie. »Danke, dass du kommen konntest. Ich weiß nicht, was mit mir los ist, ich dachte, ich sterbe. Aber vielleicht liegt das nur daran, dass ich schon seit drei Nächten nicht geschlafen habe, oder so gut wie nicht. Lass uns reden. Du tust mir so gut.« Sie gingen ins Schlafzimmer, und Charlotte legte sich wieder ins Bett.

Anna saß mit Abstand auf der Bettkante und hörte zu.

»Komm näher«, sagte Charlotte schließlich und hatte den Eindruck, dass Anna nur widerwillig näher rückte, was sie wieder in ihre Verzweiflung trieb. Sie heulte fast, Anna sah sie verunsichert an.

»Was ist denn nur los mit dir?«

»Ich weiß auch nicht, ich bin grundlos traurig, oder liegt es daran, dass ich mich nach dir verzehre, entschuldige, ich werde mich schon wieder beruhigen, bitte, komm einfach zu mir ins Bett, Sex würde mich trösten.«

Charlotte wollte sich eigentlich keine Blöße geben und schon gar nicht um Sex betteln. Sie war doch die Strahlende, die Anna verführte durch ihre Kunst. Anna legte sich zu ihr und begann sie zu streicheln. Ausnahmsweise ließ sie sich stimulieren und wäre fast gekommen.

»Komm«, flüsterte Anna ihr zu, während ihre Hand an Charlotte arbeitete, »komm, das wäre ein schönes Geschenk für mich.« Ihre Zärtlichkeit! Charlotte war überglücklich, aber ihr Körper machte nicht mit. Sie strengte sich an, einen Orgasmus für Anna zu erzeugen, es gelang ihr nicht. Sie wollte nicht, dass Anna die Lust verlor oder ihre Hand ermüdete, und simulierte schließlich stöhnend und sich windend – dabei spannte sie die Muskeln an und drückte Annas Finger hinaus –, dass sie gekommen war. Anna schien nicht zu bemerken, dass es nicht stimmte, und kuschelte sich an sie. Charlotte blieb eine Weile schwer atmend an Annas Seite liegen und sagte: »Danke. Und jetzt bist du dran. Ich möchte dir heute besonders guttun.«

Anna sagte, es sei ihr für heute genug, sie müsse eigentlich gehen und es sei doch auch mal schön, dass sie Charlotte habe glücklich machen können. Das sei wie ein Geschenk für sie. Mehr brauche sie nicht.

Charlotte ließ sich nicht abbringen. »Du bleibst noch einen Moment!«, sagte sie und drehte sich zu Anna, nahm ihr Gesicht in die Hände. Sie küsste Anna tief und innig, bis sie nachgab, sich nicht mehr zu entwinden versuchte, knetete ihr die Nippel, den geliebten weichen Busen, der sich wieder bereitwillig hingab, die Nippel, die Hügel wuchsen, sie küsste weiter, bis Anna leise stöhnte. Dann zog sie ihr langsam die Jeans nach unten und küsste sich hinunter. Anna war bereit, sie öffnete ihre gierige Möse bereitwillig für sie.

Die schafft es nie, mir ihre Lust zu verweigern, dachte Charlotte, ihr Körper zeigt ihr die Wahrheit ihrer Gefühle. Und dann dachte sie: Was ich kann, kann ihre Freundin nicht, schon deshalb wird sie bei mir bleiben; sie wirbelte ihre Zunge um Annas Klitoris, bis die sich entzog und der Saft versiegte.

Was ist los, dachte Charlotte, ich muss weitermachen, immer weiter, sie muss schreien! Sie ließ den Daumen sachte um die Klit kreisen, hörte auf, wartete und donnerte ihre Finger in Anna, bis Anna schrie und sie mit ihrem fruchtigen Saft beglückte. Ihre zarte Anna, die sich wieder hingegeben hatte! Gegen ihren Willen! Es würde gelingen. Sie würde bei ihr bleiben, irgendwann! Ich habe Zeit, dachte Charlotte wieder und seufze befreit auf, als es geschafft war. Dann begann sie wieder von vorn. Denn Anna brauchte es mehrmals!

»Nein«, sagte Anna, »tut mir leid, ich kann nicht mehr bleiben, ich muss jetzt gehen.« Sie entwand sich ihr nun wirklich, Charlotte versuchte vergeblich, sie im Bett zu halten. Sie umschlang Anna fest. »Charlotte, lass mich los«, sagte Anna, riss sich mit einem harten Ruck los, stand auf, zog ihre Unterhose und Jeans an und holte die Jacke. Charlotte kämpfte dagegen an zu weinen.

»Ich freue mich, dass es dir jetzt besser geht. Bleib einfach im Bett, ich zieh die Tür hinter mir zu«, sagte Anna und küsste sie kurz auf die Stirn wie eine Kranke.

Wieso musste Anna schon gehen? Es ging ihnen doch so gut!

»Aber, wenn unten abgeschlossen ist«, rief Charlotte ihr hinterher, stand auf, zog sich ihr langes Schlafshirt über und folgte ihr nach unten. Im Hauseingang holte sie sie ein. Nächtliche Kneipenbesucher gingen vorbei, Charlotte zog Anna an sich und küsste sie, »ich kann dich nicht gehen lassen«, flüsterte sie, »möchtest du nicht doch über Nacht bleiben, es würde mir so guttun! Ich brauche dich in meiner Nähe. Ich weiß nicht, ob der furchtbare Zustand zurückkommt.« Sie sah Anna an, Tränen in den Augen, und küsste gleich noch einmal.

Anna schüttelte im Geküsstwerden den Kopf, Charlotte fuhr jetzt mit der Hand unter Annas Jacke, unter ihren Pullover, ihr Unterhemd und sagte: »Von denen muss ich mich auch noch verabschieden!«

Anna riss sich von ihr los, sagte, »mach's gut, bis bald« und lief Richtung U-Bahn.

Charlotte blieb im Eingang stehen und sah ihr nach. Anna drehte sich diesmal nicht an der Ecke um, sondern ging zügig weiter, fast rannte sie.

Charlotte glühte vor Wut. Nicht einmal umdrehen und ein kurzes Abschiedswinken, einen in die Luft geworfenen Kuss hält sie für nötig, dachte sie. Wie konnte sie nur so herzlos sein, eben noch innigster Sex, und dann so schnell weg? Dann fing sie wieder an zu weinen; sie bemerkte die Kälte nicht, und auch nicht die Blicke einzelner Menschen, die sich zu ihr umdrehten, einer weinenden und schimpfenden Frau mit einem langen T-Shirt bekleidet und sonst nichts, im Winter.

Als Charlotte später hellwach im Bett lag, kam ihr eine Idee.

Kapitel 20, Anna

Im Büro herrschte Vorweihnachtstimmung. Mandy verschickte die von mir vorformulierten Weihnachtsgrüße an unsere Kunden, ich machte die Ablage der Belege von Dezember und freute mich auf die ruhigen Weihnachtstage mit Beate und auch auf den kitschigen

Weihnachtsbaum. Wir hatten ihn im letzten Moment besorgt, obwohl wir uns kurz davor noch sicher waren: diesmal kaufen wir keinen Baum. Wie jedes Jahr hatte ich anfangs argumentiert: »Muss man so viele junge Bäume abholzen? Wieso willst du jetzt doch einen kaufen? Wir hatten doch beschlossen, das nicht zu tun.«

»Die werden eigens dafür gepflanzt und gleich wieder neu gesetzt. Wenn der, den wir jetzt kaufen würden, unverkauft übrigbleibt, landet er nur im Müll.«

Ich gab wie jedes Jahr nach, und jetzt freute ich mich. Wir hatten einige Freundinnen zum Essen eingeladen. Wir würden passend zum Weihnachtsbaum eine Gans braten. Meine vegetarische Phase lag einige Jahre zurück, doch Beate zog mich immer wieder damit auf. Damals hatte ich angeekelt gesagt, wenn sie in einem Restaurant Enten- oder Gänsebraten bestellt hatte: »Wie kannst du so etwas essen? Die armen Tiere werden nur dazu gezüchtet, um zu sterben.«

Beate hatte sich verteidigt. »Das Restaurant wirbt damit, dass sie nur freilaufende Gänse anbieten, von Bauernhöfen aus Brandenburg. Die hatten ein kurzes, aber gutes Leben.«

Die Tage zwischen den Jahren wollten wir faul verbringen, spielen, fernsehen.

Irgendwann wollte auch Katharina bei uns vorbeikommen. Mit ihr und ihrem Kind wohnte ich in der Zeit zusammen, in der Beate und ich uns kennengelernt hatten. Katharinas Tochter Esther studierte inzwischen.

Die bestellte Gans, angeblich aus einem ökologisch orientierten Bauernhof, wollte ich nach der Arbeit abholen. Endlich würden wir Doro und Johanna wiedersehen. Ich freute mich sehr auf Doro, fürchtete aber, dass sich keine Gelegenheit bieten würde, alleine mit ihr über Charlotte zu reden, über das Gute und das Bedrohliche dieser Affäre, über meine zwiespältigen Gefühle. Charlottes Zeichen von Liebe waren ziemlich verrückt und beunruhigend, andererseits zog mich etwas noch immer zu ihr hin. Der Sex war schon verdammt lustvoll. Aber das war es nicht allein. Ich wusste nicht, wieso ich nicht endlich ausstieg, es beendete, es kam mir vor, als säße ich in einem Zug, von dem ich nicht mehr abspringen konnte. Doro in ihrer pragmatischen Art würde vielleicht sagen: »Spinnst du? Lass sofort die Finger von ihr.«

Ich sehnte mich danach, alles mit einer Freundin zu besprechen. Die Zeit, als ich ab und zu darüber nachgedacht hatte, wie es wäre ohne Beate, war längst vorbei. Trotzdem, wollte ich wirklich gar nichts mehr mit Charlotte zu tun haben? Es war ja auch spannend mit ihr. In der letzten Zeit gab es viele Momente, in denen ich mir sicher war, dass ich es beenden musste. Dann kamen wieder charmante verführerische Äußerungen, eine romantische Einladung, ich schwankte. Neulich, nachdem sie mich nachts angerufen hatte und ich mich hatte erweichen lassen, zu ihr zu kommen, hatte sie mich fast nicht mehr gehen lassen. Es war peinlich. Sie war mir hinterhergerannt und küsste mich vor der Haustür, sie war fast nackt, ein langes T-Shirt und nichts darunter, und das in der Kälte. Dann fing sie an, mich in aller Öffentlichkeit zu begrapschen. In ihrer Straße gingen um die Zeit noch viele Leute von einem Lokal ins nächste. In dem Moment wäre ich am liebsten im Boden versunken. Als ich es endlich schaffte, mich zu verabschieden, und zur U-Bahn ging, hatte ich das Gefühl, sie warf mir beschwörende Blicke hinterher, um mich zum Umkehren zu zwingen. Sie sehne sich nach mir, hatte sie wieder beteuert, sie brauche mich die ganze Nacht. Ich war schnell weggegangen, denn hätte ich mich umgedreht und sie da so rührend im T-Shirt mit sehnsüchtigem Blick gesehen, hätte ich vermutlich wieder nicht Nein sagen können, wäre mit ihr zurück in die Wohnung gegangen und über Nacht geblieben. Zugleich war mir ihr Blick in meinem Rücken, ich war sicher, sie hatte mir hinterhergesehen, unangenehm.

Ich war erleichtert, als Charlotte einige Tage nach dieser Begegnung ankündigte, dass sie über die Weihnachtsferien mit ihrer Partnerin verreiste. Juliane habe, betonte Charlotte, auf dem gemeinsamen Urlaub bestanden. Einen Tag vor ihrer Abreise schrieb sie: »Mein

Buch ist da! Es sieht hervorragend aus, und der Chef findet es wahnsinnig gut. Sobald wir uns wiedersehen, schenke ich es dir! Oder hast du vielleicht heute kurz Zeit?«

Der Gedanke an die Freundin beruhigte mich. Wenn Charlotte mit ihr verreiste, war sie doch noch immer stabil liiert. Wir hatten eine Affäre und mehr nicht.

»Leider keine Zeit«, schrieb ich zurück. »Ich freue mich auf dein Buch und auf dich nach Weihnachten irgendwann«, schob ich nach.

Wir hatten uns gegenseitig Kleinigkeiten geschenkt. Meine Geschenke lagen verpackt auf dem Schreibtisch, zu Hause würde ich sie unter den Weihnachtsbaum legen. Gudrun stand in der Tür mit einer Sektflasche in der Hand. Das Telefon klingelte. Gudrun nahm ab, ich hörte mit halbem Ohr hin. Eine Weile war sie still, dann sagte sie: »Ja, das lässt sich sicher machen. Aber wir haben ab morgen bis zum siebten Januar Weihnachtsferien.« Wieder war sie eine Weile still. »Anfang Februar schon? Aber gut, das müssten wir hinkriegen. Frau Feldmann … Ja, das hat sie. Sie ist wirklich gut.« Gudrun zwinkerte mir zu. »Doch, machen Sie sich keine Sorgen, es wird ihr sicher auch in der kurzen Zeit gelingen, noch eine schöne Örtlichkeit ausfindig zu machen … Gut, ich sage ihr Bescheid und gebe ihr Ihre Privatnummer.

Vermutlich wird sie Sie trotzdem erst nach der Weihnachtspause zurückrufen. Wenn Sie möchten, könnte sie aber jetzt kurz … Nein, okay, dann auf Wiederhören.«

»Frau Feldmann soll nach Weihnachten eine Tagung irgendwo in Süddeutschland in einer Weingegend organisieren«, sagte Gudrun in anzüglichem Ton, als sie den Sekt öffnete. »Ist ein gut bezahlter Auftrag. Du müsstest allerdings mit hinfahren, weil du wieder – du habest das so gut gemacht, sagte die Kundin –, weil du also wieder die Vortragenden und das abendliche Unterhaltungsprogramm moderieren sollst.«

»Und für was«, fragte ich.

»Ein Weinseminar. Für die haben wir, wann war das, vor einem guten halben Jahr schon mal was organisiert. Du sollst eine schöne Location suchen, wo die Vortragenden und etwa dreißig Teilnehmer eine angenehme Zeit verbringen können.«

Das musste Charlotte am Telefon gewesen sein! Wieso hatte sie nicht mich zu sprechen verlangt? Wollte sie die Anfrage offiziell klingen lassen? War das ein Spiel?

»Anfang Februar«, fragte ich, »ist das nicht zu kurzfristig? Was wollen die überhaupt bei dem miesen Winterwetter in irgendeinem Kaff in Süddeutschland?«

»Sie sagte, der Termin sei perfekt.«

Die Weihnachtstage vergingen schnell. Ich rief meine Schwestern an. Wir spielten bis in die späte Nacht Monopoly und Activity, Spiele, die wir zu zweit nicht spielen konnten.

Beim Miteinanderreden, -trinken und -essen ließ sich kaum vermeiden, dass die Arbeit thematisiert wurde, oder eine Beziehungskrise. Beate erzählte von ihrem letzten Fall, Katrin von ihrer Trennung, und dass die Freundin eine schreckliche Neue hatte, der Grund für die Trennung.

»Ich finde toll, wie lange ihr schon zusammen seid, und immer so liebevoll aufeinander bezogen!«, sagte sie zu uns gewandt.

Ich dachte voller Unbehagen an Charlotte, als Beate mich freudestrahlend anlachte und sagte: »Mit einer Frau wie Anna fällt das nicht schwer.«

Beim Spielen setzte die Entspannung ein. Denken an Alltag und Arbeit verschwanden; das Spielziel drängte sich vor. Zum Spielen waren wir seit unserem Urlaub nicht mehr gekommen. Freundinnen beim Spiel zu erleben – jedes Mal ein Vergnügen! Andrea und Annika, die Beate durch die Arbeit kennengelernt hatte und ich an diesem Abend das erste Mal sah – Andrea hatte sich vor Kurzem wegen ihrer neuen Liebe von ihrer Partnerin getrennt, all das war zuvor beim Gänseessen berichtet worden –, sagten, dass sie mit Spielen nichts anfangen könnten, man solle sich doch einfach weiter unterhalten. Wir überstimmten sie. Anschließend zeigten beide komödiantische Qualitäten beim Darstellen der Begriffe. Ich dachte daran, wie Beate vor vielen Jahren, als sie das erste Mal Activity mit Katharina, Esther, mir und anderen spielte, auf dem Kopf stehend gezeichnet hatte, weil sie annahm, dann könnten wir es besser erkennen – aber keine von uns erriet den Begriff, weil wir alle davon ausgingen, dass sie aus ihrer und nicht für unsere Blickrichtung zeichnete. Mich durchfuhr es warm bei dieser Erinnerung. Wir knutschten so gut wie nie vor Freundinnen oder in der Öffentlichkeit, fanden es bei anderen eher peinlich; es drückte unserer Meinung nach demonstrativ vor allem eines aus: »Das ist meine!« Sie war beim Friseur gewesen, ihr dunkles, schon von Weiß durchzogenes Haar, das Wellen warf, wenn es länger wurde, war gebändigt, im Nacken ausrasiert, der schöne Übergang vom Hals zum Nacken, ich sah ihn an und hätte ihn fast geküsst, vor aller Augen!

Natürlich kam uns beim Spielen positives Familienfeeling in den Sinn. Also das, was die Erinnerung als romantisch selektiert und dabei zugleich unangenehme Ereignisse wie Weihnachtsfamilienstreite in den Hintergrund drängt. Kartoffelsalatessen, Geschenke auspacken, Weihnachtslieder singen, Weihnachtsbaumbeleuchtung an- und abschalten und dann Mörder und Detektiv im dunklen Wohnzimmer spielen! Wir begannen beim Spielen, Erinnerungen auszutauschen. Alle hatten etwas zu erzählen. Gegen Mitternacht piepste mein Handy, das ich leider in der Hosentasche vergessen hatte, ich versuchte es zu ignorieren. Es piepste noch mal. Ich zog es aus der Tasche und las die SMS von Charlotte. »Fröhliche Weihnachten! Ich denke an dich!« Und die zweite: »Ich brauche dich! Bis bald.«

Ich antwortete nicht.

Ich wollte mich beim Abschied mit Doro verabreden, aber sie und ihre Freundin würden nach dem Besuch von Doros alter Mutter im Pflegeheim verreisen. »Wir kommen bald wieder einmal nach Berlin, zum Geburtstag meiner Mutter, das ist im April. Ich rühre mich«, sagte sie und zwinkerte mir zu: »Du hast sicher viel zu erzählen. Dann gehen wir zusammen Bier trinken, versprochen! Du kannst mir gerne vorab Andeutungen mailen.«

Auch als die Tage mit den Freundinnen vorüber waren, spielten Beate und ich, ein Scrabble nach dem anderen. Beate legte gerne Nonsenswörter. Wenn eine von uns etwas legte, was nicht im Duden stand, musste die andere zustimmen. Schade, dass Doro und ihre Freundin nur so kurz in Berlin gewesen waren. Sie waren beide begeisterte Scrabblespielerinnen, oft hatten wir früher zu viert gespielt. So schade, dass sie nur noch zu besonderen Anlässen nach Berlin kamen.

Beates Nonsenswort bei diesem Spiel war so hübsch, dass sogar Doro und Johanna, die streng nach Duden spielten, es akzeptiert hätten: Spaßdildo. Der Spaßdildo bewog mich, Beate zu einem kleinen Nachmittagssex zu verlocken. Ich brauchte lange, denn mein Körper schien sich an Charlottes harte Griffe gewöhnt zu haben. Aber das Gefühl der Nähe, als Beate über meine Lippen floss, war überwältigend.

Es waren besonders harmonische Weihnachtstage, ohne Störungen und Streite.

Am ersten Tag nach der Weihnachtspause kam Charlotte unangemeldet in die Agentur und bat um ein Arbeitsgespräch, da es eilig sei, dass der Workshop organisiert werden müsse. Mandy und sie und ich in meinem Arbeitszimmer. Mandy solle, Gudruns Vorschlag, im Vorfeld mitorganisieren, das sei eine gute Übung für ihr Volontariat. Charlotte stellte uns den geplanten Ablauf vor. Freitag bis Sonntag, dreiundzwanzig Teilnehmer seien angemeldet, Weinfreunde und Hotelfach-Studierende mit Vorkenntnissen, fast die Maximalzahl. Alle sollten zusammen in einem Tagungshotel übernachten. Am Freitag gebe es einen Vortrag über Önologie – danach gemeinsames Essen, am Abend sollten wir ein Unterhaltungsprogramm auf die Beine stellen.

Mandy fragte nach, was »Önologie« bedeute, wofür ich ihr insgeheim dankbar war. Denn ich war sicher, dass Charlotte es mir schon einmal erklärt hatte und jetzt vielleicht verärgert gewesen wäre, wenn ich durch Nachfragen zeigte, ihr nicht zugehört zu haben. Charlotte hielt uns einen Kurzvortrag über die Wissenschaft der Weinherstellung, vom Pflanzen über das Reifen, die Ernte, das Keltern. – Am Samstag gehe es um Weine aus Frankreich. Sie würde ihr Buch vorstellen. Ein zweiter Dozent würde über Rotweinanbau im Allgemeinen berichten, die Teilnehmer verkosteten Weine, abends wieder ein Unterhaltungsprogramm. Am Sonntag müssten die Teilnehmer Weinempfehlungen schreiben und eine Serie Fragen zum Gelernten beantworten und bekämen ein Zertifikat. Sie gab uns die Adressen verschiedener Hotels, mit denen ihr Geschäft schon zusammengearbeitet hatte, und Unterlagen über die Vortragenden, inklusive ihres eigenen Lebenslaufs. Neu war das Buch und dass sie professionelle Weinseminarleiterin sei. Das hatte für das Event, auf dem wir uns kennengelernt hatten, noch nicht in ihrem Lebenslauf gestanden.

Sie holte ihr Buch aus der Aktentasche, lächelte und signierte: »Für die vorzügliche Frau Feldmann.« Mandy und Gudrun bekamen ein unsigniertes Exemplar. Die Weine würden über ihr Geschäft bestellt. Sie wirkte professionell und distanziert, bis sie mir, als Mandy den Raum verlassen hatte, um neuen Kaffee aufzubrühen, ins Ohr flüsterte: »Wo ist denn hier das Klo? Begleitest du mich?«

Ich errötete. Und begleitete sie. In der engen Kammer hielt sie mir den Mund zu, drückte mich an die Wand und besorgte es mir hart. Die Jeans schnitten mir in die Oberschenkel, ich fühlte mich gefesselt und war von null auf hundert scharf – wie fast immer mit ihr. Verrückt. Hinterher überfiel mich das schlechte Gewissen. Hatte ich mir nicht über Weihnachten vorgenommen, das Verhältnis ausklingen zu lassen? Aber vielleicht war es inzwischen auch für Charlotte zurückgestuft auf das Level »ab und zu mal etwas Sex«. Es kamen kaum mehr romantische Liebes-SMS.

Als ich an Silvester endlich auf die Weihnachtsnachrichten geantwortet und ihr ein schönes neues Jahr gewünscht hatte, war keine Antwort gekommen. Ich hätte erleichtert sein sollen, war aber fast beleidigt. Wieso antwortete sie nicht? Nach einer Weile schrieb ich ihr: »Geht's dir gut?« Wieder keine Antwort.

Kapitel 21, Charlotte

Hah, es funktioniert, sie braucht mich, dachte Charlotte. Es war ihr sehr schwergefallen, in der Weihnachtszeit keine weiteren SMS zu schreiben und Anna nicht anzurufen. Sie zwang sich, auch auf Annas Silvester-Nachricht nicht zu antworten, und plante, sie gleich am ersten Arbeitstag zu sehen. Ihr Plan war einfach, sie würde in die Agentur gehen. Einen Grund hatte sie sich ja geschaffen.

Trotzdem saß sie am letzten Abend ihrer Reise heulend in dem Ferienapartment, in dem sie und Juliane während ihres Skiurlaubs untergekommen waren, und ließ sich bemuttern. Sie hatte sich wieder ausgemalt, was Anna und Beate in ihrer Abwesenheit miteinander tun würden, und das ließ sie sich schlecht fühlen. Sie fürchtete sich davor, dass Anna sich in der langen Zeit zu weit von ihr, Charlotte, entfernen könnte. Zwei Wochen ohne Kontakt … Sie begann, Beate zu hassen. Noch nie hatte sie das Gift der Eifersucht so stark verspürt. Sie muss sich trennen, warum trennt sie sich nicht endlich von dieser Frau, die sie nur ausnutzt, mit der sie sich langweilt, fragte sie sich. Charlotte hatte sich nie von Juliane für eine ihrer vorigen Nebenbeziehungen getrennt, was alle vor Anna nach einer Weile wollten. Sie beendete die Affären in dem Moment, in dem sie ihr langweilig geworden waren, wenn ihr die anderen nicht mehr die begeisterte verliebte Aufmerksamkeit entgegenbringen konnten, sondern auf einmal Forderungen stellten, wenn diese Verhältnisse zur Routine geworden waren und sich in nichts mehr unterschieden von der Routine mit Juliane. Dann waren sie Charlotte lästig, bedeuteten überflüssige Arbeit und Zeit ohne den Kitzel der Bewunderung, der Verliebtheit, der ersten Male. Sie empfand die Frauen, die ihr oft noch hinterherhechelten, danach als schwach, als ihrer nicht würdig. Sie hatten alle gewusst, dass es Juliane gab und dass sie mit ihnen nur eine Affäre auf Zeit einging. Wie konnten sie sich nach ihrem Abschied so erniedrigen, ihr noch Bettelbriefe und Mails zu schreiben, fragte sie sich.

Mit Anna war alles anders. Sie konnte sich problemlos vorstellen, sich von Juliane zu trennen. Und dann überfiel sie der Gedanke: Ich bin es Anna nicht wert, dass sie sich trennt.

Bei dieser Möglichkeit begann sie zu heulen. »Ich kann nicht darüber reden«, sagte sie auf Julianes zunehmend verzweifeltes Nachfragen, was los sei. »Es ist vermutlich nur eine Winterdepression, ich weiß nicht, warum es mir so schlecht geht.«

Nach dem dritten Grog, den ihr Juliane zubereitet hatte, mit viel Zucker und Rum, war sie eingeschlafen. Und am Morgen war die fürsorglich nachfragende SMS angekommen: »Geht's dir gut?« Ihre schlechte Laune verflog, die Heimfahrt verbrachte sie in Hochgefühlen und konnte sich fröhlich von Juliane verabschieden.

Und dann hatte Charlotte geschafft, was sie sich vorgenommen hatte. Anna an ihrem Arbeitsplatz zu verführen. Sie war dahingeschmolzen. Nie würde Anna von ihr lassen können, sie brauchte Sex wie andere Wasser zum Leben. Und das konnte ihr ihre Beate niemals bieten.

Das Wochenende im Februar war traumhaft schön. Charlotte badete in der Anerkennung ihres Buchs und Annas umsichtiger Moderation. Alle hielten sie für ein Paar. Beim Frühstück erntete sie bewundernde Blicke für die Souveränität, mit der sie ihr Lesbischsein und ihre Liebe zu Anna zeigte. Es war so weit, es konnte nicht mehr lange dauern, dann wären Anna und sie ganz zusammen!

Charlotte malte sich in den nächsten Wochen ihr Zusammenleben aus. Sie malte sich aus, wie Anna ihrer Freundin sagte: »Du bemerkst doch sicher auch, dass wir nur noch nebeneinander her leben und nicht mehr miteinander. Wir kleben seit vielen Jahren aufeinander, bleiben aus Bequemlichkeit zusammen. Findest du nicht auch, dass es besser für uns beide wäre, wenn wir getrennte Wege gehen?« Und wenn ihre Freundin sich wehren würde – wovon auszugehen war, denn diejenigen, die verlassen wurden, kämpften immer, auch wenn die Beziehung schon längst am Ende war –, wenn also Beate um Anna kämpfen würde, wenn sie ihr alles Mögliche verspräche, um den Zustand zu erhalten, dann würde Anna irgendwann mit Entschiedenheit sagen: Ich liebe eine andere!

Charlotte träumte die nächsten Nächte davon, wie Anna ankam und sie bat, eine Weile bei ihr wohnen zu dürfen. Da es nicht mehr auszuhalten sei, nach der Trennung in der gemeinsamen Wohnung zu bleiben.

Dass es klingeln würde und Anna stünde vor der Tür, einfach so, ohne dass sie sich verabredet hatten. Mit diesen Bildern träumte sie sich in den Schlaf. Doch dann fragte sie sich: Warum meldet Anna sich nicht, sie hätte doch nach dem schönen Wochenende schon längst anrufen müssen. Charlotte fiel vom Hochgefühl ihrer Träume in ein Loch. Warum rief sie nicht zurück? Warum antwortete Anna nicht auf ihre SMS?

Kapitel 22, Anna

Mit gerötetem Gesicht kam ich aus dem Klo. Charlotte schloss wieder ab, damit wir nicht zusammen herauskämen. Ich sah Gudrun weghuschen. Hatte sie etwas mitbekommen?

Charlotte verabschiedete sich von uns, kurz darauf ging auch Mandy, wie immer pünktlich um fünf. Arbeitsschluss. Gudrun schoss grinsend aus ihrem Zimmer und sagte: »Mir scheint, du kennst unsere Auftraggeberin, oder war es etwa das erste Mal? Heiß! Erzähl! Jetzt verstehe ich, warum sie unbedingt wollte, dass du die Tagung betreust.«

Ich wurde knallrot und sagte, dass ich mich ein paar Mal mit Charlotte getroffen habe, eine kleine unwichtige Affäre. »Bitte, behalte es für dich! Das darf auf keinen Fall zu Beate dringen. Es ist bei uns nicht wie bei euch, wir werden zusammenbleiben. Beate ist so empfindlich. Früher überfielen sie oft Ängste davor, verlassen zu werden, die waren unbegründet, völlig irrational, aber es war schlimm. In der letzten Zeit war sie zwar ausgeglichener und scheint ihr Kindheitspsychoproblem im Griff zu haben. Es gab vor Jahren mal eine schreckliche Situation deswegen zwischen uns …«

Ich redete auf Gudrun ein, bis sie mich unterbrach: »Ja klar, ich verspreche, die Klappe zu halten, aber nun erzähl! Du hast ziemlich laut gejammert! Mandy hat das in eurem Arbeitszimmer vermutlich nicht gehört, aber von meinem aus, das liegt ja direkt daneben – ich dachte, dir wäre schlecht. Deswegen bin ich rausgekommen. Und dann hörte ich eindeutigere Geräusche.« Sie lachte.

Hatte mir Charlotte nicht den Mund zugehalten? Mein unterdrücktes Schreien schien hinausgedrungen zu sein, wie schrecklich peinlich. Auf der anderen Seite war ich froh, dass ich endlich erzählen konnte, das erste Mal. Ich sagte nicht, wie oft ich mich schon mit Charlotte getroffen hatte, aber deutete an, dass es schwierig wurde. Dass mir schien, Charlotte wolle mehr von mir als ich von ihr. Gudrun gab keine Ratschläge, hörte aber zu und sagte: »Du wirst schon wissen, wie du weiter damit umgehst. Lass dich nicht unter Druck setzen.« Das Reden tat gut.

Wer weiß, wann Doro und ich uns treffen würden. Wie oft bedauerte ich, dass alle unsere langjährigen

Freundinnen eingebunden waren, so wie wir selbst auch, dass wir einander kaum mehr sahen. Weihnachten war schon deswegen eine schöne Zeit. Alle besuchten ihre Familien und kamen zurück nach Berlin. Beates und meine Eltern lebten nicht mehr, wir konnten in Berlin bleiben.

Gut, dass Mandy den Sex auf dem Klo nicht mitbekommen zu haben schien.

Das Tagungslokal war schnell ausgewählt, denn nur zwei auf Charlottes Liste hatten noch Tagungsräume und genügend Zimmer frei. Eine Gegend, die ich nicht kannte, und auch nicht gerade für Weine bekannt, am Rande der Schwäbischen Alb. Oft liege noch Schnee im Februar, sagte der Hotelmanager, das sei sehr schön zum Spazierengehen auch im Winter. Die Tagungsräume erschienen auf den Fotos lichtdurchflutet, sie hatten sehr große Fenster. Es ging um französische Weine, wo die Location lag, war für Charlottes Firma ohne Bedeutung.

Ich fand im Internet eine aufregende Jazz-Saxofonistin aus Stuttgart, deren Ausstrahlung und Klänge mir gefielen. Beate ließ sich an einem Abend von ihrer Arbeit ablenken, ich zeigte ihr die Videos von der Homepage der Saxofonistin. Die experimentelleren Sachen waren zum Wegrennen, aber sicher auch gut. Für die Tagung buchte ich das am melodischsten klingende Programm. Beate befand: »Scharfe Frau. Wenn sie mal in Berlin auftritt, gehen wir zusammen hin, auch zu den experimentellen Klängen gerne! Wir sollten überhaupt mal wieder ein Konzert besuchen.« Ich buchte sie für den Samstag, dazu eine Tänzerin. Die Tanzende interessierte Beate nicht. Für den Freitagabend fand ich eine Sängerin mit Gitarre, die eine schöne Stimme hatte und romantische Liebeslieder im Programm, in einem kam auch Wein vor. Ich las in Charlottes Weinbuch herum, sah mir die Lebensläufe der anderen Vortragenden an und schrieb meine Moderationen.

Einmal badeten Beate und ich zusammen. Wir waren an den Weihnachtstagen zusammen in der Badewanne gewesen, es passte zu diesen Tagen, als wir kaum aus dem Haus gegangen waren. Dabei beschlossen wir, ab sofort öfter zusammen in die Badewanne und dann ins Bett zu gehen, damit wir wieder einen Rhythmus in unser Sexleben bekämen. Ich duschte lieber, Beate badete, luxuriöserweise gab es in unserer Wohnung sowohl Dusche wie Badewanne, ich musste also nicht in der Badewanne duschen. Ich hatte das Weinbuch mit ins Bad genommen, denn wir lasen uns wieder gegenseitig Abschnitte aus Büchern vor, die wir jeweils gerade lasen, das hatten wir früher auch gemacht, im Bett, nicht in der Badewanne. Beate kommentierte den von mir in der Badewanne vorgelesenen Absatz über den

Jura mit: »Iiieh, ist das gewollt gewählt ausgedrückt. Unangenehm gestelzt. Ich würde von dem Ding keine zehn Seiten schaffen zu lesen.«

Wir lachten gemeinsam über den Stil der Autorin, und ich hatte nicht eine Sekunde ein schlechtes Gewissen, mich mit Beate über »die Autorin« lustig zu machen. Wir frotzelten über ihre Gründe, sich so angestrengt fein auszudrücken. Beate vermutete, dass sie beweisen wolle, wie perfekt und gebildet sie sei. Vielleicht kam sie aus einer bildungsfernen Schicht und wollte das verbergen, indem sie sich besonders gebildet gerierte, spekulierte sie. Charlottes Eltern waren beide Ärzte, hatte sie mir erzählt, aber das konnte ich nicht sagen, anstelle dessen sagte ich: »Drücken wir uns auch so aus? Wir kommen doch beide auch aus einer bildungsfernen Schicht.«

Wir lachten wieder. Und beim Lachen fiel mir das Buch ins Badewasser. Die Seiten pappten aufeinander, ich zerriss sie, als ich weiterblättern wollte. Ich legte Charlottes jämmerlich zugerichtetes Weinbuch auf die Heizung zum Trocknen.

Charlotte und ich schafften es, einen Spaziergang im Schnee zu machen. Die Sonne strahlte, weiße Wolken im eisigen hellen Himmelsblau, das Weiß auf der Hochfläche mit ihren runden Erhebungen, Charlotte fasste nach meiner behandschuhten Hand, und so gingen wir Hand in Hand weiter, und sie sagte: »Wie romantisch! Ich könnte ewig mit dir gehen.«

Es war wirklich romantisch, in dieser schönen Landschaft im Schnee Hand in Hand spazieren zu gehen. Ich sagte: »Ich auch mit dir.« Es fühlte sich an wie Ferien. Ich hatte weniger zu tun als bei den Events, bei denen wir alles organisierten, denn der Wein für die Verköstigungen und das Essen wurden von Hotelmitarbeitern aufgetischt und abgeräumt, es blieb nicht an mir hängen, Gläser wegzuräumen und Flaschen einzusammeln. Meine Anmoderationen der Vortragenden schienen anzukommen. Charlotte fiel zu meiner Erleichterung nicht auf, dass ich das Buch nicht zu Ende gelesen, nicht einmal dabeihatte. Die Seiten waren zusammengebacken, das Trocknen hatte nichts genutzt.

Tagsüber war Charlotte besonders zärtlich, so wie ich sie bisher nur beim Musicalbesuch erlebt hatte; sie küsste mich am gemeinsamen Frühstückstisch, streichelte immer wieder irgendetwas an mir, die Hände, die im Pullover verpackte Schulter, meine Wangen. Für die anderen mussten wir wie ein glückliches, frisch verliebtes Paar erscheinen, das seine Verliebtheit übertrieben zeigte. Mir war es zu viel, vor aller Augen so angetatscht zu werden. Aber ich sagte nichts, ließ mich küssen, versuchte mir einzureden, dass es ich es einfach genießen musste, wenn Charlotte so liebevoll war.

Am Samstagabend rief Beate an, um zu fragen, ob es mir gutgehe im süddeutschen Idyll. Ich sagte: »Ja, wir haben gut gearbeitet, jetzt stehen wir an der Hotelbar und trinken nach dem ganzen Wein noch ein Absackerbier. Meine Zunge wird schon schwer …« Charlotte stand neben mir. Sie war glücklicherweise im Gespräch mit anderen Seminargästen. »Ich erzähle dir dann noch genauer von der hübschen Landschaft, aber lass uns Schluss machen. Morgen Abend bin ich ja schon wieder in Berlin.«

Danach saßen Charlotte und ich in unserem Hoteldoppelzimmer und redeten. Sie ging den Tag mit selbstkritischem Blick durch, sagte Sätze wie: »Ich habe das Gefühl, mein Vortrag zum Buch ist nicht so gut angekommen«, wobei sie bemitleidenswert verunsichert wirkte, und natürlich lobte ich sie, repetierte ihren Vortrag, gut, dass ich zugehört hatte, betonte, wie interessant alles gewesen sei, und natürlich auch ihr Buch!

Und natürlich vögelten wir. Das heißt, sie machte Sex mit mir, ich nicht mit ihr. Ich fragte mich, ob Charlotte sich den Sex vorher bis in die letzte Bewegung ausmalte und sich deshalb nicht selbst fallen lassen konnte, weil sie die einzelnen Punkte ihres Plans abhakte. Ich stand auf einmal außerhalb der Szene, sah mir und Charlotte zu und fand uns peinlich. Das brachte mich um meine Erregung.

Charlotte hielt inne, fragte nach: »Wo bist du?«

Ich sagte, es sei nichts, und dann machte sie weiter, bis ich wie immer einen, wie ich es empfand, diesmal nur Mini-Orgasmus hinauszwängte. Sie sagte wie oft, »deine Lust, deine Orgasmen machen mich heiß, sie sind meine Lust«, ich solle mich fallen lassen, müsse nichts selbst machen, solle mich ihren Berührungen nur hingeben.

Was mir recht war, Beate saß mir im Herzen. Als würde ich sie weniger hintergehen, wenn ich sexuell »bedient« wurde. Sex mit Charlotte war etwas anderes als der liebende Sex mit Beate, es war körperlich ein Vergnügen, vergleichbar mit dem Hochgefühl nach den Adrenalinschüben auf der Bühne, wenn ich wahrnahm, dass die Moderation das Publikum erreichte, oder vergleichbar mit dem, was vielleicht Sportler empfanden, wenn Hormone ausgeschüttet wurden; es nahm niemandem etwas, auch mir selbst nicht. Es war wie Sport. Wie oft hatte ich mir mit solchen und anderen gedanklichen Rechtfertigungen schon Absolution erteilt.

Am Sonntagmorgen weckte sie mich. Ich drehte mich unwillig weg, sagte, ich wolle weiterschlafen.

»Du hast gejammert, als hättest du einen Albtraum. Ich wollte dich erlösen!«

Ich wurde wach, und tatsächlich hatte sie mich aus einem Traum geholt. Ich hatte geträumt, sie habe mich auf eine Art Theaterbühne hinter die geschlossenen

Vorhänge geführt, mich entkleidet, dann wurde es Sex. Auf einmal bemerkte ich, dass die Vorhänge durchsichtig waren, und draußen im Publikumssaal saß eine riesige Menge Menschen, die in dem Moment, in dem ich durch die Vorhänge in ihre Richtung blickte, zu johlen begannen.

Kapitel 23, Anna

Nach diesem Wochenende versuchte ich die nächste Verabredung hinauszuschieben, bis mir kein Grund mehr einfiel und ich einem Treffen zustimmte, vor allem deshalb, weil ich mir Sorgen um Charlotte machte. Sie hatte am Telefon bei jedem Anruf verzweifelter geklungen.

Wir trafen uns wie oft in dem Café und gingen danach zu ihr. Bei dieser Begegnung kam es das erste Mal zu einem handfesten Streit. Sie machte mir Vorwürfe, dass ich sie nicht mehr ernst nähme, sie fühle sich missachtet, ich verteidigte mich und erklärte, dass ich viel Arbeit hatte – was nicht stimmte –, sie insistierte, ließ das Argument »Arbeit« nicht gelten, unterstellte mir, dass ich vor etwas weglaufen würde, vor der Wahrheit meiner Gefühle.

Dann sagte ich, dass ich auch Zeit für meine Beziehung zu Beate brauche. Das hätte ich nicht äußern sollen. Charlotte begann laut zu heulen. Wie konnte ich sie nur so verletzen. Ich stand fassungslos vor ihr. Schließlich tröstete ich sie, kuschelte mich an sie und sagte: »Charlotte, bezieh doch nicht alles auf dich, ich bin sehr gerne mit dir zusammen!«

Ich war froh, als ich gehen konnte. Es gab weitere Treffen und endlose Gespräche über die Liebe und über unser Verhältnis bei vielen Gläsern ihrer guten Weine. Manchmal, wenn ich ging, wirkte sie so traurig, so einsam und verlassen, dass ich umkehrte und noch ein paar Stunden länger blieb. Sie hatte begonnen, in einem Chor zu singen. Als ich fragte, wie sie darauf gekommen war, sagte sie, diese Zita, die damals die Karten für das Musical besorgt hatte, habe sie überzeugt. Singen sei gut für die Seele. Einmal sang sie mir ein selbst gedichtetes und an mich gerichtetes Liebeslied vor. Ich wusste nicht, wo ich hinsehen sollte, sie wirkte mit ihrem vor Liebesqual im Gesang grotesk verzerrten Gesicht nicht mehr wie die starke Charlotte, die mich mit heftigem Sex begeistert hatte. Es war mir unangenehm, sie so zu hören und zu sehen, aber ich sagte nichts dergleichen. Ich sagte: »Oh, wie schön!« und log.

War es eine Lüge, wenn ich etwas sagte, um die andere nicht zu verletzen? Ich konnte doch nicht sagen: »Bitte Charlotte, lass das, es ist traurig, diese schmachtenden Töne zu hören und dich dabei anzusehen, zu sehen, wie sich dein Gesicht in etwas Hässliches verwandelt, sodass es mir unangenehm ist, es zieht mich runter, es nimmt mir die Lust auf dich.«

Ich ließ mich immer wieder zu den Begegnungen überreden. Und verführen. Obwohl ich mir erneut vorgenommen hatte, unsere Affäre auslaufen zu lassen. Aber dass sie so sehr an mir hing, gefiel mir trotz des zunehmenden Unbehagens. Und der Sex, ich genoss ihn zu meiner eigenen Verwunderung noch, irgendwie. Sie überlegte sich jedes Mal etwas Neues, auch wenn sie Szenerien variierte, die es schon einmal gab. Sie müsse ihre Dildokollektion anfeuchten, sagte sie beim letzten Treffen, die Teile lägen schon zu lange im Schub und würden austrocknen, und sie müsse sie wegwerfen, wenn sie sie nicht bald wieder einmal einsetzte. Dann verband sie mir die Augen und fesselte mich an den Handgelenken an ihr Metallbettgestell und fickte mich mit immer größeren Teilen, während sie auf mich einredete.

Danach schickte sie mir lange romantische Nachrichten und Sprüche, die sie irgendwo kopiert hatte, meistens von Facebookfreundinnen, die etwas teilten. Einmal schrieb sie: »Du musst dir keine Sorgen machen, dass ich irgendetwas an dir nicht mögen könnte, auch wenn wir uns einmal sehr lange kennen werden. Neulich fand ich einen Satz, der genau ausdrückt, wie ich dich lieben werde: ›Oma sagt: Wenn man sich nur in die Blüten und nicht in die Wurzeln eines Menschen verliebt, weiß man ab Herbst nicht mehr, was man tun soll.‹«

Beim Treffen danach erzählte sie mir, dass sie befürchtet habe, weil sie diesen Spruch kopiert hatte, auf Facebook Werbung für esoterische Blüten- oder Wurzeltees angezeigt zu bekommen, aber das sei nicht passiert.

Einmal in dieser Zeit trafen wir uns bei Ikea.

Beate hatte mit einem ihrer anstrengenden Scheidungspaare zu tun und musste neue Vereinbarungen entwerfen, sie hatte mir von dem Fall erzählt und angedeutet, dass es so kompliziert sei, weil die mehrere miteinander verstrickte Firmen gemeinsam aufgebaut hatten, die nun auseinanderdividiert werden mussten; ich konnte ihren Ausführungen in Rechtsanwaltsdeutsch kaum folgen. In ihrem Zimmer türmten sich Aktenordner auf dem Boden. Sie bat mich, zu Ikea zu fahren und eins oder zwei dieser praktischen quadratischen Regalelemente zu besorgen, damit sie ihr Aktenregal erweitern konnte. Auf meine Bemerkung »Geht das nicht heute digital, brauchst du überhaupt noch so viel Papier?« gab sie zurück: »Wir haben alles natürlich auch digital, aber in unserer Kanzlei archivieren wir die Schriftwechsel, Gebührenrechnungen und anderes auch auf Papier, nach Fällen und Mandanten geordnet. Du hast tagsüber mehr Zeit als ich, du kannst doch wirklich mal kurz zu Ikea fahren!«

»Wieso hebt ihr das nicht in der Kanzlei auf? Darfst du das denn überhaupt hier privat lagern? Da könnte doch jeder drin herumschmökern!«

Ich hatte keine Lust, für Beate zu Ikea zu fahren.

»Wenn du es nicht machen willst, dann eben nicht!«

Ich sagte schließlich: »Na gut, dann schieb ich das heute ein.«

»Danke! Lass uns heute Abend irgendwo was trinken gehen, ich muss mal raus aus der Wohnung!«

Ich dachte, kein Wunder, so wie es bei ihr aussieht, da würde ich auch dringend fliehen wollen, und sagte: »Okay, gerne, gehen wir aus, was Kleines essen, heute Abend, abgemacht.«

Kurz darauf, als Beate in der Kanzlei war, rief Charlotte an. Spontan wollte ich unsere Verabredung wieder hinausschieben, dann sagte ich aber, ich wusste auch nicht, warum, wahrscheinlich hatte mich aufgeregt, dass Beate mich zu ihrer Botengängerin machte: »Ich muss nachher zu Ikea, was für Beate besorgen. Wenn's dir passt, treffen wir uns danach und trinken einen Kaffee zusammen. Abends habe ich keine Zeit.«

Sie antwortete: »Das ist eine gute Idee. Ich komme einfach zu Ikea. Dort können wir ja auch Kaffee trinken.«

So schlenderte ich also, um Regalelemente für Beate einzukaufen, mit Charlotte durch Ikea. Ich hasste Ikeabesuche und war normalerweise bemüht, sie möglichst schnell hinter mich zu bringen. Wir tranken einen Kaffee, danach überredete mich Charlotte, mit ihr in die Küchenabteilung zu gehen. Ich hatte keine Lust, aber gab nach. Sie sah sich Einbauküchen an und blieb schließlich in einer dunkelbraun-schwarzen großen Küche stehen.

»Ist die nicht schön!«, sagte sie.

Ich zuckte mit den Achseln.

»Und der elegante Metall-Tisch in der Mitte als Arbeitsfläche! Sie ist herabgesetzt.«

Wollte sie eine neue Küche? Die würde nicht in ihre Wohnung passen. Viel zu groß. Ich nickte. »Ja, stimmt, eine schöne Arbeitsfläche. Aber mir gefällt das Dunkle nicht, das wäre mir zu düster.«

»Und die Spülmaschine kriegt man umsonst dazu. Es gibt sie sicher auch in einer anderen Farbe.«

»Und was kostet so was?«, fragte ich

»Weniger als achttausend Euro.«

»Achttausend Euro finde ich unvorstellbar viel«, sagte ich und wollte weitergehen.

»Wäre die nicht traumhaft in unserer Wohnung? Aber es gibt auch die einfachen Küchen, wo man die Elemente einzeln kauft. Da hinten, sieh dir die mal an, die ginge auch. In Weiß geht's schon ab dreihundert

Euro los. Das ist aber nur die Zeile, ohne ein Gerät, ohne Knöpfe, ohne alles. Sobald du alles willst, was in dieser Küche ist, kommst du auch auf fünftausend oder sechstausend Euro.«

Auf einmal realisierte ich, dass sie gesagt hatte »in unserer Wohnung«. Hatte ich mich verhört? Oder hatte sie vor, mit Juliane zusammenzuziehen, die waren ja auch an Weihnachten zusammen verreist, vielleicht hatten sie beschlossen, dass eine gemeinsame Wohnung …

Charlotte riss mich aus meinen Gedanken.

»Ich würde für unsere Wohnung lieber etwas mehr Geld ausgeben und die mit dem schönen Arbeitstisch nehmen.«

»Die passt doch gar nicht in deine Wohnung«, sagte ich schließlich. »Willst du umziehen?«

»Ich meine in unserer künftigen gemeinsamen Wohnung.« Sie betonte das Wort »unserer«.

»Wie bitte?« Ich starrte sie erschrocken an. »Ich habe nicht vor umzuziehen. Es war doch nie die Rede davon, dass wir beide zusammenziehen. Wir haben eine Affäre. Du bist liiert, ich bin liiert, das haben wir doch schon tausendmal besprochen.« Ich war so erschrocken, dass ich nicht einmal herumlavierte wie sonst oft, wenn sie Andeutungen machte. Ich hatte meistens versucht, auszuweichen und das Thema zu wechseln. Nur ein einziges Mal hatte ich klar gesagt, dass Beate und ich nicht vorhatten, uns zu trennen.

Schlagartig fiel mir ein, dass sie immer wieder beiläufig hatte einfließen lassen: »Ich kann mir vorstellen …« – »Magst du mein Bett, oder hättest du lieber etwas mit Federkernmatratzen?« und dergleichen mehr.

Charlotte sah mich an, Tränen in den Augen, und sagte: »Aber das war doch klar, nur noch nicht, wann. Du wolltest dich doch trennen. Wie kannst du mich hier so kompromittieren …«

Sie steigerte sich hinein. Ich versuchte, sie zu beruhigen. Auf einmal brüllte sie, inzwischen flossen längst auch die Tränen: »Du hast mich belogen. An unserem Wochenende in Süddeutschland sagtest du doch noch, ja, du würdest ewig mit mir …«

Was meinte sie nur? Sie tobte weiter. Andere Ikeabesucher drehten sich zu uns um und wieder weg. Mir fiel nichts ein, was ich gesagt haben könnte. Sie fing an, hemmungslos zu heulen. Ich sah mich um, die Leute starrten weiter her und wieder weg. Wie peinlich! Auf einmal riss sie ihre Brille herunter, warf sie mir vor die Füße und rannte davon. Ohne Brille. Sie hatte immer wieder deutlich gemacht, wie sehr sie ihre Brille brauche, dass sie blind sei ohne Brille, völlig hilflos. Ich stand da, fassungslos. Was wollte sie mir damit sagen? Dass sie jetzt wegen mir allein und hilflos in der Welt herumirrte? Dann hob ich die Brille auf. Ich sollte Charlotte suchen. Rannte sie jetzt halbblind durch Ikea und rempelte Leute an, weil sie nichts mehr sah?

Oder war sie hinausgerannt? Nicht, dass sie vor ein Auto lief, blind, wie sie war.

Ich hetzte durch Ikea und suchte sie überall, bei den Sofas, bei den Betten, bei den Kleiderschränken, wahrscheinlich hätte sich Charlotte am liebsten die gesamte Einrichtung für »unsere« Wohnung ausgesucht, wie schauderhaft, geradezu gruselig, ich hatte ihre Brille in der Hand, fand sie nicht, rief sie an, sie ging nicht ran. Was sollte ich tun? Würde sie zum Auto gehen? Aber sie wusste nicht, wo ich parkte, wir hatten uns ja hier getroffen. Ich musste sie finden, ihr die Brille zurückbringen!

Ich suchte sie noch eine Zeitlang, auch auf dem Parkplatz, aber sie war verschwunden. Ich fuhr zurück zu unserer Wohnung; die Anwohnerparkplätze waren besetzt, ich kurvte herum, bis ich endlich einen Parkplatz fand, schleppte die Regalelemente zu unserem Haus, die Treppen hoch zur Wohnung, stellte sie in Beates Zimmer und heftete einen Klebezettel an eins der neuen Regalteile: »Muss leider am Abend doch wieder arbeiten. Hier schon mal das Ikeazeug. Kuss.« Ich hatte ihr auch noch eine bunte Plastikblume mitgebracht, eine Art Tulpe in kitschigem Fliederton. Ich dachte darüber nach, ob ich sie Charlotte zur Versöhnung mitbringen sollte, verwarf den Gedanken, wieso wollte ich mich versöhnen? Wofür sollte ich mich mit einer Blume entschuldigen? Sie hatte sich einfach wieder etwas Verrücktes in den Kopf gesetzt, damit hatte ich nichts zu tun. Ich drapierte die Blume auf eines der Regalelemente.

Die Brille lag noch im Auto. Ich holte sie und machte mich zu Fuß auf den Weg zu Charlotte. Der Stadtspaziergang würde meinen Kopf durchlüften. Wie kam sie darauf, dass wir eine gemeinsame Wohnung planten? Ich hatte ihr zu keiner Andeutung in diese Richtung positives Feedback gegeben. Im Gehen setzte ich aus Neugier die Brille auf und fragte mich, ob gleich ich blind sein würde, aber ich konnte erstaunlich gut sehen. Etwas verschoben. Wieso hatte sie gesagt, sie wäre blind und hilflos ohne Brille? Sicher hatte die Brille ein paar Dioptrien, aber wenn ich damit noch einigermaßen gut sehen konnte, konnte sie nicht sehr stark sein. Rätselhaft. Hoffentlich war sie nach Hause gegangen.

Kapitel 24, Beate

Seit vier Jahren quälten sich die beiden nun schon gegenseitig. Als der Streit um ihre Kinder kein Ende fand, hatte das Gericht der Familie eine Therapie auferlegt. Sie saßen nun also in vielen Terminen mit einem Psychologen und einer Psychologin in Mediationsgesprächen und konnten sich auch in diesen Gesprächen noch immer nicht einigen, wo die Kinder leben sollten. Schließlich waren die Kinder selbst hinzugezogen und befragt worden. Die Frau hatte zuvor lange wie ein Berserker um den Erhalt der Ehe gekämpft, obwohl auch sie schon längst einen anderen Lover hatte, als der Mann den Scheidungsantrag über unsere Kanzlei gestellt hatte.

Beate hatte das schon oft erlebt. Egal ob es sich um verpartnerte Frauenpaare oder Heteroehen handelte, manchmal wehrten sich die, die verlassen worden waren, gegen jede Vernunft. Es war eine Kränkung, nicht, dass die Ehe vorbei war, sondern dass nicht sie selbst den ersten Schritt hinaus gemacht hatten. Diese Frau also wehrte sich, und so dauerte es schon einmal drei Jahre, bis Scheidung überhaupt möglich wurde. Sie hatte den Mann zu Paartherapeuten geschleppt und, als das nichts nutzte, ihm angedroht, dass er nach einer Scheidung ohne alles dasitzen würde und sie dazu das alleinige Sorgerecht für die Kinder erstreiten würde.

Inzwischen aber hatte sie zusammen mit ihrem Lover von damals und dem Geld, das sie von ihrem Ex-Partner nach Aufteilung des gemeinsamen Hauses erhalten hatte, ein neues Haus gekauft, weit weg von Berlin in der Nähe von Frankfurt; die Scheidung war durch. Sie verlangte, dass die Kinder zu ihr zogen. Es war ein gemeinsames Sorgerecht vereinbart worden. Sie könnten dann ja zum Vater reisen. Die

Kinder wollten aber nicht reisen, besonders eins der vier Kinder nicht, sie wollten in ihrem Lebensmittelpunkt bleiben, in dem großen Haus, in dem sie bis dahin aufgewachsen waren, in der Schule. So wurde schließlich entschieden, dass sie beim Vater und seiner neuen Partnerin in dem Haus blieben. Der Mann hatte zuvor, um Stress von sich und den Kindern abzuwenden, alles unterschrieben, was ihm die Gegenseite vorgelegt hatte, beispielsweise übernahm er gegen unseren Rat die Schulden der gemeinsam aufgebauten Firmen. Hätten sie, wie es gesetzlich vorgesehen war, alles geteilt, wären auch die Schulden der beiden Firmen, deren Buchhaltung die Frau gemacht hatte, aufgeteilt und mit dem Wert des gemeinsamen Hauses verrechnet worden, und er hätte nicht noch mehr Schulden machen müssen, um sie auszubezahlen. Er würde erst lange nach dem Rentenalter schuldenfrei sein, wenn überhaupt jemals. Nun stritt die Frau um die gerichtlich festgelegten Besuchsregelungen. Sie hatte schon wieder einen Revisionsantrag gestellt. Sie wollte die Kinder immer an Weihnachten. Vereinbart war abwechselnd.

Beate hätte gerne mit Anna darüber gesprochen, es reizte sie zu erfahren, ob Anna womöglich richtig fand, wie die Frau den Mann abgezockt hatte; sie hätten wieder einmal debattieren können. Aber Anna war nicht da. Was war nur mit ihr los, fragte sich Beate. Sie wirkte abwesend, als beschäftigte sie etwas, worüber sie nicht reden wollte. Sie hatten vorgehabt, an diesem Abend miteinander auszugehen. Anna hatte die Regalelemente geholt und Beate eine Ikeablume hingelegt. War das eine Entschuldigung für was auch immer? Manchmal dachte Beate darüber nach, ob Anna etwas mit einer anderen angefangen hatte und deshalb so abwesend wirkte. Sie erinnerte sich an ihre Anfangszeiten, in denen es vorgekommen war. Andererseits war Anna ehrlich liebevoll zu ihr, Beate war sich sicher, dass nichts gespielt war, und auch Sex hatten sie öfter als in anderen Zeiten ihres Zusammenseins; ihre Verabredung, die Sonntage zusammen zu verbringen, hielten sie beide fast immer ein. Eigentlich war ihre Beziehung im Moment sogar besser als vorher.

Trotzdem, irgendetwas war. Beate fühlte sich schon wieder müde, vielleicht hat Anna recht, dachte sie, vielleicht sollte ich mich wirklich einmal durchchecken lassen. Vielleicht hatte sie doch eine andere? Sie würde es nicht ansprechen. Sie hatte dazu keine Kraft. Und was sollte das auch bringen? Sie würde es, wenn es so wäre, abstreiten, aber der Funke des Misstrauens, einmal ausgesprochen, stünde ab dann zwischen ihnen und würde die Atmosphäre vergiften.

Beate ging ins Bett. Anna war noch immer nicht zurück. Irgendwann schreckte sie hoch, weil das Telefon klingelte.

Kapitel 25, Anna

Sie war zu Hause, ich gab ihr die Brille. Zwischen Weinen und Jammern betonte sie, sie könne mich doch nicht so missverstanden haben, was denn nur los sei, sie verstehe sich selbst nicht mehr, und ich dürfe sie jetzt auf gar keinen Fall alleine lassen, sie wisse nicht, was dann passierte.

Sie schaffte es, mich wieder so zu beunruhigen, dass ich Beate anrief, die verschlafen klang, und über Nacht bei ihr blieb. Ich hielt Charlotte tröstend im Arm, bis sie eingeschlafen war, während ich nicht einschlafen konnte und mir noch einmal vornahm, es zu beenden, bevor sie sich weiter hineinsteigerte.

Am Morgen war sie gutgelaunt, als wäre nichts gewesen. Dann sagte sie wieder schöne Dinge über mich, wie einfühlsam ich sei, wie klug, und dass sie befürchte, mich mit ihren für sie selbst auch rätselhaften Anfällen zu erschrecken und sie mir meine Freiheit ließe, das müsse ich wissen, ich solle mir keine Gedanken machen. Hauptsache, ich würde sie nie verlassen. Ich war gerührt und zugleich beunruhigt. Ihr Wunsch, sie nie zu verlassen, erschreckte mich.

In der nächsten Zeit war ich mir von Tag zu Tag sicherer, dass ich das Verhältnis beenden musste. Sie steigerte sich in Fantasievorstellungen, die sich nicht mehr als

Zeichen von Liebe deuten ließen. Es grenzte an Wahn, dachte ich, an Liebeswahn. Aber waren nicht Verliebtsein, Liebe, sexuelle Abhängigkeit immer wahnhaft? War nicht auch ich wahnsinnig, mich meiner sexuellen Gier zu unterwerfen und anzunehmen, es ginge immer alles gut? Es konnte ja wirklich sein, dass ich »schuld« war daran, dass sie Gefühle entwickelt hatte, die sie und auch ich nicht mehr kontrollieren konnten.

Ich sollte ihr sagen, dass wir uns in schöner Erinnerung behalten würden, wenn wir jetzt aufhörten. Aber ich schaffte es nicht, oder wusste ich zu diesem Zeitpunkt noch immer nicht, ob ich nicht insgeheim doch weitermachen wollte? Ich steckte den Kopf in den Sand, erfand weiterhin eine Ausrede nach der anderen, um der nächsten Verabredung aus dem Weg zu gehen. Dann rief sie an und heulte und sagte erneut, sie wisse nicht, was sie tun werde, wenn wir uns nicht bald sähen, und wieder ließ ich mich überreden.

»Okay, morgen Nachmittag können wir uns sehen. Ich habe nicht viel Zeit, aber zwei Stunden kann ich mir freinehmen. Wir haben ein großes Firmenjubiläum vorzubereiten.«

Sie war überraschend gut gelaunt, nichts war mehr zu spüren von ihrer Verzweiflung am Telefon, es schien ihr wieder bestens zu gehen. Ich fragte mich, ob sie nur geweint hatte, damit ich nicht mehr Nein sagen konnte. Es hatte so echt und dramatisch verzweifelt gewirkt, ich hatte sogar einen Moment lang befürchtet, sie tue sich etwas an. Jetzt aber umarmte sie mich wie immer und flüsterte mir ins Ohr, sie müsse Sex mit mir machen, jetzt sofort, und berührte mich bei unseren Begrüßungsküssen gekonnt am Busen, an der Taille, beendete den Kuss, versenkte sich zwischen meine Schlüsselbeine in den V-Ausschnitt der Jacke und nestelte an den Knöpfen.

»Dieser süße Busen, endlich!« Und dann blies und flüsterte sie mir mit heißem Atem ins Ohr: »Du kannst dir nicht vorstellen, wie mir das gefehlt hat! Komm, lass uns gehen, ich habe schon bezahlt.«

Ich wollte einfach nur einen Kaffee mit ihr trinken, etwas reden, meine Laune sank, ich schlängelte mich aus ihren Armen und sagte: »Ich brauche einen Kaffee!«

»Den kann ich dir bei mir auch machen.« Sie ließ sich nicht abbringen von ihrem Plan.

Gleich nachdem sie die Tür geschlossen hatte, trieb sie mich in ihr Schlafzimmer. Auf dem Bett waren Rosenblätter verteilt, und eine weiche Peitsche lag mittendrin, auf dem Nachttisch standen Duftkerzen, die sie entzündete. Die Jalousien waren geschlossen und warfen ein lila Licht in den Raum.

»Bitte zieh dich aus!«

Ich zog mich aus, unter ihren Blicken wurde mir warm. Sie wünschte, dass ich mich ins Bett auf die Knie legte, Kopf nach vorne gebeugt. Dann bestreute sie mich mit Rosenblättern, nahm die Peitsche und schlug sanft zu, »deine Backen röten sich«, dann etwas härter, »sie werden glühen!«

Ich wand mich unter den Hieben, und auf einmal dachte ich: Was für ein Theater! Ich will nicht inmitten von Rosenblättern gepeitscht werden, wie albern, es tat nicht einmal weh, sie hatte mich schon härter gepeitscht bei einer der früheren Sessions. Ich kam mir vor wie eine Marionette in einem Theaterstück, die Erregung, die anfangs wie gewohnt gekommen war, versiegte.

Ich drehte mich um, setzte mich hin, starrte in ihr zuerst verzücktes, dann zunehmend verärgertes Gesicht.

»Was ist los? Dreh dich bitte wieder um! Ich möchte es dir langsam und schön besorgen.«

»Ich bin nicht in der Stimmung, vielleicht später.«

Mit grimmiger Miene akzeptierte sie, stand auf und ging in die Küche. »Ich öffne uns einen Wein.«

Ich zog mich an und setzte mich auf das grüne Sofa, die Tür zum Schlafzimmer stand offen, mein Blick fiel auf die altrosa und weißen Blütenblätter, die Peitsche, das flackernde Kerzenlicht; und die Vorstellung, wie ich eben darin gelegen hatte, ließ mich schaudern. Die Frage, wieso ich ihre Sexinszenierungen bisher immer so toll gefunden hatte, beschäftigte mich. Die anderen Male waren sexueller, weniger kitschig gewesen. Aber immer, das realisierte ich jetzt, hatte es etwas Künstliches, Theatralisches.

Ich vermied, weiter auf das Bett zu starren, betrachtete stattdessen die kitschigen selbstgemalten Bilder an der Wand. Sie hatte mir mal erzählt, dass sie einen Malkurs besucht habe und die Bilder von ihr seien. Ich dachte darüber nach, ob sie sich auf unsere Treffen vorbereitete. Ob sie die Themen plante, über die wir reden würden, so wie sie den Sex plante. Meistens brachte sie die Sprache auf einen wichtigen Roman, den sie gerade gelesen hatte, oder auf einen Film, ein Theaterstück, und ließ mich dann kaum zu Wort kommen, geschweige denn andere Themen anschneiden. Ihre Belesenheit hatte mich am Anfang begeistert, sicher hatte ich wirklich fasziniert zugehört. Und am Anfang hatte sie umgekehrt auch mir mit großer Aufmerksamkeit zugehört.

War das wirklich so gewesen, oder bildete ich mir das nur ein? Inzwischen redete sie seltener von Büchern, sondern klagte, über ihre Arbeit, ihre Traurigkeit, dass ich ihr nicht genug zuhören würde, zu wenig Zeit für sie fände. Über das und mehr dachte ich nach, während ich abwechselnd auf das Selbstgemalte an der Wand und auf das rosenbestreute Bett im Kerzenlicht starrte, Charlotte mit dem geöffneten Wein zurückkam, eingoss, sich neben mich setzte und fragte: »Was ist los mit dir?«

»Ach nichts weiter, ich bin mit den Gedanken bei der Arbeit.« Mein armer Job, wofür der alles herhalten musste. Nach einer Weile vorwurfsvollen Schweigens begann sie von Ereignissen seit unserem letzten Treffen zu erzählen. Dass eine ihrer Freundinnen einen Schlaganfall hatte und sie das schwer belaste. Aber mit mir könne man ja über nichts mehr reden. So ging es weiter; sie erzählte von ihrer Arbeit, dass alle Kunden begeistert auf die Zusendung des Buchs reagiert hatten und ihr Chef sehr zufrieden mit ihr sei, weil sie vor Kurzem eine große Hotelkette zum Einkauf bei ihnen bewogen hatte, »und was ist bei dir so viel los?«, fragte sie mitten im Redefluss.

Ich erzählte aus dem Büroalltag, dass Mandys Volontariat bald beendet sei und ich demnächst die doppelte Arbeit haben würde, alles, was Gudrun an Mandy delegiert hatte, vom Homepagebetreuen bis zur Buchhaltung, wieder machen müsse, bis wir eine neue Volontärin gefunden und diese eingearbeitet hätten. Und dann berichtete ich von unseren letzten Events. Mir fiel auf, dass ich Beate kürzlich exakt dasselbe erzählt hatte.

Charlotte fing davon an, dass ich ihr so gefehlt habe, dass sie das Gefühl habe, ich schenkte ihr nicht genug Aufmerksamkeit. Und wie stark es sie eben getroffen habe, dass ich ihren zärtlichen Liebesdienst so brutal abgebrochen hatte. Das sei beleidigend und habe sie »tief verletzt«.

»Ich verstehe übrigens nicht, was du an dieser Beate findest und warum du ihr so viel mehr Aufmerksamkeit entgegenbringst als mir. Wahrscheinlich denkst du gerade an die! Wenn ich nur daran denke, dass du Texte für sie korrigierst! Merkst du nicht, dass die dich nur benutzt?« Und dann ergänzte sie: »Ich verstehe nicht, dass dir so eine überhaupt mal gefallen hat.«

»Du kennst sie doch gar nicht!«

»Doch, ich bin ihr einmal begegnet.«

Ich konnte mich nicht daran erinnern, dass sie sie getroffen hatte.

Sie konnte nicht aufhören, auf meinem Verhältnis zu Beate herumzuhacken, sodass ich schließlich sagte: »Ich gehe jetzt.«

Da begann sie zu weinen, entschuldigte sich, und wieder beruhigte ich sie, blieb, blieb viel länger, als ich mir vorgenommen hatte. Die zwei Stunden, die ich mir angeblich hatte freinehmen können, waren längst um. Irgendwann sagte sie, sie habe uns etwas Schönes zu essen besorgt, »bleib du sitzen, ich mache es warm und decke den Tisch für dich.«

Ich blieb sitzen. Sie hatte es wieder einmal geschafft.

Beim Essen erzählte sie mir eine Episode aus ihrer Kindheit mit ihrer verhassten Mutter. »Aber weil meine Mutter sich mit Rosen so gut auskannte, habe ich, auch wenn ich sonst nichts von ihr übernommen habe, viel über Rosen von ihr gelernt. Und trotz der hässlichen Erinnerung an die Frau und ihre Rosen mag ich sie, also die Rosen.« Sie erzählte mir etwas über die alten, teuren, edlen Rosensorten, die sie für die Gestaltung des Bettes verwendet habe. Bourbonrosen, Moosrosen und Damaszenerrosen, »Madame Isaac Pereire varie« und »Variegata di Bologna«.

Ich kannte nur Rosen, die dufteten, und Rosen, die nicht dufteten. Natürlich hatte ich auch schon Rosen verschenkt. »Ja, es sind hübsche Blumen«, sagte ich und sah an ihr vorbei durch die Tür auf die Blätter; es schien, als welkten sie schon.

»Sie sind etwas ganz Besonderes! Ich weiß, du empfindest auch etwas für mich. Meine Gefühle für dich sind nun einmal so, dass ich dich in Rosen betten möchte! Du weißt, ich hatte immer Nebenbeziehungen. Alle Frauen vor dir wollten, dass ich mich von Juliane trenne, aber ich konnte das nicht, und jetzt weiß ich auch, warum. Ich habe noch nie so geliebt wie jetzt. Du bist die Richtige, die Einzige, und das ist Schicksal. Das kann passieren, dass sich zwei Menschen finden und vom ersten Augenblick an klar ist, dass sie füreinander bestimmt sind. Ich weiß das. Auch du … «

Ich sagte nichts. Ich hätte bestätigen sollen, dass ich natürlich etwas für sie empfand. Noch nie so geliebt, dachte ich, kann das sein, sie ist vierzig. Sie starrte mich an und wartete auf eine Reaktion. Ich schwieg weiter. Sie durchbrach das Schweigen schließlich und sagte: »Ich möchte dir ein Lied vorspielen.« Ich hatte das peinliche Lied und ihr Gesicht beim Singen vor Augen, und, als sähe sie mir an, woran ich dachte, sagte sie: »Nicht singen, spielen. Ich habe dir doch erzählt, dass Freundinnen mir zu meinem letzten Geburtstag eine Oboe geschenkt haben. Und inzwischen nehme ich Unterricht. Als Kind hatte ich eine Weile mal Geigenunterricht, aber eine Oboe ist etwas ganz anderes. Ich spiele dir ein selbst komponiertes Lied vor.«

O nein, bitte nicht das auch noch nach den teuren Rosen! Ich sagte: »Ach ja, schön, aber ich glaube, ich habe jetzt gerade nicht die Muße zum Zuhören. Das kannst du mir gerne ein andermal vorspielen! Ich müsste jetzt wirklich gehen.«

Von einer Sekunde auf die andere fing sie an zu toben, zu heulen, rannte in ihr Schlafzimmer, holte die Oboe vom Schrank, ein wirklich schönes Instrument, und schlug sie auf den Boden, an den Tisch, dass das Geschirr herunterdonnerte und mich fast getroffen hätte. »Ich zerstöre die jetzt! Das hast du davon!«

Die bedauernswerte Oboe gab keinen Ton von sich. Sicher war sie ziemlich robust. Als Charlotte bemerkte, dass sie sie durch Schlagen auf Boden und Tisch nicht zerstören könnte, brach sie mit martialischer Gewalt, denn auch das schien nicht leicht, eine der Klappen ab –

Ich saß paralysiert am Tisch. Als sie begann, die zweite Klappe abzubrechen, sprang ich auf und riss ihr die Oboe aus der Hand. »Was ist denn los? Das wird dir morgen leidtun.«

Da fiel sie wieder heulend in sich zusammen, ein Häufchen Elend krümmte sich auf dem Boden. Ich stand fassungslos vor ihr und wusste nicht, was ich tun sollte. Ich redete auf sie ein, sagte, es tue mir leid, ich verstehe nicht, was los sei, »wir können uns doch deine Musik immer noch anhören.«

»Du hast alles zerstört«, sagte sie und weinte immer weiter. »Auch Andrea, die Freundin mit dem Schlaganfall, gehört zu denen, die sie mir geschenkt haben!«, brachte sie dann wimmernd heraus und schluchzte laut.

»Charlotte, es tut mir leid«, versuchte ich es noch einmal. »Du bist doch eine tolle Frau, lass dich doch nicht immer, wenn mal was nicht genau so läuft, wie du es dir vorstellst, so aus dem Konzept bringen.«

Sie heulte weiter, keine Antwort. Beim Wort Konzept kam mir trotz der ganzen Dramatik und Tragik mit der Schlaganfallfreundin in den Sinn, dass »Konzept« wirklich passte. Sie machte sich für jedes Treffen ein Konzept. Schließlich ging ich und ließ sie weinend zurück. Sonst hatte ich sie immer in einem Zustand verlassen, in dem sie sich schon wieder beruhigt hatte. Auf dem Nachhauseweg überfiel mich ein furchtbar schlechtes Gewissen. Und dann begann mein Herz rasend zu klopfen. Dass sie so gewalttätig sein konnte. Auch wenn sie sich nur an einer Oboe ausgetobt hatte. Hatte ich Angst vor ihr?

Kapitel 26, Charlotte

Dass sie einfach so gegangen war und sie in diesem Zustand hatte liegen lassen. Charlottes Wut schäumte auf. Am liebsten wäre sie ihr hinterhergerannt und hätte sie zur Rede gestellt, sofort. Wie konnte sie es wagen!

Sie erhob sich vom Fußboden, ließ die Scherben liegen, legte sich auf die Rosenblätter ins Bett und versuchte sich zu beruhigen, indem sie sich die gemeinsamen Nächte des Tagungs-Wochenendes in Erinnerung rief. Wie Anna neben ihr aufgewacht war. Charlotte war früher als sie wach gewesen und beobachtete Anna im Schlaf. Durchs Fenster strömte das erste Licht, ein zartes grün-rot-goldenes Schimmern, das das ganze Hotelzimmer füllte. In der Nacht hatte es geschneit. Anna wirkte entspannt, die Lippen zu einem leichten Lächeln gebogen, als träumte sie etwas Fröhliches, dann seufzte sie, begann sich zu bewegen, und dann kuschelte sie sich an Charlotte, legte ihren Arm um sie, die wieder hinabsank und Anna auf der Schwelle zur Traumwelt küsste; sie waren sich so nah.

Sie blieben liegen, bis die Sonne kam und direkt ins Zimmer strahlte, Schnee wirbelte auf und wurde von den Ästen der großen Linde Richtung Fenster geweht. Die elegante türkisgrüne Bettüberdecke leuchtete. Anna, noch schlaftrunken, drehte und streckte sich und flüsterte Richtung Fenster: »Wie schön!« Beruhigt und aufgehoben, so wie nie bei einer anderen zuvor, fühlte Charlotte sich in diesem Moment und atmete Annas Schlafdunst tief ein.

So könnte es jeden Morgen sein. Im Erwachen hatte sich Annas abweisender und vorsichtiger Verstand, der ihr einflüsterte, Angst vor Veränderungen haben zu müssen, noch nicht eingeschaltet, und ihre wahren Gefühle strömten an die Oberfläche. Die Nähe zu Charlotte. Ihr Körper vertraut meinem, dachte Charlotte. Das schlafselige Vertrauen unserer beiden Körper zeigt die Wahrheit. Eines Tages würde das zu ihrem Verstand durchdringen.

Sie stand auf und legte eine CD ein, Schubert, Der Tod und das Mädchen, ging zurück aufs Bett und gab sich weiter ihrem Tagtraum von den Nächten mit Anna hin. Die Kerzen erloschen, es war dunkel geworden.

Am Tag darauf und an allen folgenden Tagen rief sie Anna an. Anna wich ihren Versuchen aus, wieder darüber zu reden, dass ihrer Meinung nach sie ihr etwas mehr Zuwendung schulde, anstelle dessen unterhielten sie sich über banalen Alltagskram, und Anna beendete die Gespräche unverschämt schnell. Charlotte ärgerte sich über ihre plumpen Rückzugsversuche. Am Wochenende besuchte sie Juliane. Sie durfte sich nicht zu abhängig machen!

Und immer wieder, sie konnte es nicht aus ihren Gedanken verbannen, stellte sie sich Beate vor, Beate und Anna, wie sie zusammen aßen, redeten, ins Bett gingen. Sie wusste ja inzwischen, wie Beate aussah. Einmal hatte Charlotte zu Hause am Laptop gesessen und hässliche Beschimpfungen in die Tastatur gehämmert: »Fette Schlampe! Miese Ostfotze! Gestörte Drecksau! Dreckige Juristenhure! Frigides Scheusal! Lass Anna endlich gehen, wenn nicht, gibt es ein Unglück!« Sie löschte die Beschimpfungen gleich wieder, aber es tat ihr gut. »Schreiben Sie sich ihre Verzweiflung und Ihre Wut vom Leib«, hatte ihr vor einigen Jahren eine Therapeutin geraten. Sie war zwar überzeugt davon, dass sie keine Therapie brauchte, aber hatte trotzdem eine Zeitlang auf Julianes Rat eine Gesprächstherapeutin besucht. Denn auch im Beisein von Juliane hatte sie eine Zeitlang viel geheult. Es ging ihr schon immer so, in der Öffentlichkeit glänzte sie, das wusste sie – sie hielt mitreißende Vorträge, begeisterte ihr Publikum und die Kunden in den Gesprächen, aber sobald sie allein war oder später vor Juliane, überfielen sie große Selbstzweifel, die sich steigern konnten bis zur ausweglosen Verzweiflung. Wenn etwas minimal anders verlief, als sie es sich vorgestellt hatte, konnte sie von Wut überrollt werden. Juliane wusste nicht damit umzugehen und überredete sie, eine Therapie zu versuchen. »Die sind professionell und können dir sicher helfen.

Du bist doch erfolgreich, es gibt wirklich keine rational erklärbaren Gründe dafür, dass du dich selbst so oft in Zweifel ziehst und so verzweifelst über nichts! Das hat sicher mit etwas aus deiner Vergangenheit zu tun, was auf diesem Weg auf sich aufmerksam macht. Gute Psychologen können dem auf die Spur kommen und deine grundlosen Anfälle eindämmen.«

Als Zita das nächste Mal anrief, ging sie auf deren Einladung ein. Sie hatten sich schon einige Male auf einen Kaffee getroffen, aber diesmal landeten sie im Bett in Zitas WG-Zimmer. Auf dem Fußboden lagen verstreute Unterhosen und Zeitschriften. Geblümte verschlissene Bettwäsche. Ob sie die von ihren Großeltern übernommen hatte? Die kleine kompakte Person himmelte sie an, das tat Charlotte gut. Zita kam aus einer ganz anderen Welt als Charlotte, sie konnte sich nicht wirklich gut mit ihr unterhalten, aber es gefiel ihr, wie diese fröhliche junge Frau für sie schwärmte, und ganz nett sah sie auch aus mit ihren blitzenden Augen und den charmanten ersten Grübchen um den Mund.

Charlotte hatte gefragt, was sie so mache, außer im Chor zu singen, und sich gelangweilt, als Zita, statt ihr die Frage einfach knapp zu beantworten, ohne Ende von ihrer Arbeit berichtete und sie nichts verstand. Zita arbeitete bei Daimler Berlin, irgendetwas, das mit Programmieren zu tun hatte. Sie unterbrach sie schließlich und fragte sie nach ihrer Mitwirkung in dem Musical aus. Die gesammelten Abenteuer einer Serie von Shows wurden vor Charlotte ausgebreitet. Wie sich Quasimodo einmal die Nase gebrochen hatte, als ein anderer Schauspieler ihn versehentlich mit dem Fuß getroffen hatte. Quasimodo musste mit blutender Nase von der Bühne abtreten und wurde ersetzt. Bei jeder Aufführung waren zwei Springer dabei, die alle Rollen intus hatten, damit – es konnte bei einer solch großen Show immer etwas passieren – jeder ersetzt werden konnte. Wie Esmeralda einmal in die Falltür gefallen war, vor den Augen des Publikums. Die Show wurde mit der Durchsage »wir haben ein ›technisches Problem‹« unterbrochen und das, obwohl alle mitbekommen hatten, dass es kein technisches Problem war. Es dauerte, bis der Leiter auf die Bühne ging und beruhigend ausführte, dass Esmeralda außer Prellungen Gott sei Dank nichts passiert sei und die Show jetzt weiterlaufen würde.

Zita erzählte alle Details gestisch untermalt. Es folgte, dass sie und eine Freundin aus dem Chor einmal nach durchgemachter Nacht aufgetreten seien und sich hatten zwingen müssen, die Augen offenzulassen. Sie standen die gesamte Zeit auf Emporen, sichtbar für das Publikum. Sie riss ihre dunklen Augen, in denen sich die Pupillen kaum von der sie umgebenden Farbe unterschieden, so weit sie konnte auf, um zu demonstrieren, was sie und die andere Sängerin die Show über gemacht hatten.

Charlotte fühlte sich vernachlässigt, sie hatte keine Lust, Zita endlos zuzuhören; fortan bestimmte sie die Themen ihrer Gespräche. Zita hörte aufmerksam zu, mit diesen schwarzen Augen, das war das Faszinierendste an ihr für Charlotte, sah bewundernd zu ihr auf. »Aufsehen«, dachte Charlotte, passte, denn Zita war klein. Und viel zu quirlig im Bett. Der Schweiß spritzte, was Charlotte ein bisschen unangenehm war, aber sie sah darüber hinweg und freute sich an Zitas vorbehaltlosem Schwärmen und dachte dabei an Anna.

Als sie Anna das nächste Mal anrief, erzählte sie von Zita. »Die Kleine, die uns die Karten besorgt und mich überredet hat, in einem Chor mitzusingen, die hat mich gestern wieder angerufen. Wir haben uns auf ein Glas getroffen. Eine sehr nette Person.« Sie verriet zwar nicht direkt, dass sie miteinander im Bett gewesen waren, aber machte Andeutungen. Anna würde bemerken, wie frei Charlotte war, unabhängig und stark. Dass sie ohne Weiteres eine andere Freundin haben konnte. Dass sie nicht auf Anna angewiesen war. Das würde Anna treffen, ihre Gefühle für Charlotte würden aufwallen, vielleicht wäre sie sogar eifersüchtig. Sie hatte ihr einen Köder hingeworfen. Das konnte genau der Anstoß sein, den sie brauchte, um sich ihrer Gefühle für Charlotte endlich wieder bewusst zu werden. Anna würde zu ihr zurückkommen, würde um sie kämpfen!

Doch Anna reagierte nicht, sondern sagte, wie oft in letzter Zeit, kaum etwas und beendete das Gespräch mit ihrer üblichen Floskel, dass sie keine Zeit habe und darum leider nicht zu dem von Charlotte vorgeschlagenen Termin mit ihr ins Kino und was essen gehen könne. Charlotte wurde wütend und traurig.

Einige Zeit danach verabredete sie sich aus Trotz wieder mit Zita. Zita machte begeistert alles mit, was sie vorschlug. »Ich möchte einfach ein bisschen durch die Stadt schlendern, Kaffee trinken, mit dir plaudern.« Sie liefen in der Gegend von Annas Agentur auf und ab, tranken einen Kaffee, liefen weiter, und in dem Moment, als Zita fragte, »waren wir nicht eben schon an dieser Ecke?«, öffnete sich die Tür und Anna kam heraus. Charlotte nahm Zitas Hand, und sie gingen weiter, ohne Anna anzusprechen. Charlotte bemerkte, wie Anna ihnen hinterhersah.

Kapitel 27, Anna

Dass Charlotte so schnell eine neue Freundin gefunden hatte, gab mir einen kleinen Stich. Hatte sie mich wirklich nicht gesehen oder nur so getan, als ob? Ich redete mir ein, dass mir das nichts ausmachte, es im Gegenteil sogar gut sei. Ich wollte die Affäre ohnehin beenden. Brauchte sie immer eine zweite neben ihrer festen? Führte sie ein Doppelleben? Oder hatte sie sich getrennt? Obwohl ich auch erwog, dass Charlotte mich nur provozieren wollte, wieder den Kontakt zu ihr zu suchen, und obwohl ich es mir zu verbieten versuchte, dachte ich nach dieser kurzen Begegnung viel über sie nach. Dass ich so leicht zu ersetzen war! Ich kam nicht dagegen an, etwas wie Eifersucht durchflutete mich. Auf einmal sehnte ich mich nach ihren Berührungen. Beate hatte in letzter Zeit schon wieder so viel Arbeit, die Kanzlei bekam neue Computer und neue Programme, und wieder gab es komplizierte Mandanten, sodass sie abends wie tot ins Bett fiel. Auch die letzten beiden Sonntage hatte sie gearbeitet, obwohl wir die Sonntage als unsere gemeinsamen Tage zu zelebrieren beschlossen hatten. Sie entschuldigte sich wortreich; und dann redeten wir eine Weile über aktuelle Fälle, bis sie in ihrem Zimmer verschwand. Sie wirkte immer noch erschöpft.

Einmal machten wir einen Sonntagsspaziergang, wie so oft im Grunewald, und tranken danach im Turm einen Kaffee, sie hatte ihre Kamera dabei und mich im Wald, im frischen Frühlingsgrün, fotografiert.

Wir sahen uns die Bilder beim Kaffee an. »Ausnahmsweise gefalle ich mir«, sagte ich.

Zu Hause bemerkte sie, dass sie ihre Kamera liegen gelassen hatte. Wir riefen an, sie war nicht gefunden worden. Die hatte jemand mitgehen lassen. Ich bedauerte vor allem, dass die schönen Bilder, die wir voneinander im milden Nachmittagslicht gemacht hatten, verloren waren. Eine Kamera war ja heutzutage wirklich kein großer Verlust mehr. Sie hatte ein Smartphone, mit dem sich ebenso schöne Fotos machen ließen. Als ich das ansprach, um sie über den Verlust zu trösten, sagte sie, dass ihre in meinen Augen altertümliche Kamera wesentlich bessere Bilder mache. Eine Woche später verlor sie ihr Smartphone in der U-Bahn

»Was, du hast nun auch noch dein Handy verloren? Wie kann man erst eine Kamera und kurz darauf ein Handy verlieren? Und die Kamera habe ich dir mal geschenkt. Scheint dir wohl nicht wichtig zu sein. Was ist los mit dir?«

Sie sagte: »Bitte schimpf nicht auch noch mit mir, ich ärgere mich selbst schon genug!«

Ich konnte mir nicht verkneifen nachzuschieben: »Na, gut, dass du dich nicht selbst verloren hast!«

Vielleicht musste sie sich in der Kanzlei immer noch beweisen und übernahm deshalb zu viele Fälle. Vielleicht litt sie an einem Burn-out. Sie war so erschöpft, so kraftlos, dass sie nicht mehr auf Dinge achten konnte, die ihr wichtig waren. Es tat mir leid, dass ich in gereiztem Ton auf ihr herumgehackt hatte. An diesem Abend googelte ich die gesamte Palette der möglichen Ursachen für Erschöpfungszustände: Diabetes, Krebs,

Hirntumore, Herzentzündungen, Nierenkrankheiten und mehr, ich malte mir die schrecklichsten davon aus.

Als wir am Tag danach zusammen frühstückten, nahm ich sie spontan in den Arm und verfluchte mich, dass ich Charlotte so viel Aufmerksamkeit geschenkt hatte, die ich ihr entzogen hatte. Es wäre unvorstellbar, nicht mehr mit ihr zu sein. Ich sollte ihr öfter sagen, wie sehr ich sie liebte. Ich sagte es.

Sie gab zurück: »Oh, das hast du lange nicht mehr gesagt. Ich dich auch!«

Trotzdem dachte ich an Charlotte, daran, dass es mich ärgerte, dass sie so provokant mit ihrer Neueroberung protzte. Ich musste wenigstens mit ihr darüber reden.

Ich schickte ihr eine SMS. »In der nächsten Woche habe ich endlich nicht ganz so viel Arbeit. Wenn du möchtest, können wir uns gerne treffen.«

Sie antwortete nicht.

Am Abend darauf kam Beate ermattet von der Kanzlei. Sie sagte, sie schaffe nichts mehr, sie wisse nicht, was mit ihr los sei. Dann berichtete sie mir die neuesten Entwicklungen in ihrem kompliziertesten Fall. Der Prozesstermin rückte immer näher. Ich fand den Fall spannend, tröstete sie, sagte, es sei doch kein Problem, sich einzugestehen, überlastet zu sein, sie habe mir doch umgekehrt auch oft gesagt, ich solle mich von Gudrun nicht ausnutzen lassen. Ob sie nicht andere Fälle abgeben könne.

Wir diskutierten den Fall. Schließlich landeten wir auf dem Sofa, kuschelten, tranken Weißwein und sahen uns eine Tatortwiederholung an, da klingelte mein Handy. Es war Charlotte. Musste das ausgerechnet jetzt sein? Wieso hatte sie nicht einfach auf meine SMS geantwortet und Ort und Zeit für unser nächstes Treffen vorgeschlagen?

Auf einmal hatte ich das Gefühl, nicht nur Beate, sondern auch mir wuchs alles über den Kopf. Ich sagte zu Charlotte »einen Moment bitte« und zu Beate: »Komme gleich wieder, berichte mir, was im Film passiert, eine Auftraggeberin, tut mir leid.«

Kapitel 28, Beate

In zwei Wochen würde der Prozess stattfinden, um den sich Beate Sorgen machte.

Sie wunderte sich, dass sie sich fürchtete. Das war ihr noch nie passiert, im Gegenteil, die Termine hatte sie bisher immer als spannende Herausforderung empfunden. Das Anstrengende war vorher. Sie hatte auch fast immer erreicht, was sie geplant hatte. Zumindest das, was sie ihren Mandanten im ersten Beratungsgespräch vermittelt hatte. Ein paar Mal war es vorgekommen, dass sie sich hatte überreden lassen, etwas ihr als aussichtslos Erscheinendes doch zu versuchen. Dann hatte sie die Schriftsätze formuliert und es als sportliches Spiel betrachtet. Sie lasen sich beim ersten Eindruck auch so, als hätten Beate und ihre Mandanten recht. Vor Gericht dann war nur das herausgekommen, was sie von Anfang an prophezeit hatte. Die Mandanten waren daraufhin zunächst geknickt und dachten, sie seien gescheitert. Beate aber war nicht enttäuscht. Sie erklärte ihren Mandanten noch einmal, dass manches nicht durchzusetzen sei.

Warum fürchtete sie sich plötzlich vor den Terminen?

Dazu die beiden endlosen Trennungsauseinandersetzungs-Fälle und einige Eheverträge, einer davon für ein lesbisches Paar, das sich verpartnern wollte. Bei Trennungen gleichgeschlechtlicher Lebenspartnerschaften konnten, wen hätte es gewundert, natürlich die gleichen Streitigkeiten und Kriege ausbrechen wie bei gemischtgeschlechtlichen Ehen. Beate hatte schon einige lesbische und schwule Mandanten betreut, zweimal kannten sie und Anna das Paar auch privat. Dann musste sie plötzlich Distanz zu einem Teil des Paars aufbauen, bis hin zu Kleinigkeiten wie der Anrede in Schriftwechseln. Den beiden Frauen hatte sie zu einem ausgeklügelten Vertrag geraten und war dabei, ihn zu formulieren. Die eine der beiden war viel älter als die andere und besaß eine fast abbezahlte Wohnung, in der beide zusammenlebten. Sie hatte eine erwachsene Tochter, der sie diese Wohnung nach ihrem Tod vererben wollte. Die Partnerin – und das musste vertraglich geregelt werden – sollte aber ein lebenslanges Wohnrecht, und mehr noch, ein Nutzungsrecht, ein Nießrecht bekommen, dass sie also die Wohnung nicht nur selbst bewohnen, sondern auch vermieten konnte; weiter ging es um Entscheidungen bei medizinischen Eingriffen, um die Rechtsnachfolge ihrer kleinen Kleidermanufaktur und vieles mehr. Die beiden wollten alles absichern.

Sie dachte darüber nach, ob Anna und sie sich nicht auch verpartnern sollten, verwarf den Gedanken aber sofort wieder. Anna hatte schon oft mit Verve gegen Verpartnerung argumentiert, allgemein, bezogen auf ihre Fälle.

Beate quälte sich wieder mit dem Gefühl, ihre Arbeit nicht mehr zu schaffen. Drei Tage vor dem Prozesstermin saß sie am Büroschreibtisch und fragte sich: Was passierte, wenn die Gegenseite Recht bekäme, sie versagte, obwohl sie sich sicher war, dass ihre Mandantin in allem, was sie ihr erzählt hatte, die Wahrheit gesagt hatte. Was, wenn ihr im Gericht flau würde. Wenn sie auf einmal vergessen hätte, was sie sich an Argumenten zurechtgelegt hatte, was im Schriftsatz formuliert war, auch wenn sie die Akte am Tag vor dem Prozess noch einmal gründlich durchgelesen hatte, wie sie es immer tat. Eine Kanzleikollegin, die schon lange als Anwältin arbeitete, hatte sich einmal über Beates Aktenstudium am Tag davor ausgelassen – sie selbst lese die Akten nicht noch einmal direkt vor dem Termin, es sei besser, es spontan aus dem Kopf zu formulieren. Und die Richter würden die Akten übrigens auch nicht gründlich lesen.

Beate fantasierte, im Prozess zusammenzubrechen. Der Mann war gefährlich. Manchmal konnte Beate sich das ganze Elend nicht mehr anhören. Neulich hatten Anna und sie ein wirklich gutes Gespräch gehabt. Anna waren sogar noch Argumente eingefallen, die sie selbst nicht formuliert hatte. Nach dem Gespräch hatten sie seit Langem wieder zusammen ferngesehen. Dann kam ein Anruf für Anna, sie ging mitten im Film aus dem Zimmer und verpasste die Hälfte des alten Tatorts. Als sie mit dem Handy in der Hand zurückkam, wirkte sie, als belastete sie etwas. Beate hatte gefragt: »Alles in Ordnung?«, Anna mit einem flüchtigen leisen »Ja« geantwortet. Beate wusste, dass es etwas gab, worüber Anna nicht sprechen wollte, doch fragte immer noch nicht nach; sie berichtete, wie der Film weitergegangen war. Aber Anna hörte nicht zu, sondern sah auf ihr Handy, das in ihrem Schoß vibriert hatte. Eine SMS. Sie tippte eine Antwort. Beate musste sich zwingen, nicht hinzusehen.

Und nun saß sie mitten in ihrem höchsten Vorbereitungsstress und dachte über den Abend nach, über Anna. Sie verhielt sich in letzter Zeit immer eigenartiger. Machte ihr jemand Probleme? Sie waren einmal übereingekommen, dass sie einander nicht kontrollieren wollten, dass sie sich auch nicht alles berichten müssten, wenn es nicht sie beide betraf. Sie wollten auf ihre Verbundenheit vertrauen. Beate erinnerte sich seit Langem wieder an ihre Verlassenheitsängste in der Anfangszeit mit Anna. Die zu völlig unbegründetem Misstrauen geführt hatten. Sie war damals froh, dass Anna das nicht überbewertet und ihre Beziehung sich gefestigt hatte. Anna und sie waren nun schon so lange zusammen, und Beate konnte sich nicht vorstellen, ohne sie zu sein. Sie empfand die Beziehung als ausgewogen und glücklich, auch nach einer so langen Zeit. Nichts in Annas Verhalten deutete darauf hin, dass für sie die Nähe geschwunden war. Sie dachte, dass sie Anna jetzt in diesem Moment küssen wollte, mit ihr den Tag verbringen ohne große Pläne, ohne die Anstrengung eines gemeinsamen Unterhaltungsprogramms, einfach den Frühling genießen und irgendwann ein paar Balkonblumen pflanzen, Wein trinken, dasitzen, in den Berliner Himmel sehen und sich über Wolkenformen unterhalten.

Wann würde Beate es schaffen, wieder einmal so entspannt in den Tag leben zu können? Hoffentlich nicht erst, wenn sie in Rente gehen würde. War es wirklich die richtige Entscheidung gewesen, Anwältin zu werden? Die Rente würde sicher größer ausfallen, als wenn sie mit ihren ewigen Hiwijobs aus der Zeit vorher weitergemacht hätte. Wie kam sie darauf, jetzt, wo sie sich doch auf den Prozess konzentrieren musste, über etwas nachzudenken, was unvorstellbar fern in der Zukunft lag? Und was war los mit Anna? Beate sollte wirklich zur Ruhe kommen und zumindest die Zeit dafür finden, mit Anna zu sprechen, und das ohne Misstrauen und Ängste im Kopf. Im Moment aber musste sie jeden Gedanken daran schnellstmöglich verbannen, sonst würde sie wirklich scheitern beim Termin.

Kapitel 29, Charlotte

Charlotte frohlockte. Anna hatte reagiert! Sie zwang sich, nicht sofort zu antworten. Bedauerlicherweise musste sie sich bald darauf wieder ärgern, denn nach der ersten SMS war nur noch eine einzige weitere angekommen. Anna hätte fragen können, wie es ihr geht, oder, aber das wagte Charlotte kaum mehr zu hoffen, eine kleine Liebesbeteuerung schicken, auf jeden Fall hätte sie etwas mehr erwartet, mehr Nachrichten, mehr Inhalt. Vielleicht eine beunruhigte Erwähnung, dass Anna sie mit Zita gesehen hatte, vorsichtiges Nachfragen.

Als zwei Tage lang keine neuen SMS von Anna gekommen waren und sie wieder abends allein in ihrer

Wohnung saß und an nichts anderes als an Anna denken konnte, rief sie an. Anna schien bei irgendetwas gestört. Fragte dann aber wie erwartet, wie es ihr gehe. Charlotte erzählte ausschweifend davon, dass sie und andere Freundinnen die Freundin mit dem Schlaganfall besucht hätten. Da diese als Sprachlehrerin gearbeitet habe, könne sie schon wieder viele Wörter finden, aber man müsse viel erraten und Geduld haben. Geduld liege ihr ja weniger, sagte Charlotte und lachte und sagte dann: »Und ich habe auch kaum mehr Geduld, dich endlich wiederzusehen, wie wäre es mit morgen?«

Anna bejahte, und Charlotte durchrollte eine warme Welle des Glücks. Anna wollte das Gespräch nach Festlegung ihrer Verabredung sofort beenden, aber so einfach ließ Charlotte sich nicht abwürgen. Diesmal nicht, dachte sie. Sie hatte sich vorgenommen, Anna deutlich zu machen, dass es nicht mehr ging, sie einfach mitten im Satz zu unterbrechen. Sie redete weiter von der Schlaganfallfreundin, Anna wagte natürlich nicht, bei einem solchen Thema einfach zu sagen »Tschüs, bis morgen« und aufzulegen. Sie erzählte Anekdoten von dem Besuch. Weil Andrea mehrere Sprachen konnte, fielen ihr Wörter manchmal in einer der Sprachen nicht ein, aber in einer anderen, und lustige Sätze in drei Sprachen kamen heraus. Im Kopf sei alles da, nur umsetzen in Sprechen oder Schreiben ließe es sich nicht. Beim Schreiben vertausche sie Buchstaben, auch wenn sie das Wort richtig sagen konnte. Sie und die anderen aus der Freundinnengruppe seien aber froh, dass es ihr bessergehe. Die linke Hand funktionierte nicht mehr. Sie könne kaum greifen, habe ihnen aber mit Stolz gezeigt, dass sie eine kleine Reparatur an einem aufgetrennten Saum selbst vorgenommen hatte. Sie habe sich zwar beim Einfädeln mehrfach in die halb gelähmte und gefühllose Hand gestochen, die Hand sei wie ein Nadelkissen gewesen, und eine Menge Nadeln seien auch im Nirwana verschwunden, aber irgendwann habe sie es geschafft.

Charlotte ließ sich anschließend ausführlich über ihre neu erworbenen Kenntnisse zum Thema Schlaganfall aus. Sie wisse nun wirklich alles. Anna schwieg. Fast spürte Charlotte ihre Ungeduld durchs Telefon. Sie wollte auflegen. Sie wollte zu ihrer Beate.

Charlotte fuhr fort. »Ich würde sie gerne einmal mit dir besuchen, dich ihr vorstellen. Wir sind zusammen ein schönes Paar. Das würde Andrea sicher in einer lustigen Wortkombination ausdrücken!«

Jetzt sagte Anna endlich etwas. »Ich muss jetzt wirklich Schluss machen, habe noch Arbeit! Wir sehen uns morgen.«

Sie lügt, dachte Charlotte, sicher hat sie keine Arbeit mehr. Die widmet sich ihrer Beate. Charlotte malte sich aus, wie Anna mit Beate den Abend verbrachte.

Tranken sie Wein miteinander? Oder tranken sie Bier? Charlotte erinnerte sich daran, dass Anna ihr einmal erzählt hatte, dass sie beide, also Beate und Anna, aus einfachen Verhältnissen stammten. Da trank man wohl eher Bier. Also saßen sie vor der Glotze und tranken Bier. Schauderhaft. Charlottes Eltern waren beide Ärzte gewesen. So unmöglich sich ihre Mutter ihr gegenüber verhalten hatte, so sehr sie Charlottes kindliche Liebe zurückgewiesen hatte – sie würde sie nie mehr besuchen –, dennoch hatte sie so etwas wie Stil von ihr gelernt. Dass man nur gute Weine trank zum Beispiel. Ihr Vater war viel unterwegs, zu Ärztekongressen, und auch er war nicht für das Kind da gewesen. Charlotte mochte nicht daran denken, sie sollte sich auf morgen freuen. Darauf, endlich wieder mit Anna zusammen sein zu können.

Sie trafen sich danach noch einige Male, aber Charlotte war nicht glücklich. Sie hatte das Gefühl, Anna war distanziert. Hörte ihr nicht zu. Einmal warf sie, sie ärgerte sich zwar am nächsten Tag selbst darüber, ihre schönen Familienkristallgläser auf den Küchenboden, weil Anna viel zu schnell gehen wollte. Anna hatte nur erschrocken hingesehen, aber nichts unternommen, sie zu besänftigen. Ihre Wutanfälle nahmen wieder zu, gut, dass Juliane das nicht mitbekam, die würde ihr sicher raten, dass sie noch eine Serie Stunden bei der

Psychotante absolvieren solle, darauf hatte Charlotte wirklich keine Lust mehr.

Nach dem Abend mit den Kristallgläsern erfand Anna wieder Ausreden und zog sich zurück. Charlotte traf sich ein paar Mal auf deren Drängen hin mit Zita, aber langweilte sich grässlich, auch der Sex mit dieser jungen wilden Frau gab ihr gar nichts. Sie sehnte sich nach Annas Brüsten, nach Annas klugen Augen, nach Anna! Sie wusste, wo Anna wohnte. Sie würde sie einfach besuchen, sie kompromittieren. Charlotte versuchte sich zwar weiterhin einzureden, dass es nur eine Frage der Zeit war, biss Anna sich für sie entschied, aber es gelang ihr immer weniger, daran zu glauben, sie fühlte sich zerrissen. Verlassen. Grausam missachtet von der einzigen Frau, die sie wirklich liebte. Einmal saß sie im Auto auf einem Anwohnerparkplatz in der Nähe von Beates und Annas Wohnung und fragte sich, ob sie aussteigen und einfach vorbeigehen und klingeln sollte. Und wenn Beate öffnete, würde sie etwas erzählen von wichtiger Veranstaltung. Ihr Chef könnte ja wieder ein Weinseminar organisiert haben wollen. Und schließlich war sie ja wirklich vor wenigen Monaten Annas Auftraggeberin gewesen, da könnte sie bei einem weiteren Auftrag problemlos auch bei Anna privat vorbeikommen.

Stunden vergingen. Einmal klopfte eine Frau an ihr Fenster, Charlotte drehte den Zündschlüssel und ließ die einen Spalt geöffnete Scheibe ganz hinunter. Die

Passantin fragte, ob sie okay sei, sie habe sie schon vor einer Stunde im Auto sitzen sehen, oder ob sie Hilfe benötige. Ob sie jemanden anrufen solle?

Charlotte wiegelte ab, sagte: »Ich warte hier nur auf jemanden und hänge meinen Gedanken nach, mit mir ist alles in Ordnung.« Es wurde dunkel, und Charlotte saß noch immer im Auto, sie fühlte sich gelähmt, sollte sie nicht endlich aktiv werden, hingehen, klingeln, Anna zur Rede stellen? Wenn sie nichts unternahm, wenn sie einfach sitzenblieb, die Nacht über, würde sie vielleicht wirklich in ihrem Auto sitzend ihr Leben verlieren, unfähig, sich zu rühren, gelähmt vor Liebeskummer. Was war schlecht daran, eine Frau so sehr zu lieben, dass man ohne sie nicht mehr existieren konnte? Das war doch Liebe. Liebe konnte aus zwei Menschen ein Wesen machen, sie zusammenschweißen, sodass die eine ohne die andere nicht war. Die Passantin würde nachträglich recht bekommen, wenn man am Tag darauf eine tote Frau in einem Auto fände. Anna würde zusammenbrechen. Würde Beate die Schuld geben, dass sie sich nicht genügend um Charlotte gekümmert hatte, sich trennen und leiden. Charlotte war klar, dass diese Gedanken pathetisch waren. Aber sie musste etwas unternehmen, entweder endlich wegfahren oder klingeln.

Schließlich tat sie weder das eine noch das andere, sondern rief eine alte Freundin an, die sie seit Längerem nicht mehr gesehen hatte. Sie erinnerte sich daran, dass sich mit dieser Frau über alles reden ließ, dass sie zu noch so abwegigen Gedankengängen kluge ungewöhnliche Überlegungen beisteuerte, egal worum es ging.

Sie rief sie an, es klingelte lange, sie betete, dass sie ranging. Sigrid nahm nach langem Klingeln wirklich ab. »Oh, Charlotte, ich habe ja so lange nichts mehr von dir gehört. Schön, dass du dich mal meldest. Was ist los? Es ist schon bald Mitternacht oder später, ich habe schon geschlafen.«

Charlotte saß in einer Parallelstraße zur Straße, in der Anna wohnte, im dunklen Auto und erzählte das erste Mal jemandem ausführlich von ihrer Geschichte mit Anna. Das fühlte sich gut an.

Sigrid hörte sich die Geschichte geduldig an und sagte: »Ich würde nicht klingeln. Davon fühlt sie sich bedroht, ganz abgesehen davon, dass es jetzt dafür zu spät ist. Lass sie von selbst kommen. So wie du es geschildert hast, genießt sie es doch mit dir. Daran wird sie sich erinnern … und wird wiederkommen, wenn du ihr Zeit gibst.« Und dann sagte sie noch: »Genieß es doch, dass du so starke Gefühle hast. Ich habe mich schon seit Ewigkeiten nicht mehr verliebt! Und ich kenne viele, denen es ähnlich geht. Man lebt irgendwie cool und wenig intensiv. Alles läuft, Freundinnen sind da, aber alles ist gedämpft. Du dagegen liebst intensiv! Also, fahr jetzt zu dir und gib euch Zeit. Und wenn

Anna dich wirklich nicht mehr sehen möchte, dann kannst du es durch Klingeln auch nicht ändern. Aber wie du es erzählst, wird sie wieder auf dich zukommen. Und wenn nicht, dann freu dich einfach über die Intensität deiner Gefühle, selbst wenn du leidest, und denk an die vielen Coolen, die das nicht erleben.«

Charlotte folgte ihrem Rat und fuhr zurück.

Am nächsten Tag fühlte sie sich gerädert und sah auch so aus, sodass ihr Chef besorgt fragte: »Charlotte, geht es Ihnen nicht gut? Möchten Sie sich ein paar Tage freinehmen? Sie haben ja noch genügend Urlaubstage, nicht, dass die wieder verfallen, so wie Ihre Resttage vom letzten Jahr.«

Charlotte nahm Urlaubstage, was keine gute Entscheidung war. Die Wände schienen auf sie zuzukommen, sie fühlte sich erdrückt in ihrer Wohnung, besuchte Juliane, traf Zita, nichts half. Sobald sie wieder in der Wohnung war, hatte sie nur Anna im Kopf. Sie legte sich aufs Bett und spielte die CD ab, auf der das Lied war, das sie bei ihrem ersten Mal gehört hatten. Auch andere schöne Lieder wie »Ich weiß nicht, wie man die Liebe macht«. Immer, wenn der Refrain »Ich dachte immer ... das wär wie Gewitter« aus ihrem gemeinsamen Lied ertönte, fing sie an zu heulen. Sie konnte Sigrids Rat nicht befolgen und schickte SMS, rief an, nur um mit Annas Distanzierungsversuchen und ausweichenden Antworten zurechtkommen zu müssen. Einmal hielt sie das Telefon an den Lautsprecher und drehte ihr gemeinsames Lied auf volle Lautstärke. Immerhin sagte Anna nie: Es ist vorbei.

Kapitel 30, Anna

Beate hatte ihren Prozess gewonnen und war glücklich, aber sie fing sich sofort darauf eine kräftige Erkältung ein und war wochenlang malade. Zur Ärztin ging sie nicht. »Ach was, das brauche ich nicht. Ich trinke Tee, das reicht. Wenn ich im Wartezimmer mit lauter anderen Kranken sitze, werde ich sofort noch kränker!«

Sie bat mich in der Anfangszeit, in der sie dauernd nieste, sogar darum, auf dem Sofa zu schlafen, damit sie mich nicht ansteckte. Ich ließ mich überreden und kehrte nach zwei Nächten, die ich schlecht geschlafen hatte, ins Bett zurück. Ich konnte ohne Beates Duft nicht mehr schlafen. Ich dachte an Charlotte, sie konnte ich, wie ich mir jetzt eingestand, nie wirklich riechen. Immer war sie gecremt oder leicht parfümiert, das schreckte mich anfangs sogar fast ab. Beate sagte, als ich sie löcherte, jetzt wirklich einmal zur Ärztin zu gehen und einen gründlichen Check zu machen: »Es ist doch normal, dass ich nach so einer Phase mit viel Druck erst einmal von Erschöpfung überwältigt werde, ich habe das doch die ganze Zeit unterdrückt! Das kennst du doch auch, dass man sicher leichter ansteckt, wenn Stress nachlässt. Und die Geschichten von Leuten, die hart gearbeitet haben und kurz nachdem sie Rente erhalten, zusammenklappen. Also ich muss nicht zur Ärztin, sicher nicht!«

»Es geht doch nicht um die Zeit nach der Rente, das sind doch blödsinnige Vergleiche. Es geht um jetzt! Es schadet doch nicht, wenn du dir wenigstens Blut abnehmen lässt!«

Ich fragte mich manchmal, ob es mir fehlen würde, wie Charlotte mich verwöhnt hatte, die guten Lokale, die edlen Weine. Die versprochene Reise, die wir nie gemeinsam machen würden. Ob ich es einmal bedauern würde, nie in ihre Weingegend, den französischen Jura, gefahren zu sein? Einfach nur genießen, wieso verbot ich mir das mit dem Argument, meine Liebste – und das war Beate, zweifellos, egal was ich mit Charlotte unternommen hatte – nicht verletzen zu wollen. Wenn sie es nicht wusste, konnte es sie nicht verletzen. Zugleich überlief es mich eiskalt, wenn ich an die Gläser dachte, die Charlotte mir vor die Füße geworfen hatte. Hinterher hatte sie wieder geheult. Ich fragte mich, ob auch das Theatertränen waren, vergleichbar mit dem Sex. Oder ob sie mir das nächste Mal weitere Gläser nicht vor die Füße, sondern ins Gesicht werfen würde. Und ich fragte mich auch, ob mir ihre klaren

Berührungen, die intensiven Orgasmen, ja sogar das Theatralische fehlen würden. Irgendetwas an Charlotte musste ich ja auch gemocht haben. Doch sie war ziemlich gestört, das dachte ich in dieser Zeit in aller Klarheit. Ich sollte einen Schlussstrich ziehen. Manchmal fragte ich mich selbstkritisch, ob ich durch meine Unentschiedenheit zu ihrem Verhalten beitrug. Ob ich sie verrückt machte.

Die Taktik, die ich nach ein paar Treffen inzwischen wieder anwendete, war Ausweichen. Verabredungen aufschieben. Und das seit Wochen. Die ganze Zeit, in der Beate krank war, hatte ich sie nicht gesehen. In der Hoffnung, alles würde sich ohne Stress einfach von selbst in nichts auflösen. Sie hatte doch jetzt ihre Zita. Im Widerspruch zu meinen sachlichen Gedanken, dass es gut war, dass sie und Zita Hand in Hand durch die Gegend marschierten, durchzuckte mich immer wieder eine kleine Wut. Es war weniger Eifersucht als verletzter Stolz: So schnell war ich austauschbar.

»Vernunft und Leidenschaft widersprechen einander manchmal«, hatte Charlotte einmal gesagt und dann irgendwen zitiert. Wieso sagte ich ihr noch immer nicht: »Hör mal, ich muss mich von dir trennen, es geht nicht mehr, ich schaffe es nicht mehr, zwei Beziehungen zu führen« – das Wort »Beziehung« im Zusammenhang mit Charlotte war zwar übertrieben, würde ihr aber gefallen –, »ich habe mich für Beate entschieden. Das hat nichts mit dir zu tun« – o nein, so konnte ich das nicht sagen. Das totale Klischee: Das hat nichts mit dir zu tun! Es war unmöglich, sich zu trennen, wenn die andere das nicht wollte, ohne zu verletzen, egal was man sagte. Besser bald.

Ich rief sie an, obwohl ich in den nächsten Tagen keine Zeit haben würde, da ich wirklich arbeiten musste. Aber ehe ich den Anruf wieder vor mir herschob, wollte ich ihn sofort hinter mich bringen, egal ob die Verabredung erst in Wochen stattfand. Wir verabredeten uns für den Samstag der kommenden Woche. Sie war aus dem Häuschen, redete davon, dass sie dafür sorgen werde, dass dieser Samstag ein besonderer Tag für mich würde, einer, den ich nie vergaß, dass sie sich viel Zeit nehmen könne. Wieso nicht. Es würde das letzte Mal sein. Ich würde es ihr bei dieser Begegnung sagen. Das nahm ich mir fest vor.

Kapitel 31, Charlotte

Muss Zita ausgerechnet jetzt herumzicken, dachte Charlotte und donnerte ihr Handy auf den Tisch. Ihre gute Stimmung ließ sie sich auch durch Zitas zunehmend quengelnden Ton bei ihren übertrieben vielen Anrufen nicht nehmen. Zita war ihr langweilig; natürlich fühlte es sich gut an, so umworben zu werden und dass eine knapp über Zwanzigjährige dermaßen für sie schwärmte, dass sie um ein Treffen bettelte. Was ihr nicht gefiel, war der Ton, in dem Zita ihr neuerdings Vorwürfe machte.

Eben hatte sie gesagt: »Du hast versprochen, dass wir das Wochenende zusammen verbringen. Ich finde es inakzeptabel, dass du einfach absagst! Versprechen hält man.«

Anna hatte sie angerufen! Sie war zu ihr zurückgekehrt. Charlotte fühlte sich wie im siebten Himmel, und sie hatten sich für den Samstag verabredet. Glückshormone rauschten durch ihren Körper und nahmen alles Verkniffene, alle Unlust, die sie in letzter Zeit im Griff gehabt hatten, von ihr. Sie war wieder die strahlende Charlotte, die ihre Kunden um den Finger wickeln, Menschen begeistern konnte. Prompt war es ihr gelungen, den Einkäufer eines In-Restaurants in Potsdam zum Einkauf des teuersten Juraweins zu bewegen. Sie würde sich für die Begegnung etwas ganz Besonderes ausdenken.

Sie plante zuerst, dass sie in das neue In-Lokal in Potsdam gehen würden und den Wein trinken, entschied sich aber um. Sie würde kochen! Ein dreigängiges Menü, was sie vorher vorbereiten wollte und dann nur noch warmmachte. Auch den Tisch würde sie schon decken, dass alles bereit war, wenn sie in die Wohnung kamen. Keine Rosenblätter auf dem Bett, auch keinen Rosenstrauß. Das mochte Anna nicht, vermutlich empfand sie Rosen als zu kitschig. Charlotte dachte lange darüber nach, welche Blumen Anna beeindrucken würden, und besorgte schließlich in einem eleganten Blumenladen eine weiße Orchidee, deren Blüte aussah wie ein kleiner Vogel. Und natürlich würde es auch Sex geben, exquisiten Sex. Anna würde sich verwöhnt fühlen wie früher. Charlotte dachte daran, wie Anna ihr einmal gesagt hatte: »Charlotte, du verwöhnst mich ja richtig! Ich genieße es total, nichts tun zu müssen!«

Vorher würden sie etwas unternehmen, was Berliner nie machten: eine touristische Tour durch die Stadt. Mit Ausflugsboot und danach den kurzen Rundgang Mitte. Sie buchte zwei Onlinekarten für die Citytour. Das würde nicht zu lange dauern und böte Historisches wie auch moderne Architektur. Anschließend konnten sie gut noch den Mitte-Spaziergang schaffen. Der Samstag würde eine ganz besondere Reise für Anna werden. Sie mussten feiern, dass sie wieder zusammengekommen waren, auf ungewöhnliche Art feiern. Charlotte besorgte sich einen Architekturführer Berlin und sah sich an, wo das Boot entlangfuhr. Sie würde weit mehr wissen als die Guides, die in mehreren Sprachen Minimalinformationen herunterleierten. Nächtelang malte sie sich den Tag in allen Details aus, erlebte den perfekten Tag im Voraus.

Danach schlief sie so gut wie schon lange nicht mehr. Dass es ein solches Glück geben konnte! Endlich. Am Montag der Woche sah sie sich zwei Dreizimmerwohnungen im besseren Teil von Kreuzberg an. Irgendwann würde sie umziehen müssen. Eine der Wohnungen gefiel ihr. Sie lag im Dachgeschoss. Eine große Küche, ein großes, damit verbundenes Wohnzimmer, zwei Schlafzimmer. Das Bad war etwas zu klein. Und ein weiteres Manko gab es, das Haus hatte keinen Fahrstuhl. Auch war sie zu teuer. Das würde sie, wenn die Wohnung optimal wäre, sogar noch in Kauf nehmen. Für mein neues Leben, dachte Charlotte, muss mir eine Wohnung hundertprozentig gefallen. Irgendwann würde sie erben. Ewig konnte ihre Mutter ja nicht leben. Sie bat die Maklerin, ihr in den kommenden Wochen weitere Wohnungen zu zeigen. »Sie kennen ja meine Wünsche!«

Den Freitag nahm sie frei, besorgte in einem Wildfleisch-Feinkostgeschäft eine teure Flugente, in der Markthalle Orangen, provenzalisches Gemüse und französische Kartoffeln. Aus dem Geschäft nahm sie noch den besten Rosé mit und aus dem Likörsortiment – Liköre und edle Schnäpse boten sie als Zusatzgeschäft auch an – eine Flasche Chambord Liqueur Royal, ein Likör auf Himbeerbasis. Als Vorspeise kaufte sie Bouillabaisse aus der Dose, sie plante, diese Suppe am Samstag noch mit einigen frischen Kräutern und viel Pernod zu verfeinern. Als Nachtisch ein Tiramisu, aber mit dem französischen Himbeerlikör und einigen frischen Himbeeren in etwas Besonderes verwandelt. Sie massierte die Ente lange mit Portwein und malte sich dabei aus, wie sie Anna massieren würde, ihr stundenlang Lust bereiten. Beim Braten begoss sie die Ente mit dem süßen würzigen Wein. Am Samstag würde sie sie vor dem Servieren der Vorspeise noch einmal in den Ofen schieben, mit dem Rest des Portweins begießen und fertig bräunen. Es würde hervorragend werden. Der Duft des Bratens und der Soße erfüllte ihre Wohnung. Dann deckte sie den Tisch. Leider waren die Kristallgläser kaputt, aber sie hatte noch andere, bunt eingefärbte Weingläser. In der Mitte des Tischs die weiße Orchidee. Es sah sehr schön aus. Bunte Gläser, bunte Teller, die weiße Blume. Vor Aufregung schlief sie in der Nacht auf den Samstag schlecht.

Kapitel 32, Anna

Charlotte hatte sich ein romantisches Tagesprogramm ausgedacht. Sightseeing – als wäre ich das erste Mal zu Besuch in Berlin. Die Schiffsfahrt gefiel mir. Eine solche Ausflugsfahrt sollten Beate und ich auch einmal machen. Einen Tag Urlaub in Berlin! Durch Spree und Landwehrkanal gleiten, Kaffee trinken. Sich wie eine

Touristin fühlen. Vielleicht auch eine Tagesfahrt, weiter hinaus. Mit tat es fast leid, dass ich Charlotte am Ende dieses Tages, erst am Ende, damit er nicht ganz für sie verdorben wäre, sagen musste, dass dies unser letztes Treffen war. Würde ich das wirklich übers Herz bringen?

Charlotte hielt endlose Vorträge über Gebäude, an denen wir vorbeiglitten. Sie ignorierte die Audio-Guide-Informationen. Ab und zu nickte ich, obwohl ich mich langweilte und mir so gut wie nichts davon merken konnte. Sie sagte in gereiztem Ton: »Hörst du mir überhaupt zu? Kriegst du überhaupt was mit von dem, was ich hier vortrage? Ich hatte den Eindruck, dir sind eben die Augen zugefallen!«

»Doch, natürlich höre ich zu«, gab ich zurück, »die Entspannung setzt ein. Ich hatte enormen Stress in der letzten Zeit.«

Dann redete Charlotte von künftigen Ausflügen und Reisen, die wir machen würden. Ihr Ton war bedrängend. Es klang so, als würden wir zusammenwohnen und die nächsten Wochen planen. Mir wurde kalt. Auf einmal kam mir der unheimliche Traum wieder in den Sinn. In einem Schiff gefangen. Ich blickte in das Wasser der Spree, es sah harmlos aus, keine schwarzen Strudel.

»Suchst du etwas?«, fragte Charlotte. »Fische sieht man sicher nicht.«

Danach spazierten wir durch Mitte, von einem Hof in den nächsten. Zuerst die bekannten, die sieben Hackeschen Höfe, zusammen mit einer Menge Touristen. Der verwunschene Hof vom Centralkino gefiel mir besonders – Beate und ich waren seit Ewigkeiten nicht mehr in der Gegend gewesen, zu voll, zu viele Touristen, aber die riesigen Höfe hatten Zauber, manche hatte ich noch nie betreten, wieder beschrieb Charlotte die Architektur, als hätte sie einen Reiseführer auswendig gelernt, bis ihr Handy klingelte.

»Geh schon mal weiter«, sagte sie zu mir, »wir sehen uns gleich bei der Bonbonmanufaktur da vorne.« Ins Telefon sagte sie: »Moment, ich muss in eine ruhigere Ecke. Zita, reg dich doch nicht so auf …«

Nach einer Weile kam sie mir nach, ich hörte noch »nun ist aber gut, wir sehen uns in der nächsten Woche«, dann steckte sie das Handy in die Hosentasche, es klingelte sofort erneut. Charlotte bemühte sich, ihre Gesprächspartnerin zu beruhigen. »Wir reden ein andermal.« Sie legte wieder auf, stellte ihr Smartphone auf stumm und redete weiter auf mich ein, von den schönen Häusern, den Höfen, der Geschichte der Sophienkirche. Wir warfen einen Blick hinein in den großen Kirchensaal. Sie erzählte, dass die Kirche zuerst Spandauer Kirche hieß, weil der Name Sophie, eine der Ehefrauen des Königs Friedrich, unter dem der Bau begonnen wurde, dem nachfolgenden König Friedrich

Wilhelm I. nicht mehr genehm war. Vermutlich ließ sich alles, was sie ausführte, bei Wikipedia nachlesen. Es sei die einzige im Barock erbaute Kirche Berlins.

Ich dachte über sie und Zita nach. Charlotte starrte mich auf einmal an. Schnell bemühte ich mich, etwas zu sagen. »Wann wurde diese Kirche erbaut?«, frage ich.

»Das habe ich doch gerade gesagt! Du hörst mir nicht zu, so was hasse ich. Die wurde im Barock erbaut.«

»Dafür sieht sie fast karg aus«, sagte ich, statt mich in Begeisterungsstürmen über ihre Kenntnisse auszulassen. Ich hatte die von Malerei und Statuetten überquellenden süddeutschen Barockkirchen vor Augen, die Beate und ich einmal auf einer Fahrt zum Bodensee besucht hatten.

Charlotte sagte: »Vielleicht sollten wir noch die Herz-Jesu-Kirche in Prenzlauer Berg ansehen. Die ist bemalt. Ende des neunzehnten Jahrhunderts erbaut, in byzantinischem Stil. Die gefällt dir sicher, wenn du Buntes magst.«

»Nicht heute!«, sagte ich.

Charlotte quasselte weiter. »Das Kirchenschiff der Sophienkirche hat eine sehr schöne Akustik. Darin gibt es auch Konzerte. Wir könnten eins besuchen, ich nehme mir mal ein Programm mit. Hast du Lust?«, fragte sie.

»Weiß nicht«, gab ich zurück. Meine Antworten fielen immer einsilbiger aus, ich war gereizt. »Na, ist sie gut im Bett, deine andere?«, hörte ich mich auf einmal sagen, in beleidigtem Ton. Es klang – und fühlte sich auch so an –, als wäre ich eifersüchtig, als wäre Charlotte meine feste Freundin, die sich einen Seitensprung leistete. Ich war ebenso verrückt wie sie! Es konnte doch nicht sein, dass ich mich trennen wollte, heute noch trennen wollte und gleichzeitig eifersüchtig auf diese Zita war!

»Also bitte! Vergiss das sofort wieder!«, sagte Charlotte. »Du bist es, die ich liebe.«

Ich schwieg, immer noch gereizt, und dann fing Charlotte an, von Wohnungen zu reden, die sie sich angesehen habe. Von einer der Wohnungen schwärmte sie besonders. Einer großen renovierten Dachgeschosswohnung in Kreuzberg im Chamissokiez, mit einer elegant eingerichteten Küche, drei Zimmern, sehr schön geschnitten sei sie. Ich reagierte nicht.

»Und«, sagte sie dann, »was sagst du dazu?«

»Was soll ich denn dazu sagen? Ich will ja nicht umziehen, dir muss sie gefallen!«

»Du hörst mir schon die ganze Zeit nicht richtig zu! Ich strenge mich an, dir was Schönes zu organisieren. Und du trottest teilnahmslos neben mir her. Etwas mehr Anerkennung für meine Bemühungen hätte ich verdient, findest du nicht? Und für den Stress, den ich mir damit mache, Makler zu kontaktieren und Wohnungen anzusehen!« Ihre Laune sackte ab.

Schlecht gelaunt betraten wir ihre Wohnung. Der Tisch war gedeckt.

Kapitel 33, Beate

Hatte sie nicht heute Vormittag, als sie ging, gesagt, es würde nicht spät, fragte sich Beate. Es beschäftigte sie, dass sie schon wieder Besuchstermine über das Familiengericht durchsetzen musste. Eine Mutter verweigerte dem Ex-Mann, die Kinder so oft zu sehen, wie ihm zugestanden worden war. Anders als bei ihrem zweiten Fall, der immer wieder neu aufflammte, wohnten die Kinder bei der Mutter. Immer wieder, wenn der Ex, für den das ein enormer Aufwand war, die dreihundert Kilometer zu fahren, sich ankündigte, sagte sie, es gehe nicht, sie sei mit den Kindern unterwegs. Eine Weile ließ er sich das gefallen. Dann kam er in unsere Kanzlei. Ich hatte ihnen eine Mediation vorschlagen wollen. Aber nachdem ich lange mit dem Mann gesprochen und die Frau heute hier angerufen und mir ohne Aufforderung ihre Sicht geschildert hatte, und das, obwohl ich ausführte, ich könne sie nicht vertreten, da ja ihr Mann sich an unsere Kanzlei gewandt hatte, war vorhersehbar, dass es nicht außergerichtlich zu klären sein würde. Das Gericht würde seine Besuchstermine durchsetzen, dessen war ich mir fast sicher. Die Mutter war der Meinung, der Ex verwöhne die Kinder nur, würde schlecht über sie und ihren neuen Freund reden, dazu sei er äußerst schlampig und chaotisch, und die Kinder würden jedes Mal, wenn sie von ihm zurückkämen, bei ihr nur herumnerven. Sie habe ja schließlich auch ein Privatleben. Der Alte würde das nur stören. So hatte sie sich ausgedrückt: »nerven«. Als empfände sie selbst die Kinder als Störung ihres neuen Liebeslebens. Es sei für die Kinder besser, gar keinen oder nur noch minimalen Kontakt zum Vater zu haben, sonst würden die sich nie in die neue Familie eingewöhnen. Ihr Freund wäre jetzt der Vater der Kinder! Der konnte die besser erziehen.

Sie sagte dann noch: »Das Biologische wird überbewertet. So bringt man alles durcheinander. Es gibt doch auch kein Problem, wenn irgendwelche durch Spendersamen gezeugte Lesbenkinder …« Das Wort »Lesbenkinder« sprach sie in abfälligem Ton aus, so, als wären diese nichtsnutziger Dreck – »ihren Vater nicht sehen.« Ihr Ex sei für sie auch nichts weiter als ein Samenspender.

Beate litt in Gedanken mit den Kindern. Als die beiden sich getrennt hatten, waren die Kinder schon sieben und vier Jahre alt gewesen. Dass Kinder ohne Probleme wöchentlich von einem Partner zum anderen wechseln, malen sich viele aus, und das klappt so oft nicht. Gerne hätte sie mit Anna über die »Lesbenkinder« und diese Mutter geredet, oder wenigstens ein bisschen gelästert. Sie fühlte sich immer noch erschöpft, als wäre die Erkältung nicht richtig ausgeheilt.

Der andere aktuelle Fall war zwar bei Weitem nicht so belastend wie der vorige, bei dem es zum Prozess gekommen war. Aber er schwelte schon seit über einem Jahr und quälte sie nun auch mehr, als sie anfangs angenommen hatte. Das Trennungsjahr war längst vorbei, und endlich war auch das Haus verkauft. Wieder fürchtete sie, es vor Gericht nicht zu schaffen; die Gegenseite könnte Trümpfe ausspielen, die ihr entgangen waren. Am Ende verlöre entweder ihre Mandantin oder der Mann oder beide, wenn es zu einem Vergleich käme, mehr Geld, als wenn es vor dem gerichtlichen Termin zu einer Scheidungsfolgenvereinbarung gekommen wäre. Dann wäre die Scheidung nur noch eine Formsache. In ähnlich gelagerten Fällen war es ihr oft gelungen, sich mit der Gegenseite zu einigen, diesmal nicht. Manchmal gab es Paare, die sich nicht stritten und genau wussten, was sie wollten, Vereinbarungen konnten in einer Beratung erarbeitet werden, es folgte die Beurkundung durch das Notariat, mit dem die Kanzlei zusammenarbeitete, fertig. Der Mann in diesem Fall beharrte immer noch auf seiner Behauptung, Geld in die Ehe mitgebracht zu haben. Die beiden hatten noch zu DDR-Zeiten geheiratet, Nachweise gab es nicht. Sie waren schon kurz vor der Einigung mit dem zweiten Anwalt des Mannes gewesen, doch dann schwenkte auch der Anwalt, der dem Mann wie sein Vorgänger anfangs zugeraten hatte, sich auf eine Vereinbarung einzulassen, um. Sie fragte sich, ob ein Beweis aufgetaucht war, der das mit dem Geld belegen konnte. Ihre Mandantin hatte glaubhaft versichert, er habe kein Geld in die Ehe mitgebracht, es sei nur einer seiner Tricks, mehr vom Gemeinsamen abzuräumen. Gut, dass deren drei Kinder schon erwachsen waren und sie sich um Besuchszeiten nicht auch noch streiten mussten! Trotz der Kinder war Beate der Meinung, dass die Frau zu lange gewartet hatte, bis sie ihn verließ. Immer wieder, wenn er, und das passierte schon in der Zeit, als die Kinder noch klein waren, nach Alkoholmissbrauch aggressiv geworden war und sich danach wieder beruhigte, einmal auch einen Entzug versuchte, hatte sie sich selbst und später auch ihren heranwachsenden Kindern gesagt: Aber ich liebe ihn doch!

Sie hatte schon oft mit Anna über diesen Fall gesprochen. Wo blieb Anna nur? Gerne hätte sie weiter mit ihr diskutiert, ihre frische Meinung gehört, etwas gegessen, etwas getrunken, gekuschelt, es baute sie immer auf, wenn Anna in ihrer manchmal provokanten direkten Art sie auf andere Gedanken brachte. Immer wieder kam sie so auf ein entscheidendes Argument.

Aber Anna war noch nicht zurück. Beate ärgerte sich, dass sie mit sonst wem verabredet war. Sie hatte gesagt, es sei wichtig, sie habe diese Freundin seit

Ewigkeiten nicht gesehen, sie sei schon länger aus Berlin weg, als Beate und Anna sich kannten. Aber sie wäre nicht spät zurück. Stimmte es überhaupt, was sie ihr erzählt hatte? Immer noch wirkte sie, Beate fiel kein anderes Wort dafür ein, verdruckst. Als würde sie etwas in sich zurückhalten, was sie eigentlich berichten wollte.

Inzwischen war es elf. Beate wurde müde, legte sich hin und konnte nicht einschlafen. Kaum lag sie, fuhren ihre Gedanken Karussell und verscheuchten die Müdigkeit. Sie versuchte eine Weile, sich zu zwingen, an anderes zu denken als an die Frage, wo Anna blieb und alles Mögliche rund um das Hin und Her während der Entwicklung zu dem Prozess, doch das Denken ließ sich nicht abstellen. Nach einer Weile gab sie auf und schaltete das Licht am Bett an. Ob sie ihren Krimi weiterlesen sollte, ob sie darüber einschlafen könnte, fragte sie sich jetzt. Aber wie sie sich kannte, las sie bis zum Ende, finge sie einmal an. Lesen machte sie nicht müde. Inzwischen war es nach Mitternacht. Das Telefon klingelte. Sicher wieder einmal Anna, die mit irgendeiner Ausrede anderswo übernachtete. Inzwischen glaubte ihr Beate ihre Ausreden nicht mehr.

Kapitel 34, Zita

Ich muss mit ihr darüber reden, dachte Zita. Ich verlange ein Gespräch.

Charlotte war ihre Traumfrau, und sie war stolz darauf, dass es ihr gelungen war, mit Charlotte zu schlafen. Und dass sie nun miteinander gingen. Sogar zum Mitsingen im Chor hatte Zita sie überreden können. Charlotte war so schön und klug. Zita schwärmte für ihre intellektuelle Art, für ihre sehnige Gestalt, ihre blaugrauen Augen, ihre schicke gewellte Frisur, ihre Brille, ihre weichen Haare. Sie hatte schon immer auf Lehrerinnentypen gestanden. Trotzdem, dachte Zita, darf sie mich so nicht behandeln. Sie ruft an, dann muss ich sofort Zeit für sie haben. Und wenn ich sie sehen will, dann hat sie etwas anderes vor. Den Samstag wollte sie mit ihr verbringen. Sie hatte es versprochen – aber dann hatte sie eine Woche vorher ohne Grund abgesagt. Auf Zitas Nachfrage sagte sie nur: »Ich schulde dir keine Rechenschaft!«

Zita hatte in der Woche mehrmals versucht, mit ihr zu reden, war aber immer abgewürgt worden. Sie versuchte, Charlotte am Telefon zu erklären, was Liebe sei und dass tiefe Liebe Ehrlichkeit bedeute. Absolute Ehrlichkeit.

Daraufhin sagte Charlotte: »Du bist zu jung, um zu verstehen, dass sich manchmal Pläne ändern. Überhaupt ist es naives Gewäsch, was du da eben von dir gegeben hast. Kann es sein, dass du diese billigen lesbischen Kitschromane liest? Mir scheint, du zitierst daraus. – Aber wenn es wenigstens Zitate wären, das zeugte ja noch von einer gewissen Intelligenz und Ironie. Vermutlich meinst du alles todernst. Du kommst mir reichlich naiv vor!«

Zita war gekränkt. Sie versuchte, sich nichts anmerken zu lassen, sondern erwachsen und cool zu wirken, und sagte: »Wir brauchen ein Gespräch. Wir müssen uns aussprechen.«

Charlotte lachte und legte auf. Doch, dachte Zita dann, wenn wir wirklich eine Beziehung anfangen, dann gehört dazu, dass wir uns immer alles sagen. Sie glaubte an die große Liebe.

Am Samstag konnte sie nicht anders, sie rief Charlotte am.

Zum Schluss sagte Charlotte: »Du bist lästig. Lass bitte diese Anrufe!«

So lasse ich mit mir nicht umgehen, dachte Zita und wählte sofort wieder. Charlotte wirkte jetzt etwas versöhnlicher und sagte: »Bitte Zita, beruhige dich doch. Ich habe im Moment absolut keine Zeit, bitte sei so nett und stör mich nicht wieder. Wir reden ein anderes Mal.«

Hoffentlich würde das andere Mal bald kommen. Zita rief noch einmal an, sie wollte, dass sie sich konkret verabredeten. Doch Charlotte nahm nicht mehr ab.

Kapitel 35, Anna

Ich hätte lieber eine Currywurst auf unserem Stadtspaziergang gegessen als dieses Super-Menü. Oder einen Berg Wurst- und Käsebrote, was Beate und ich manchmal machten. In der Küche sitzen, Bote schmieren, essen, über Politik streiten.

Sie öffnete als Aperitif eine sicher höllisch teure Luxus-Champagnerflasche, Moët & Chandon Rosé Imperial. Dann gab es Fischsuppe, die übertrieben gewürzt schmeckte, danach eine Ente. Sie hatte die Ente in der Küche mit ihrem Geflügelmesser zerteilt, die Teile lagen mit Orangenscheiben verziert auf einer dunkelroten Glasplatte. Der Tisch quoll über von Edeldingen, vornehmes Gemüse in einer türkis schillernden Glasschale, Edelkartoffeln in blau durchsichtiger Schüssel, Soße in einer Sauciere. Und natürlich wieder ein Edelwein. Diese lächerliche zerrissene Blume in der Mitte, an die ich dauernd stieß, als ich Entenstücke vom Knochen lösen wollte, störte mich. Ich war schon abgerutscht und hatte meine Jeans bekleckert, was mich wütend machte. Die Ente war extrem mager, mir schmeckte Fleisch mit Fett besser. Ich stand auf und stellte die Blume um.

Charlotte sagte: »Weißt du überhaupt, was du da vom Tisch räumst? Und wie kommst du überhaupt dazu, sie wegzustellen?« Sie klang beleidigt.

»Die stört doch beim Ente-Zerteilen. Was ist das überhaupt? Sie steht doch auf dem Couchtisch genauso gut.«

»Das ist eine japanische Vogelorchidee. Diese Blumen drücken Bewunderung für die Geliebte aus, alle Orchideen sind ein Symbol für Leidenschaft. Sie ist für dich!« Charlotte schien knapp davor zu heulen.

Weil ich ihre Vogelblume nicht genügend gewürdigt hatte? Dieses ganze Brimborium rund um das Essen, die Blume, der formvollendet gedeckte Tisch, die schicke Soße, es nervte mich nur noch. Hoffentlich machte sie mir nicht gleich wieder eine ihrer dramatischen »Ich bin so verzweifelt«-Szenen. Ich musste es ihr irgendwann sagen. Nach dem Essen.

Wir aßen schweigend weiter, sie mit Tränen in den Augen. Dann stand sie auf. Als ich ihr helfen wollte abzuräumen, sagte sie mit Schmerz in der Stimme: »Ich mache das schon, ich stelle das nur ab.« Sie kam mit einem mit Pfefferminz und einer Himbeere garnierten Nachtisch zurück. Es schmeckte wie Tiramisu. Ich kriegte es kaum mehr herunter. Mein Magen rebellierte, obwohl ich nicht empfindlich war, aber vermutlich lag es daran, dass ich es ihr endlich sagen musste.

Sie ging wieder in die Küche, und ich hörte sie eine Flasche abstellen und fragte mich, wieso, denn der Wein war noch nicht geleert. Dann kam sie zurück, zwei Dessertweingläser in der Hand und eine runde

Flasche. »Du musst das unbedingt auch pur probieren! Hast du bemerkt, dass das Tiramisu besonders schmeckt?«

»Ich kann nicht mehr«, sagte ich. Sie goss die Gläser mit dem roten zähflüssigen Getränk randvoll, ich probierte. Es schmeckte so, wie die Flasche aussah, edle Vielfalt an Aromen, so wie das ganze andere Zeug, viel zu viel und viel zu süß. Sie trank ihr Glas in einem Zug aus, als wäre es Schnaps.

»Ich will das alles nicht mehr«, sagte ich.

»Was willst du nicht mehr?«

»Diese schicken Essen, das Getue, alles! Ich will nicht mehr hier sein.«

Sie nahm die Flasche, mein volles Glas und ihr leeres und rannte heulend in die Küche. Ich ging ihr hinterher und rief: »Ich gehe jetzt! Das war's dann!«

Ich hatte mir doch vorgenommen, es ihr vorsichtig beizubringen, zu sagen, dass es mich zunehmend belaste, zwei Beziehungen zu führen, und dass sie nicht denken solle, sie sei schuld und so weiter.

Sie schmiss die Gläser und die Flasche auf den Küchenboden, der dickflüssige rote Likör verbreitete sich auf den Fliesen, sie griff sich das Geflügelmesser und stand heulend und voller Wut vor mir und fuchtelte mit dem Messer.

»Charlotte, lass das. Das Messer ist sicher schrecklich scharf. Leg es weg! Was hast du vor?«

»Das wirst du gleich sehen!«, heulte sie auf.

Ich erhob meinen Arm, wollte nach ihrem Gelenk greifen, ihr das Messer wegnehmen. Da zischte das Messer nach unten, traf meinen Unterarm, ich hatte das Gefühl, sie schnitte ihn durch bis auf die Knochen. Ich blutete. Ich hielt die andere Hand auf die Wunde.

Sie fuchtelte weiter mit dem Messer herum. »Du wirst das bereuen!«, brüllte sie. Dann wurde ihr Ton kläglicher. »Ich weiß nicht mehr, was ich tun soll.« Nun richtete sie das Messer auf sich, hielt es an ihre Kehle. »Ich werde es tun, ich kann nicht mehr anders.« Ihr Heulen wurde Schreien.

»Charlotte«, sagte ich, »hör auf!« Mein Blut tropfte auf den Küchenboden.

Kapitel 36, Charlotte

Ich hasse sie! Sie hat alles zunichtegemacht. Ich liebe sie. Würde ich mich wirklich umbringen können?

Charlottes Gedanken überschlugen sich. Nein, sie würde sich nicht umbringen können. Aber wie ein Flash zuckte das Bild durch sie: Sie zieht das Messer über ihre Kehle, die Schlagadern zerfetzt, das Blut spritzt, Anna schreit auf, verzweifelt. Ihr Leben lang würde sie dieses Bild nicht mehr löschen können. Es ginge sehr schnell. Das Geflügelmesser war scharf, es schnitt in Fleisch wie in Butter. Nein, niemals würde sie sich umbringen. Dass sie nicht einsieht, wie sehr ich sie liebe. Sie will es doch auch. Sie ist nur zu ängstlich, sich zu trennen.

Kapitel 37, Anna

Der Schnitt ging quer über meinen rechten Unterarm. Ich wickelte ein Küchenhandtuch straff um die Wunde.

»Charlotte«, sagte ich, »hilf mir doch bitte, das zu verknoten.« Sicher würde sie mir helfen, ich ging davon aus, dass sie mich nicht mit Absicht hatte verletzen wollen, oder etwa doch, aber vermutlich war es im Gefuchtel und weil ich ihr das Messer aus der Hand hatte nehmen wollen passiert. Und wenn sie mir nun half, das Handtuch zu verknoten, würde sie das Messer weglegen.

Sie schien mich nicht zu hören, heulte weiter, das Messer in der Hand. »Wir passen doch so gut zusammen, das musst du doch auch wahrnehmen. Ich werde es tun.«

Ich hielt das Handtuch, dachte an mein Handy, das in der Jacke und nicht hier in meiner Hosentasche war, und ich hätte ja die Küche nicht verlassen können, es zu holen und den Notruf zu wählen, eine Sekunde und das scharfe Messer hätte Furchtbares angerichtet. Was täte ich, wenn sie das Messer wirklich einsetzte? Ich wollte nicht schuld daran sein, dass sie es diesmal vielleicht wirklich tat.

Ich war wie gelähmt, während sie weiter klagte und weinte und das Messer vor sich hielt. Dann redete ich auf sie ein. Schließlich sagte ich, nur, um sie zu bewegen, das Messer aus der Hand zu legen: »Charlotte, ich meinte das doch nicht so, wie du es vielleicht verstanden hast.« Ich meinte es genau so! Diese vielen Lügen gingen mir genauso auf die Nerven wie das schicke Essen. »Charlotte, bitte leg das Messer weg, ich übernachte auch hier.« O nein, wie sollte ich das bloß Beate beibringen.

Sie legte das Messer endlich weg, setzte sich an den Küchentisch, legte den Kopf darauf und heulte weiter.

»Möchtest du noch etwas trinken«, fragte ich.

Beate hatte doch gesagt, dass sie sich darauf freue, dass wir uns am Abend noch zusammensetzen würden. Inzwischen war nicht mehr Abend, sondern sicher bald Mitternacht. Ich musste sie anrufen! … Herrgott noch mal, diese Lügen. Ich konnte das nicht mehr. Was sollte ich ihr nur sagen? Ich hatte diesmal nicht die Arbeit vorgeschoben, sondern von einer alten Freundin erzählt, die seit Langem mal wieder in Berlin sei und mit mir durch die Stadt laufen und essen gehen wollte. Ich hatte darauf spekuliert, dass Beate nicht fragen würde, ob sie uns begleiten könne.

Sie fragte nicht, sondern sagte wie erwartet: »Ich habe noch Arbeit. Weißt du schon, wann du etwa wieder hier sein wirst?«

Ich antwortete: »Ich denke, am frühen Abend.«

»Dann öffnen wir vielleicht noch eine Flasche Wein und hocken etwas zusammen, wie schön, dass es nicht so spät wird.«

Ich goss Charlotte ein Glas Wein ein, sagte: »Lass uns reden und dann schlafen«, und als sie sich ein bisschen beruhigt hatte, sagte ich, zitternd, dass sie gleich wieder toben würde, »ich muss kurz Beate anrufen, dass sie sich keine Sorgen macht!«

Charlotte verzog angewidert das Gesicht, sagte aber nichts, was mich sehr erleichterte. Doch kaum hatte ich das Telefon aus der Tasche gezogen, sagte sie: »Du könntest ihr endlich mal von uns erzählen.«

Ich ging aus der Küche, voller Angst, dass sie das Messer, das ich weit hinten in den Schrank gelegt hatte, wieder in die Hand nehmen würde, und rief Beate an. »Es tut mir so leid, der Freundin geht es ganz schlecht, überraschend, ich muss noch eine Weile bei ihr bleiben, ich kann sie so nicht alleine lassen.«

Beate war enttäuscht und sagte dann aber, sie habe sowieso schon schlafen wollen. »Früher Abend« sei ja schon lange nicht mehr. Und ich solle ihr morgen genauer erzählen. »Wo seid ihr eigentlich?«, fragte sie dann noch.

Ich sagte, was mir auf die Schnelle einfiel: »Wir sind in ihrem Zimmer in der Pension. Ihr ist schlecht, sie muss sich dauernd übergeben. Ich warte, ob es besser wird, wenn nicht, bringe ich sie zur Notfallaufnahme.«

Ich hasste es. Ich würde aufhören zu lügen. Hoffentlich ahnte Beate nichts. Ich dachte an meine »wilden Zeiten«, wie Beate und ich das im Nachhinein nannten. Und dass ich mir schon damals, als das mit der Spanierin lief, geschworen hatte, mich nicht mehr in Lügennetze zu verstricken. Wir waren danach eine Zeitlang halb getrennt gewesen, hatten aber bald festgestellt, dass wir ohne einander nicht sein konnten, und waren zusammengezogen, hatten vereinbart, dass wir zusammenbleiben und einander nicht kontrollieren wollten, dass jede, wenn mal was wäre, das mit sich ausmachen müsse, solange es die Beziehung nicht in Frage stellte. Unsere Beziehung hatte sich danach intensiviert.

Charlotte kam aus der Küche geschlichen und hörte noch, wie ich von »sich übergeben« sprach.

»Du musst es ihr endlich sagen!«, schrie sie und fing wieder an zu heulen, ich brachte sie ins Bett, versuchte, sie zu trösten. Das Handtuch war durchgeblutet. Ich fragte sie, wo ihr Verbandszeug sei. Und ob sie Betaisodona habe. Sie hatte keins, auch keine Mullbinde, nur Pflaster. Ich löste das Handtuch, das an der Wunde klebte, der Schnitt sah sauber aus und verkrustete nach dem Abreißen des Tuchs gleich wieder. Ich saß neben ihr auf dem Bett und friemelte vier große Pflaster längs über den Schnitt. Wie sollte ich diese Wunde Beate erklären? Charlotte redete inzwischen wieder von ihren Gefühlen und wie sehr ich sie verletzt habe, weil ich ihr mühevoll gekochtes und dekoriertes Essen so missachtete. Und dass sie auch nicht begreife, wieso sich vor ihr immer wieder die Abgründe aus Verzweiflung öffneten, sodass sie in diesen Momenten manchmal keinen anderen Weg mehr sähe, das zu beenden, als den, gleich ihr ganzes Leben zu beenden.

Ich bat sie, sich Hilfe zu suchen.

Als ich mich endlich auch hinlegte, hielt ich Abstand, sie rückte näher, drückte sich von hinten an mich und umarmte mich. Ich versteifte, ihre Berührung war mir unangenehm, sie bemerkte mein Abrücken und Hart-Werden und begann wieder zu weinen. Sie schluchzte, bis wir beide vor Erschöpfung in einen kurzen Schlaf fielen. Es war vorbei.

Sonntag. Ein langer leerer Tag lag vor ihr. Aber sie schien sich beruhigt zu habe, sagte, dass sie sich auf ihre nächste Kundenreise, die in der kommenden Woche anstand, vorbereiten wolle. Und dass wir uns bald wieder verabreden sollten, sie sprach so, als wäre nichts gewesen. Das Telefon klingelte. Sie drückte den Anruf weg. Ich hoffte, dass es diese Zita war und dass sie sie zurückrufen und sich mit ihr verabreden würde.

Ich ging. Als ich die Tür hinter mir zugeschlagen hatte und die Treppen hinunterrannte, hörte ich das Telefon wieder klingeln.

Kapitel 38, Anna

Ich war froh, wieder in unserer Wohnung zu sein. Es kam mir vor, als wäre ich monatelang fort gewesen.

Beate saß in der Küche bei einem Kaffee und fragte mit anzüglichem Lächeln: »Na, wie war es?«

»Nett«, sagte ich und ergänzte: »Wenn du mitgekommen wärst, hätte sie vielleicht weniger getrunken und ihr wäre nicht schlecht geworden. Du sagst doch immer, was du denkst. Und als sie das fünfte Glas Wein bestellte, wo ich noch beim zweiten saß, hättest du sicher eine Bemerkung losgelassen.«

Beate zog die Augenbrauen hoch.

Wie kam ich nur so schnell auf solche blödsinnigen Geschichten? Ich fragte mich, ob Beate meine Lügen durchschaute, ob sie sie vielleicht schon lange durchschaute, aber keinen zusätzlichen Stress wollte, es deshalb überging und nicht nachbohrte. Denn wenn sie das Gespräch darauf gebracht hätte, dass sie mir meine Erklärungen für die vielen Abendtermine und das Auswärts-Übernachten nicht abnahm, hätte sich ein endloser Disput entwickelt, ich mich verteidigt, sie ihr

Misstrauen vertieft, wir wären aufeinander losgegangen, völlig sinnlos. Mich wunderte, dass sie in letzter Zeit nicht mehr über Gudrun und ihre Ausbeuterei mekkerte. Manchmal hatte ich das Gefühl, sie wusste alles. Die kleinen Streitereien anlässlich meiner Bemerkungen à la »du könntest auch mal wieder die Spülmaschine ausräumen« waren ihr vielleicht lieber als eine große Auseinandersetzung darüber, dass sie vermutete, ich hätte eine Affäre. Vielleicht fragte sie nur deshalb nicht weiter nach.

Dann fiel ihr Blick auf die vier Pflaster. »Was ist denn das?«

Ich erzählte, dass ich unglücklich an eine Glasscherbe gekommen sei – sie fragte auch diesmal nicht nach, was mich aufatmen ließ. Denn wie sollte eine Glasscherbe auf die Oberseite meines Unterarms gekommen sein? Ich schlug vor, einen kleinen Ausflug zu machen. Dachte dabei, dass ich ja gerade gestern mit Charlotte einen Ausflug gemacht hatte, einen Ausflug, der in ihrer Horrorwelt endete. Ich würde ihr schreiben. Aber nicht jetzt. Am Abend vielleicht. Jetzt brauchte ich Abstand. Ich schaltete mein Handy aus. Mandy hatte einmal begeistert von einem Baumkronenspazierweg in Beelitz erzählt. Man könne im Park spazieren gehen und ein paar hundert Meter auf einem Steg über Bäume und eines der verfallenen Heilstätten-Gebäude laufen. Spazierengehen und was Neues sehen, das ist entspannend, dachte ich.

Beate sagte: »Ich will eigentlich nur ausruhen, herumhängen, dösen, reden, keinen Ausflug, das ist zu anstrengend!«

»Dort ist es sicher gerade jetzt besonders schön, der Wald trägt noch das frische Grün des Frühsommers. Es ist keine Stunde Autofahrt entfernt.« Beate brauchte nichts so sehr wie Abschalten, und ich auch.

Sie gab zurück: »Im Herbst ist das sicher auch sehr schön!«

Es dauerte eine Weile, aber ich konnte sie überreden. Wir fuhren hin und spazierten im Park und über den Bäumen. Das Grün! Dunkelgrün zwischen lichtem Grün, schwarzgrün, olivfarben. Die Kronen bewegten sich, das Grün waberte vor unseren Augen, je genauer ich hinschaute, desto mehr vermischten sich die Details. Der Himmel mit weißen rasenden Wölkchen. Ich fühlte mich leicht, konnte es nicht ausdrücken, ich hakte mich bei Beate ein, sie sah mich erstaunt an, so etwas machte ich nie. Obwohl es immer nur geradeaus ging, kam Beate außer Atem und blieb stehen, um durchzuschnaufen.

»Ich fühle mich schwach, das sind sicher noch Nachwirkungen dieser zähen Erkältung«, sagte sie.

»Das war eine echte Grippe und nicht nur eine harmlose Erkältung, du hattest Fieber!«, sagte ich und löste mich von ihr. »Du gehst bitte bald zur Ärztin! Und sei es nur mir zuliebe. Ich komme gerne mit.«

Zurück nach Berlin fuhren wir in Schlenkern entlang hübscher Alleen-Landstraßen an kleinen Seen vorbei, tranken Kaffee und aßen Kuchen in einem leeren Café an einem Seeufer. Wir fühlten uns wie im Urlaub.

»Es war gut, dass du mich überredet hast«, sagte Beate. »Das hat mir echt den Kopf durchgepustet. Das war wirklich nötig!«

Wir nahmen uns vor, öfter Eintagesreisen zu machen, und ergingen uns eine Weile in Erinnerungen an andere Ausflüge und an heil überstandene Pannen. Wie eine Perlenschnur reihten sich diese aneinander und waren auf einmal präsent, viel präsenter als der Alltag, die Arbeit und auch als Charlotte.

»Weißt du noch, wie du über die Bordsteinkante gedonnert bist. Und später der Reifen platt war.«

Am Abend war ich es, die fast zusammenbrach. Die Absurdität der Situation überfiel mich. Gestern mit Charlotte, am Abend von ihr bedroht und verletzt, heute ein harmloser Spaziergang mit Beate. Wir saßen auf dem Sofa, der Tatort lief, und ich fing an zu weinen.

»Was ist los?«, frage Beate erschrocken.

»Ich weiß nicht, es ist nichts, ich bin rührselig, es war so schön mit dir heute, und ich habe Angst.«

»Angst wovor?«

»Du solltest zum Arzt gehen!«

»Zur Ärztin!«, sagte sie und lachte mich an, oder lachte sie mich aus, »mach ich, aber im Moment bin ich okay.«

Ich schaffte es nicht mehr, die Mail zu schreiben. Als ich mein Handy vor dem Schlafengehen doch noch einmal einschaltete, waren zehn Anrufe von Charlotte eingegangen und über zwanzig SMS. Ich ignorierte sie.

Am nächsten Abend schrieb ich ihr eine lange Mail. Ich erklärte ihr, dass es besser für uns beide sei, wenn wir eigene Wege gingen. Dass ich das Zusammensein mit ihr als schöne Zeit in Erinnerung behalten würde, aber nicht mehr könne. Ich hätte erkannt, dass ich nicht zwei Beziehungen gleichzeitig führen könne und so weiter.

Ich dachte darüber nach, ihr das als Brief mit der Post zu schicken. Aber es erschien mir zu romantisch. Ob sie einen Brief per Post eher akzeptiert hätte? Ich hatte auch beschrieben, wie schön vieles für mich war in der Zeit mit ihr.

Sie antwortete nicht, aber rief in den folgenden Wochen täglich an, bald auch auf dem Festnetz. Ihre Nummer hatte sie unterdrückt. Ging Beate dran, legte sie sofort auf. Ging ich dran, legte ich auf. Beate fürchtete, dass jemand unseren Rhythmus herausfinden wollte, wann wir zu Hause und wann wir nicht in der Wohnung waren, um einzubrechen. Sie sprach an, ob wir nicht die Polizei einschalten sollten.

Das nächste Mal legte ich nicht mehr auf. Ich sagte Charlotte, dass sie nicht mehr anrufen solle. Weitere Gespräche würden nichts ändern an meiner Entscheidung. Es tue mir leid, aber ich könne nicht mehr.

Sie rief ein paar Tage lang nicht an, dafür kamen jetzt Mails, in denen sie von dem tollen Sex schwärmte und ob wir uns nicht wenigstens ab und zu nur für Sex treffen könnten. Ich löschte die Mails. Dann kam ein handschriftlicher Brief per Post, mit eingelegtem getrocknetem Gingkoblatt, darauf ein handgeschriebenes peinliches Liebesgedicht. Ich las den Brief, fast rührte es mich, so romantisch, so voller Pathos waren Brief und Gedicht, wie von einer Fünfzehnjährigen im ersten Liebesrausch verfasst. Aber ich wusste, ich musste bei meiner Ablehnung bleiben.

Ich hatte angefangen zu antworten, hatte geschrieben, dass mich das Gingkoblatt gefreut habe, aber es trotzdem nichts an meiner Entscheidung ändern könne, es sei besser für uns beide. Ich schickte den Brief nicht ab. Ich warf beide Briefe weg, auch wenn es mir sehr schwerfiel – und meine Hand das Gingkoblatt festhielt, als hätte sie sich von meinem Kopf gelöst, sie legte es in meine Schreibtischschublade.

In der Agentur war nicht viel los in dieser Zeit, Gudrun hatte vorgeschlagen, dass ich ein paar Urlaubstage nehme. Beate hatte sich endlich wieder einmal über Gudrun ausgelassen und gesagt: »Typisch. Wenn du

Urlaub haben möchtest und sie meint, dich nicht entbehren zu können, gibt sie dir keinen. Jetzt kriegst du Zwangsurlaub!«

Ich schaffte, was ich mir schon lange vorgenommen hatte, meine Sachen durchzusortieren und manches wegzuwerfen. Krimis, die ich einmal gelesen und sicher kein zweites Mal lesen würde, brachte ich zu Oxfam, heftete meine private Buchhaltung ab und las zwei Krimis, die Beate mir weitergereicht hatte. Endlich würden wir wieder einmal über Krimis diskutieren können. Ich freute mich darauf, ihr meine Meinung darüber mitzuteilen, hoffentlich hatte sie sie nicht schon vergessen. Mein Zimmer sah frisch und luftig aus.

Die Woche war fast herum. Es klingelte. Beate war bei einem Prozesstermin und würde erst am späten Nachmittag zurücksein. Sie hatte Angst vor diesem Prozess, am Morgen hatte ich sie noch beruhigt. »Du schaffst das! Du hast das doch immer geschafft. Und freu dich doch, die Arbeit daran ist vorbei, das hast du doch selbst früher oft gesagt, und der Stress damit auch!« Zeit zur Ärztin zu gehen hatte sie noch nicht gefunden.

Ich wollte zuerst nicht öffnen, aber vielleicht hatte Beate etwas bestellt, und es war ein Paketdienst. Sie bestellte manchmal online. Wir hatten schon öfter heftig darüber gestritten. Ich sagte: »Du schädigst den Einzelhandel, wenn du online bestellst. Außerdem ist das nicht gerade umweltfreundlich. Wegen dir und den vielen anderen, die sich genauso bescheuert verhalten, fahren immer mehr LKWs und verpesten die Luft!«

Beate hatte zurückgeblafft: »Ich habe im Moment keine Zeit, einkaufen zu gehen. Und ab und zu brauche auch ich mal neue Socken oder T-Shirts. Ich habe dir übrigens auch welche mitbestellt.«

Das hatte mich noch mehr empört: »Ich brauche nichts. Du musst mich nicht bemuttern! Und wegen mir schon gar nicht die Straßen verpesten!«

Das ging mir durch den Kopf, als es ein zweites Mal klingelte, diesmal länger, dann ein drittes Mal. Ich drückte den Öffner. Wartete. Dann klingelte es an der Wohnungstür. Vor der Tür stand kein Paketbote, sondern Charlotte. Woher wusste sie, dass ich hier sein würde? Ich war doch sonst immer um diese Zeit im Büro. Ich war so dumm, sie hereinzulassen.

Kapitel 39, Beate

Die Höhe des angeblich eingebrachten Geldes konnte der Gegner nicht durchsetzen, aber es wurde eine gewisse Summe angesetzt und dann aufgeteilt. Sie und ihre Mandantin verzichteten darauf, eine streitige Entscheidung zu erzwingen, die einen Revisionsantrag möglich gemacht hätte, und akzeptierten den Vergleich. Sie hätten noch endlos weitermachen, ihm nachweisen können, dass er einiges vor dem Zeitpunkt der Bewertung weggeschafft hatte, zum Beispiel hatte er das gemeinsame Boot angeblich weit unter Wert verkauft – aber es war nur ein Fakeverkauf, denn das Boot war bei dem Sohn versteckt, der auf Seiten des Vaters stand. Die Frau war Beates Rat gefolgt, die Ersparnisse vom gemeinsamen Konto anderswohin zu überweisen. So hatte er nicht restlos alles für seine Sauferei und Spiele und eine junge Freundin ausgeben können, und nichts mehr wäre übriggeblieben zum Teilen. Aber wegen ein paar tausend Euro mehr weiter zu prozessieren, würde sich nicht lohnen, da die eventuell noch einklagbare Summe sofort von den Nebenkosten verschlungen würde.

Überraschend hatte der Bundestag in der letzten Sitzung vor den Ferien Ende Juni entschieden, dass die gleichgeschlechtliche Ehe möglich wurde; dem lesbischen Paar, das kurz vor dem Datum in die Kanzlei gekommen war, um einen Partnerschaftsvertrag zu besprechen, schlug sie vor, bis Oktober zu warten und dann zu heiraten. Sie setzte noch den Ehevertragsvorschlag auf und ging nach Hause.

Auf dem Weg dachte sie darüber nach, ob jemand Anna verfolgte, ob sie nicht doch die Polizei einschalten sollte. Anna hatte zwar entschieden dagegen plädiert, es kamen inzwischen auch weniger Anrufe, aber sie kamen noch immer.

Als sie mit Anna darüber sprach, dass sie das sehr beunruhigen würde, dass sie sich fragte, ob eine Profibande sie ausspionierte, blockte Anna ab. »Das glaube ich nicht«, sagte sie mit überraschender Entschiedenheit.

Hatte es etwas mit ihr zu tun? Hatte sie eine Stalkerin? Oder einen Stalker? Vor vielen Jahren, fiel Beate ein, noch bevor sie sich kannten, gab es eine, wie hieß sie noch? Sie hatte einen lächerlichen Namen, das wusste Beate noch, kam aber nicht mehr darauf. War die wieder aufgetaucht? Oder gab es eine neue? Anna war sehr verführbar – meine Süße, dachte Beate. Sie ist doch meine Süße, kleine Große, Kluge! Vielleicht war doch mal was gewesen. Vielleicht hatte sie einer Verehrerin Hoffnungen gemacht, hatte nicht widerstehen können. Beate kannte sie. Vielleicht war sie auch mit einer im Bett gelandet. Und die hatte daraus die große Liebe konstruiert. Anna wollte dann aber nicht noch mal mit ihr ins Bett und wurde seitdem gestalkt. Aber es konnte wirklich auch eine Einbrecherbande sein. Beate wollte sich nicht zu detailliert mit Annas eventuellen Affären beschäftigen und alte Geschichten hervorkramen.

Kapitel 40, Anna

Ich bot ihr einen Kaffee an, sie fragte, ob ich Wein habe. Oder notfalls auch Bier. »Wahrscheinlich trinkt ihr hier nur Bier«, sagte sie leicht verächtlich. Wie kam sie darauf, dass wir Bier tranken? Ich trank zwar gerne, besonders im Sommer, mal eins, Beate seltener, nur wenn es sehr heiß war, aber zu Hause hatten wir keines. Beate mochte keinen Bierdunst. Ihre Mutter hatte getrunken. Nicht nur Bier, auch Schnaps oder Likör, heimlich. Sie war relativ jung an Bauchspeicheldrüsenkrebs gestorben, angeblich konnte Alkoholmissbrauch einer der auslösenden Faktoren sein, und Bierdunst erinnerte sie daran.

Ich öffnete eine Weißweinflasche und bemerkte Charlottes kritischen Blick. Vermutlich war er ihr nicht gut genug. »Was willst du?«, fragte ich.

»Wir müssen reden.«

»Es gibt nichts zu reden, ich kann nicht weitermachen, ich habe dir alles geschrieben, hast du meine Mail nicht gelesen?«

»Ja«, sagte Charlotte. »Natürlich habe ich die gelesen. Aber zur Liebe gehören zwei. Du kannst dich nicht einfach brutal über meine Gefühle hinwegsetzen. Du hast dich mit mir eingelassen, wir haben uns geliebt, du mich auch, du warst scharf auf mich bis zum Gehtnichtmehr! Hast du das etwa schon vergessen? Du hast mich dazu gebracht, dich zu lieben. Und du liebst mich auch. Das weiß ich.«

»Woher weißt du überhaupt, dass ich heute alleine hier bin?«, fragte ich.

»Ich habe bei dir auf der Arbeit angerufen.«

Und dass Beate nicht da ist, fragte ich mich, wie hatte sie das herausgefunden? Hatte sie etwa auch in der Kanzlei angerufen?

Sie kippte den Weißwein mit angewidertem Blick in sich hinein. »Mein Verdicchio ist besser«, sagte sie, »aber ich nehme noch ein Glas.«

Ich fragte, wie es mit ihrem Buch und bei der Arbeit gehe, ob sie wieder neue Kunden gewonnen habe. Sie antwortete knapp. Dann berichtete ich ihr, dass ich den Roman, von dem sie mir einmal erzählt hatte, inzwischen gelesen hatte, die »Weinlese« von Miguel Torga. Ich hatte es zuerst immer wieder weggelegt, bis ich doch hineingesogen wurde. Ich sagte ihr, dass mir besonders die Schilderung der sozialen Spannungen und des alltäglichen Lebens dieser Menschen gefallen habe, es war ein sehr politscher Roman. Die Sprache! Wie er eine Szene einfangen konnte, es erzeugte unglaubliche Bilder. Wie die alle zusammen auf dem Weg hinab zum Fluss und zu den Weinfeldern übernachtet hatten, jedes Geräusch, was sie redeten, der Dunst waren lebendig geworden. Sie hatte mir damals nur von der Weinlese und dem Glück des Aufbruchs der Menschen aus dem

Bergdorf erzählt, die als Erntearbeiter auf das Gut eines Adligen zogen, und von den tollen Schilderungen der Reben, der Trauben, der Wirkung des Weins. Über die brutale Ausbeutung, die ein Thema des Buchs war, und die zu Ende gehende Zeit des Adels, darüber hatte sie kein Wort verloren.

Ich redete auf sie ein, alles, was mir in den Sinn kam, ich versuchte vom Thema Trennung abzulenken.

Ihren zweiten Wein trank sie auch wieder schnell. Dann fing sie an zu weinen.

O nein, nicht das schon wieder, dachte ich und sagte: »Es ist besser, wenn du jetzt gehst.«

Sie goss sich ein drittes Mal ein.

Ich verschwand aufs Klo. Auf einmal öffnete sie die Tür, ich hatte meinen Reißverschluss gerade heruntergezogen, mit wildem Gesichtsausdruck stürzte sie sich auf mich, drehte mir einen Arm auf den Rücken, stieß das Knie hart zwischen meine Beine und sagte: »Du willst das doch, du bist scharf wie eine Sau!«

Ich war perplex; nach einem Moment der Schockstarre versuchte ich mich zu entwinden, doch sie verdrehte mir den Arm weiter nach hinten, ich schrie auf vor Schmerz, die freie Hand ballte sich zur Faust, donnerte gegen meine Möse. »Los pinkle doch, du Fotze, und dann kriegst du die rein! Das ist doch das Einzige, was du willst. Harten Sex. Meine Faust, die brauchst du, die kriegst du, und dann werde ich dich lieben, dich küssen, dass dir die Sinne vergehen!« Sie schlug wieder zu. Und noch mal und noch mal, immer härter.

Ich dachte und sagte es nun laut. »Hör auf! Ich will nicht. Willst du mich vergewaltigen, oder was wird das hier? Hör sofort auf!«

Endlich schaffte ich es, meinen Arm zu entwinden, ich stieß sie zurück gegen die Tür, zerrte meine Hose nach oben, sie preschte wieder vor, hielt mich fest, wir rauften, sie biss mich in den Hals, es tat furchtbar weh, und dann begann sie zu schreien.

»Du bist eine gemeine Person. Du hast mir Liebe suggeriert, hast mich dazu gebracht, dir zu glauben! Du bist schuld, wenn mir was passiert! Du bist schuld, was ich tun werde.«

»Geh jetzt, sonst ruf ich die Polizei!«

Überraschenderweise ging sie wirklich, und ich hörte sie noch auf der Treppe laut schimpfen.

Direkt danach kam Beate von ihrem Gerichtstermin. War sie ihr vielleicht noch begegnet? Ich saß erschlagen auf dem Sofa und fragte mich, ob ich wirklich die Polizei rufen sollte. Es gab doch so etwas wie ein Annäherungsverbot. Was war, wenn sie nicht aufgab? Dann dachte ich an meine Lippen. Dass ich sicher blaue Flecken dort und am Hals bekommen würde. Am Hals, das sähe aus wie ein großer Knutschfleck. Sie hatte mich markiert. Zurzeit rasierte ich wieder, bis auf den Strich in der Mitte. Es war Sommer, Badesaison. Dass sich Haare herauskringelten, mochte ich nicht. Und schwimmen gingen Beate und ich sooft wir es schafften, leider längst nicht mehr so oft wie früher. Im Winter rasierte ich nichts, da wären blaue Flecken nicht aufgefallen. Aber so. Sicher gab es auch blaue Flecken an den Armen und sonst wo. Sollte ich Beate davon erzählen? O je, vielleicht würde ich wie eine vergewaltigte Frau aussehen. Sie hatte in ihrem Job sicher schon mit gewalttätigen Ehemännern und Vergewaltigung zu tun gehabt, sie würde es erkennen.

Ich sagte nichts. Sie schien ihr nicht mehr begegnet zu sein, sie erzählte nichts von einer schimpfenden Frau, die aus unserem Hauseingang gestürmt war. Wir setzten uns in die Küche, aßen Brote, Beate berichtete von dem Prozess, bis sie sich unterbrach und fragte: »Fühlst du dich nicht gut? Du siehst aus wie ein Häufchen Unglück. Erzähl, hast du was? Bitte erzähl es mir doch einfach!«

Ich wich aus. Ich konnte ihr nicht davon erzählen.

Beate wurde müde, sie ging ins Bett, der Stress der letzten Tage, das Adrenalin schwand, die Erschöpfung kam. »Geh doch auch schlafen!«, sagte sie zu mir. »Du wirkst so, als hättest du Schlaf nötig.«

Ich sagte, ich sei noch nicht müde genug und würde sie durch Herumwälzen am Einschlafen hindern.

»Schade«, seufzte sie.

Ich blieb wach, wurde immer wacher und schrieb schließlich eine Mail an Charlotte. Ich schrieb, ich würde das sehr ungerne tun, aber wenn sie noch einmal auftauchte oder uns weiter mit Anrufen behelligte, müsste ich die Polizei einschalten. Das wolle sie doch sicher nicht. Irgendwo in ihr stecke doch sicher ein Rest Vernunft. Ich schloss etwas versöhnlicher: »Bitte, lass mich in Ruhe! Verdirb uns doch nicht auch noch die Erinnerung. Ich wünsche dir, dass du deine Probleme in den Griff bekommst. Alles Gute für deine Zukunft.«

Kapitel 41, Charlotte

Charlotte saß zu Hause und weinte. Wieder einmal. Das muss aufhören, sagte sie sich, ich kann nicht mehr. Sie war sich sicher gewesen, mit Sex Anna zu ihr zurücklocken zu können. Sie hatte es so gut geplant. Sie hoffte zu erreichen, dass sie sich künftig wieder ab und zu träfen, einfach zum Sex, unverbindlich, und irgendwann vielleicht mehr. Die einzige Möglichkeit, die sie dafür gesehen hatte, war, Anna bei sich zu Hause zu besuchen. Auf Mails, SMS oder Anrufe reagierte sie ja nicht. Sie hatte es so gut vorbereitet! Hatte herausgefunden, dass Anna eine Woche lang nicht ins Büro gehen würde. Sie musste sie natürlich alleine antreffen. Charlotte hatte deshalb in der Kanzlei angerufen und nach der Anwältin gefragt. »Wollen Sie einen Termin? In welcher Angelegenheit?«, fragte die Sekretärin. Charlotte sagte, sie wisse noch nicht genau, ob sie überhaupt eine Rechtsanwältin brauche, es ging um eine Auseinandersetzung in einer Lebensgemeinschaft, nicht in einer Ehe. Sie wolle mit dieser Anwältin sprechen. Sie sei ihr empfohlen worden. »Nein, nicht der Kollege. Ich möchte eine Frau als Anwältin zurate ziehen in dieser intimen Angelegenheit.«

Sie wurde verbunden. Charlotte lehnte vorgeschlagene Termine ab und schlug andere Tage vor, bis sie herausgefunden hatte, an welchen Tagen Beate Termine hatte und sicher nicht zu Hause wäre. Charlotte bestätigte schließlich einen Termin, rief zwei Tage später noch einmal an und sagte ihn bei der Sekretärin ab. Sie brauche keine Beratung mehr.

»Sind Sie sicher?«, fragte die Sekretärin.

Charlotte lachte leise in sich hinein. Nein, sicher bin ich nicht. Vielleicht sollte sie doch hingehen und dieser Beate alles erzählen. Aber vorerst reichte es ihr, die Tage zu wissen, in der Woche, in der Anna allein zu Hause sein würde.

Und dann war es so schrecklich schiefgegangen. Anna fuhr doch auf solche Spiele ab. Auf Überraschungen. Auf sehr harten Sex. Sie hatten es doch früher schon einmal in einem Klo getan. Charlotte wusste nicht weiter. Sie hätte es anders einfädeln müssen. Ich muss Geduld haben, sagte sie sich dann, sehr viel Geduld. Sie rief Zita an.

Kapitel 42

Ein Jahr später, an einem Donnerstag im August

Wir standen auf dem Balkon. Die Hitze in den letzten Wochen war unglaublich. Wir lasen Artikel rund um den Klimawandel und diskutierten. Eben hatte Beate einen Artikel zitiert, der sagte, es habe erdgeschichtlich immer Klimawandel gegeben, und dass Panikmache unangebracht sei. Ich gehörte zu denen in dieser Diskussion, die sich darüber wunderten, dass Menschen nicht kapierten, was sie anrichteten. Ich empfand die meisten Artikel als zu wenig aufrüttelnd.

»Na und«, sagte ich, »auch wenn es das in der Erdgeschichte schon öfter gegeben hat, waren die Auswirkungen früher vermutlich auch katastrophal für manche Erdbewohner, und die Auswirkungen dieses menschengemachten heute sind deswegen nicht weniger schlimm! Im Übrigen ist es wohl nie in so kurzer Zeit geschehen wie jetzt.«

Wir waren oft baden gefahren, nicht weit, nur um die Ecke ins Strandbad Wannsee. Der See war inzwischen über fünfundzwanzig Grad warm, zu warm. Es war fast keine Erfrischung mehr möglich. Gudrun hatte Ventilatoren aufgestellt, die unseren Arbeitsplatz windig machten, aber nicht kühler. Beate ging es wieder richtig gut, sie war viel aktiver als ich, selbst bei der Hitze.

Erst einige Wochen nach Charlottes gruseligem Besuch war Beate zur Ärztin gegangen; ich hatte sie mehr oder weniger dazu gezwungen. Ich begleitete sie. Die Ärztin machte von uns beiden ein großes Blutbild, horchte ab, tastete und machte ein EKG.

Auf einmal sagte sie zu mir: »Sie haben eine lange Narbe auf dem Arm. Was ist Ihnen denn da passiert?«

Ich starrte auf die Narbe, murmelte »geschnitten«, ich nahm sie schon nicht mehr bewusst wahr. Charlotte hatte aufgehört, uns zu belästigen. Vielleicht hatte meine Drohung, sie anzuzeigen, dazu beigetragen. Oder sie hatte sich auf ihre anderen Liebschaften besonnen und ich war nicht mehr wichtig. Auf einmal war alles wieder da. Ich starrte auf die Narbe, und der Horrorfilm kam zurück. Charlotte, die mit dem scharfen Geflügelmesser auf mich losgeht.

Mein EKG war in Ordnung, Beates Belastungs-EKG sah nicht gut aus. Die Ärztin sagte, es könne auch an zu wenig Bewegung liegen, aber es sei sicherer, eine gründliche Untersuchung vorzunehmen. Sie riet Beate, eine Echokardiografie machen zu lassen, die aber von der Krankenkasse nicht übernommen werde, und auf jeden Fall, auch um eventuelle Verengungen zu finden, eine Herzkatheteruntersuchung, das würde bezahlt. Falls dabei Verengungen gefunden wurden, würden sie gleich bei diesem Eingriff geweitet oder Stents eingesetzt.

Ich machte mir furchtbare Sorgen, mehr als Beate. War nicht der Eingriff selbst gefährlich?

»Ich besorge Ihnen ein Termin in der Klinik. Die Untersuchung dauert nur etwa eine halbe Stunde.« Die Schalluntersuchung könne sie selbst machen.

Zu Hause diskutierten wir, ob Beate diese Untersuchungen machen sollte. Ich war dafür, trotz meiner Angst; sie versuchte sich herauszureden, sagte, »Ärzte raten immer zu Untersuchungen und Operationen, das bringt Geld. Praktische Ärzte haben ja alle Stress mit dem, was sie pro Patient abrechnen dürfen. Die brauchen jede Mehreinnahme. Und Krankenhäuser auch.«

Aber sie bemerkte natürlich selbst ihre Atemnot und dass das Erschöpfungsgefühl immer schlimmer wurde.

Ein paar Tage später rief die Ärztin an, um uns die Ergebnisse der Blutbilder mitzuteilen. Beates wies auf eine entzündliche Reaktion und eine starke Unterfunktion der Schilddrüse hin. »Es wundert mich, dass Sie nicht schon früher etwas bemerkt haben. Sie hätten bei diesen Schilddrüsenwerten schrecklich müde sein müssen. Ich vermute, dass Sie die Unterfunktion schon lange haben, das kann auch das Herz angreifen, Sie müssen ab jetzt Schilddrüsenhormon einnehmen. Die Ergebnisse des EKGs weisen bei genauerer Analyse auf eine Herzmuskelentzündung hin. Eine solche Entzündung kann auch durch eine verschleppte Erkältung ausgelöst werden. Waren Sie in letzter Zeit mal stark erkältet? Sie sollten sich schonen. Lassen Sie sich sofort krankschreiben, und ich gebe Ihnen einen neuen Termin. Da besprechen wir alles Weitere.«

Ich hatte mehr Angst vor Beates Herzkatheteruntersuchung als sie selbst. Die Ärztin beruhigte uns. Es sei ein winziger Eingriff, ohne Betäubung, ein Schlauch wurde durch Blutgefäße ins Herz geführt.

Ich begleitete sie ins Krankenhaus. Um mich in der Wartezeit abzulenken, schlenderte ich durch die Tagesabteilung mit ihren vielen Praxen. Ein Panoptikum. Frauen, die ihre dicken parkinsonkranken zappelnden Männer an der Hand führten. Extrem dünne Menschen, vermutlich Krebspatienten. Ich setzte mich irgendwo hin, möglichst weit weg von den anderen Wartenden, doch bald füllten sich die Stühle. Neben mir eine Frau mit erschreckenden Augen, es waren ganze Augäpfel zu sehen, und sie riss sie dazu bei jeder Interaktion noch weiter auf. Sie hatte ein Kind, das nicht erschrak, sondern uns alle unterhielt, indem es winkte und dann die Handbewegungen der Zurückwinkenden imitierte und damit eine kleine Gemeinschaft aus den Wartenden machte. Einige kamen miteinander ins Gespräch. Zwei junge Frauen, was die hier wollten? Sie waren beide stark tätowiert, Nasenringe, kurze Haare. Ich fragte mich, ob sie lesbisch waren. Mir gegenüber saß ein Ehepaar, ein Mann im Rollstuhl, die Beine festgeschnallt, eine Frau, die ihn immer wieder liebevoll streichelte, seinen Kopf, seinen Bauch, auf dem ein riesiges Pflaster klebte, seine Brust, auf der auch ein Pflaster klebte. Er döste mit zahnlosem Mund, manchmal erwachte er und kratzte sich im Ohr.

Endlich kam Beate zurück. Endlich konnten wir das Krankenhaus verlassen. Draußen stand eine der beiden Tätowierten mit zwei angeleinten Möpsen. Beate lachte über sie, ich fragte mich, wo die Möpse vorhin waren, als sie noch mit ihrer Freundin im Wartebereich saß. Mir waren die dreißig Minuten ewig vorgekommen. Beate berichtete – und es klang begeistert –, dass sie ihrem Herzen beim Arbeiten zugesehen habe. Auf dem Monitor, nachdem das Röntgenkontrastmittel drin war.

Es gebe keine Verengungen. Die Ärztin wertete die anderen Ergebnisse aus und machte noch ihre Ultraschalluntersuchung. Ihr Verdacht auf eine Herzmuskelentzündung bestätigte sich. Beate bekam absolute Ruhe verordnet und sollte, nachdem es einigermaßen ausgeheilt war, noch in eine Reha, denn diese Entzündung müsse vollständig weggehen, es sei sehr gefährlich, wenn sie chronisch werde, das könnte dauerhafte Schädigungen nach sich ziehen, und es könnte sein, dass Beate schon eine Weile damit lebte.

Ich musste sie in den ersten Wochen fast jeden Morgen an ihre Schilddrüsentabletten erinnern.

Sie wünschte sich eine Reha weit weg von Berlin. Denn in einer nahe bei Berlin gelegenen Einrichtung hätte sie sich verführt gesehen, ab und zu mal in die Kanzlei zu fahren. Sie kam in eine Klinik mit dem verlockenden Namen »Bergbad« im Allgäu. Fotos der Klinik sahen aus wie idyllische Bayernpostkarten, mit Alpen im Hintergrund und leuchtend grünen Wiesen. Fehlten nur die Kühe.

Ich konnte sie nicht begleiten, wir hatten zu viele Events zu betreuen.

Ich fragte mich manchmal, was ich machen würde, wenn Charlotte wieder als Kundin bei Gudrun auftauchte. Das passierte nicht, und ich war froh. Langsam begann die Zeit mit ihr zu verblassen. Manchmal stand ich mir selbst fassungslos gegenüber; ich konnte nicht begreifen, welcher Wahn mich davon abgehalten hatte, es früher zu beenden. Eine Nacht mit ihr oder auch ein paar Nächte, das war nachvollziehbar, vielleicht hatte ich mir beweisen wollen, noch flirten zu können, mich mitreißen lassen davon, wie sie sich für mich begeistert hatte, und vom Sex mit einer Fremden. Doch was ich an dem Sex mit ihr so einzigartig gefunden hatte, konnte ich nicht mehr nachvollziehen.

Mit Beate telefonierte ich fast täglich. Wir redeten über das Tagesgeschehen. Manchmal rief sie auch einfach an und sagte: Siehst du den kleinen Mond. Oder den orangenen Halbmond. Ich ging auf den Balkon und suchte nach ihm. Als würde uns das einander nahebringen, dass wir nun beide zur gleichen Zeit einen Mond sahen. Sie sah sicher noch viel mehr an ihrem klaren bayerischen Berghimmel. Einmal kam Beate auf ein Gedicht, das sie aus ihrer Zeit vor dem Jurastudium in einem Seminar besprochen hatte und immer noch auswendig aufsagen konnte. Darin die Zeile »Mond, meiner, neben mir.«

»Ja«, sagte ich, »jeder Stern und der Mond und die Planeten und die Sonne gehören jedem Menschen auf der Welt.«

Wir wurden rührselig in dieser Nacht am Telefon. Beate zitierte auch das romantische Eichendorffgedicht »Mondnacht«: Es war, als hätt' der Himmel / Die Erde still geküßt, / Daß sie im Blütenschimmer / Von ihm nun träumen müßt'. Sie ergänzte, dass bei Wikipedia eine Malerei beim Eintrag zu sehen sei. Mondlichtstimmung, so sei sie kaum auf einem Foto zu finden.

Sie hatte mir vor vielen Jahren erzählt, wie der Mond sie am Leben gehalten hatte, sie war vielleicht sechs oder sieben und in einem Auto auf dem Weg ins Krankenhaus, sie hatte eine Lungenentzündung, an der sie fast gestorben war. Ihre Eltern dachten, sie sei nur schlimm erkältet, und hatten sie erst im letzten Moment ins Krankenhaus gebracht. Aus dem Krankenwagen heraus hielten sich ihre Augen am Mond fest.

Einmal kam mir Charlotte in den Sinn, und ich realisierte, dass ich mit ihr nie über Politik oder über den Mond hatte diskutieren können. Nur am Anfang hatte sie den Eindruck erweckt, dass ihr wichtig war, was ich sagte. Später referierte sie, und ich durfte bewundernd nicken. Es kam mir immer absurder vor, dass ich mit dieser Frau so lange … wie ein Film und nicht wie etwas aus meinem Leben.

Ich holte Beate in der Rehaklinik ab. Wir fuhren zurück, den ersten Teil der Strecke mit einem Bummelzug, dann mit einem IC, der noch Abteile hatte. Wir gingen in eins der Abteile, nicht in die Großraumwagen. Sie saß mir gegenüber am Fenster, draußen rauschten die Landschaften vorbei, das erste helle Grün blitzte ins Fenster. Sie blickte hinaus, dann auf ihre Hände. Sie lächelte. Ich sah ihre Wangenknochen, sie hatte abgenommen, ihr sonst eher rund wirkendes Gesicht war schmaler geworden, das Haar ganz kurz – sie war während der Reha beim Friseur gewesen –, nur in der Mitte die Wellen noch da, viel mehr Weiß im Schwarz. Sie war berauschend schön und anders. Ich hatte mir immer vorgestellt, bei einer Kur würde dauernd gegessen und mich erwartete eine runde weiche Frau. Sie hatte sich viel bewegt. Mir kam die erste Begegnung nach ihrer langen Abwesenheit in unserer Anfangszeit in den Sinn. Damals hatte sie sich auch verändert. Ihr Gesicht, ihr Lächeln. Als würde ihr Körper einen Sprung gemacht haben, zurück ins Früher und zugleich etwas Weiß hinzugefügt. Dann blickte sie zu mir, griff nach der Tonic-Dose, die zwischen uns auf dem Tisch stand, das Bild löste sich auf. Wir redeten und erzählten uns.

Wir hatten monatelang keinen Sex mehr. Endlich schlief sie wieder mit mir im Bett, ihr Po an meinem Bauch, oder andersherum, meiner an ihrem Bauch, und ihr Arm um mich, im Halbschlaf hielt sie meine Brust und zwirbelte den Nippel, der zwischen ihre Finger drängte. Wir waren scheu. Wir berührten uns. Es kam etwas vom Zauber des Anfangs zu uns. Eine Hand, die an meine Innenhaut fasste. Die nichts mehr wusste. Auch nichts von der anderen kräftigen Hand des vergangenen Jahres. Nicht mehr, dass ich es schnell und hart wollte. Die mich langsam vor sich her trieb und mich wimmern ließ, es schien, als vergingen Stunden, sicher waren es nur Minuten, bis ich zupackte, sie hielt, in mir hielt, und dann hinausließ, erfrischt, befreit, er ging mir durch bis ins Herz, dieser Orgasmus.

Vielleicht sagte ich die drei Wörter. Wir tobten, bis auch sie juchzte und schrie und meine Hand ihre weiche schöne Weite gefüllt hatte und ich sie küsste, währenddessen und danach. Draußen begann es zu regnen. Wir lösten uns voneinander, verließen das Bett, gingen auf den Balkon. Der Duft nach nassem Staub wogte um uns, wir sogen ihn beide hörbar ein. Dann kam die Sonne wieder heraus. Ein gleißendes Viereck auf dem Boden neben dem Bett. »Es ist wie Gewitter«, sagte sie. Dabei hatte es kein Gewitter gegeben, nur den Regen.

»Was ist wie Gewitter?«, fragte ich und hatte die Stimme im Ohr, sie war warm und sang nicht vom Ende. Sie sang vom Anfang.

»Das erste Mal nach Monaten dir wieder so nahe gewesen zu sein.«

Und nun war dieser Sommer. Wir lachten miteinander, umrundet von bunten Geranien. Ich goss sie jeden Tag. Wir hatten sie im Mai gepflanzt, bald nachdem sie aus der Reha zurück war. Ich hatte beim Einkauf der Geranien kurz daran denken müssen, dass Charlotte Geranien als Inbegriff von Spießigkeit hasste. Und im Juni hatten wir uns verheiratet, ohne ein Fest, ohne, dass es jemand wusste, wir sagten es erst danach nur unseren beiden besten Freundinnen, Doro und Katharina. Vorher, darauf hatte Beate bestanden, hatten wir einen detaillierten Vertrag gemacht, dass wir uns nie um Geld und anderes würden streiten müssen, falls wir auseinandergingen. Der Grund, dass ich einwilligte, war ihre Krankheit. Eigentlich hatte ich mich dem Trend verweigern wollen. Eigentlich hatte ich für mich beschlossen, nicht zu heiraten, frühere Andeutungen Beates hatte ich ignoriert, war der Meinung, dass Lesben und Schwule das straighte Mainstreammuster Ehe nicht unbedingt imitieren müssten, das ja, davon wusste Beate aus ihrer Arbeit reichlich Schreckliches zu berichten, nur zu oft und oft sehr unschön scheiterte. Die Angst um Beate, als sie krank war, hatte es mich akzeptieren lassen.

An diesem Donnerstag regnete es das erste Mal seit Wochen wieder in Berlin. Der betörende Duft nach feuchtem Asphalt und feuchtem Staub wehte zu uns hoch. Der Regen war weitergezogen, der Himmel wieder klar. Wir sahen uns an, und Beate erwähnte den Begrüßungssex nach der Reha, das war das letzte Mal, dass es unserer Erinnerung nach geregnet hatte bis jetzt; sie sagte, dass wir uns anscheinend gerne bei Regen liebten, dann umarmten wir uns, einfach so. Oben am Himmel war der Mars zu sehen, er funkelte rötlich golden inmitten eines schwarzen Lochs, wo anderswo auf der Welt vielleicht viele kleine weiße Sterne zu sehen gewesen wären. »Man sieht ihn nicht jedes Jahr«, sagte Beate.

Mein Handy piepste.

Ich hatte sie zwar gelöscht, aber wusste ihre Nummer noch immer. Die SMS kam von Charlotte. Das erste Mal seit einem Jahr. Ich erschrak. Es war auf den Tag genau ein Jahr her, dass ich sie das letzte Mal gesehen hatte.

»Ich denke an dich. C.«

Ich löschte die SMS und nahm mir vor, mir eine neue Handynummer zuzulegen.

Gewitter

Ich steh an den Ecken, an denen wir standen,
und höre die Lieder, die uns verbanden.
Die leere Lust verbrennt meine Hände,
aus der Asche fliegt kein Phönix mehr,
du bist nicht mehr so und noch nicht irgendwer.

Ich dachte immer, wenn die Liebe stirbt,
das wär Gewitter,
das wäre wie Naturgewalt,
das lässt die Erde zittern.

Ich will noch nicht glauben, dass das alles war,
dass alles, was so wunderbar geschah,
so leise stirbt.
Ich wünschte mir, wir könnten schrei'n,
doch zwischen uns kann nur noch lautes Schweigen sein.

Am Anfang tat das Ende so schrecklich schön weh.
Jetzt grabe ich nach dem Schmerz von einst,
und hoffe, dass, sobald ich dich seh,
sich irgendetwas in mir rührt
und noch einmal, noch mal, passiert.

Ich dachte immer, wenn die Liebe stirbt,
das wär Gewitter,
das wäre wie Naturgewalt,
das lässt die Erde zittern.

Annette Berr

Erschienen auf CD und in dem Band mit gesammelten Lieder: Ein Wimpernschlag, der Fallbeil ist (über Verlag noch lieferbar)

PF 1621, D – 72006 Tübingen, Telefon: 0049 (0) 7071 66551
0049 (0) 172 7233958, office@konkursbuch.com
www.konkursbuch.de Facebook: konkursbuch.verlag
Cover, Seiten 1 und 320: Foto von Caroline Juillard
Lektorat: Regina Nössler
Gerne schicken wir Ihnen auch unser gedrucktes Gesamtverzeichnis.
ISBN-Buch: 978-3-88769-686-3 E-Book: 978-3-88769-687-0